설봉 新무협 판타지 소설

마야

마야 4

설봉 新무협 판타지 소설

초판 1쇄 찍은 날 § 2007년 2월 16일
초판 1쇄 펴낸 날 § 2007년 2월 26일

지은이 § 설봉
펴낸이 § 서경석

편집장 § 문혜영
편집책임 § 김민정
편집 § 최하나 · 문정흠

펴낸곳 § 도서출판 청어람
등록번호 § 제1081-1-89호
등록일자 § 1999. 5. 31
어람번호 § 제2-1134호

주소 § 경기도 부천시 원미구 심곡1동 350-1 남성B/D 3F (우) 420-011
전화 § 032-656-4452 팩스 § 032-656-4453
http://www.chungeoram.com
E-mail § eoram99@chollian.net

ⓒ 설봉, 2006

ISBN 978-89-251-0558-1 04810
ISBN 89-251-0096-7 (세트)

설봉 新무협 판타지 소설

마야

Fantastic Oriental Heroes

魔爺 4

동득불행(疼得不行)
「견딜 수 없이 아프다」

도서출판

第三十一章

선통사(先通死)
—죽음을 예감하다

소림파는 좀처럼 웃지 않았다. 배꼽을 움켜잡고 깔깔거릴 농담에도 마지못해 피식 웃는 게 고작이었다.

경직된 얼굴, 무거운 침묵.

그에게 심각한 고민이 있다는 건 누구나 짐작할 수 있었다.

"이거야 원, 답답해서……. 돼지 멱따는 소리라도 듣는 게 낫지 빗줄기 잔뜩 머금은 먹구름은 차마 못 보겠네."

"일이 터지긴 터질 것 같지?"

"이런…… 싸가지 없는 자식하고는. 대가리에 피도 안 마른 새끼가 어디서 어른한테 반말 짓거리야."

"응? 늙은 망태기가 뭘 잘못 먹었나, 왜 안 하던 트집을 잡고 그래? 내가 한두 번 반말 짓거리했어? 정말 한판 해보려고?"

시마와 혈유는 아침부터 티격태격했다.

마도는 혈염도로 자신의 허벅지를 갈라 피를 먹였다.

고루쌍마는 어깨를 나란히 하고 무엇인가 정담을 속삭였고, 철탑거추는 근심걱정이라고는 티끌만치도 없는 사람처럼 큰대자로 드러누워 코를 골았다.

마야처럼 웃음을 잃은 사람이 또 있다.

수검이다. 그는 식사를 할 때와 마야가 이야기할 때를 제외하고는 항상 검과 함께 살았다.

철컥! 촤아악! 척!

검을 뽑아 베거나 찌르고, 다시 검집에 집어넣고.

너무 빨라서 육안으로는 식별되지 않는다. 고도의 느낌으로 잡아내야만 하는 검초가 쉴 새 없이 전개된다.

언제 봐도 수검의 사흡검법은 지독히 빠르다.

하나, 지금은 그 누구도 빠르다는 생각을 갖지 못했다. 마도가 아니면 수검을 잡을 사람이 없을 거라던 생각도 지워 버렸다.

수검은 너무 싱겁게 당했다. 서방천마는 그를 장난감처럼 가지고 놀았다.

마도가 상대했으면 어땠을까? 마찬가지 결과가 나왔을 게다.

객관적으로 마도가 수검보다 한 수 위라고는 하지만, 그들의 차이라는 건 종이 한 장에 불과하다. 때문에 비무든 결전이든 검을 맞댈 때면 두 사람 모두 잔뜩 긴장한다. 허점을 먼저 드러내는 쪽이 당한다는 사실을 잘 알고 있으니까.

서방천마와는 차이를 말할 수 없다. 하늘과 땅처럼 엄청나게 벌어진 격차는 입으로 말할 수 없는 게다.

수검을 어린아이 데리고 놀듯이 간단하게 무너뜨린 서방천마.

쓰러진 수검을 향해 경멸하듯 보내던 잔소(殘笑).

수검은 그때의 치욕을 잊지 못한다. 반드시 서방천마를 다시 만날 것이며, 사흠검법이 지상 최대의 쾌검이라는 점을 인식시킬 것이라고 다짐한다.

수검을 처음 보는 사람이라도 그의 얼굴을 보기만 하면 누군가에게 적의를 불태우고 있다는 사실쯤은 단번에 알아볼 수 있을 만큼 수검의 전신에서는 지독한 살기가 배어 나왔다.

수검의 눈빛, 수검의 손, 수검의 검……

그의 몸에는 피 대신 분노가 흐르고 있으며, 골수에는 원한이 채워져 있다.

모두들 불안해하면서도 태평하다. 적어도 겉보기에는 한가하고 평화롭다.

"정기신(精氣神)의 완벽한 조화를 추구하는 것은 무인의 본

능이나 군이 애써서 추구할 필요가 없는 것이니, 비워지면 채워지고 채워지면 넘치는 그릇처럼 자연의 힘으로 채워지게 하는 것이 능사⋯⋯."

금연화는 일령과 절혼마녀에게 마야에게서 얻은 심득을 전수해 주는 중이었다.

사박, 사박⋯⋯!

다담선자는 옷자락이 끌리는 소리를 숨기지 않고 걸어갔다.

대체로 무공을 논할 때나 심득을 전수할 때는 사소한 잡음마저도 삼가는 것이 도리다.

금연화는 신경이 쓰이는 듯 말문을 닫고 다담선자를 쳐다봤다.

일령과 절혼마녀도 가볍게 인상을 찌그렸다.

누군가에게서 그가 터득한 심득을 전수받는다는 것은 기연을 얻는 것과 진배없다.

이런 기회는 흔치 않다. 평생을 살아가면서도 손꼽을 정도로 몇 번 되지 않는다.

사박, 사박⋯⋯!

다담선자는 여인들이 무슨 생각을 하든 말든 아랑곳하지 않고 걸어왔다.

"언니⋯⋯."

"왜?"

마야의 심부름인가? 그가 부른 걸까?

절혼마녀는 다담선자가 부르기 무섭게 대답했다.

"어제 언니가 잤어요?"

"응?"

절혼마녀는 잠시 무슨 말인가 싶었다. 자신이 잘못 듣지 않았나 싶기도 하고.

마야가 잠자리를 같이하는 일은 암묵적으로 이루어졌다. 서로 얼굴을 맞대고 상의할 성질도 아니고, 그런 일을 입 밖으로 꺼낸다는 것은 더더욱 어렵지 않은가.

한데 그와의 잠자리를 물어오다니. 이 자리에는 자신만 있는 것이 아니라 금연화와 일령도 있고, 더욱이 깊고 오묘한 무리를 경청하고 있는 줄 뻔히 알면서……

그러나 다담선자의 말뜻은 명확했고, 절혼마녀도 알아들었다.

절혼마녀는 아미를 찡그리며 대답했다.

"아니. 난…… 동생이 잔 줄 알았는데……."

다담선자는 절혼마녀의 마음 같은 것을 헤아릴 생각조차 하지 않고 무심히 말했다.

"아뇨. 저도 자지 않았어요."

"그럼……?"

"아무도 자지 않은 거예요."

남자가 여자와 하루 정도 같이 자지 않았다고 문제될 것은 없다. 이 세상 어떤 남녀도 그런 문제로 신경을 곤두세우지는 않는다. 하나 마야는 신경을 써야 한다.

"화, 화우는!"

절혼마녀가 급히 물었다.

그녀의 얼굴에는 조급함이 묻어났다. 오의 전수를 방해했다는 불쾌감이나 잠자리를 거론한 데서 오는 민망함은 어느새 사라져 버렸다.

"그래서 온 거예요. 화우도 줄지 않았어요. 아니, 손도 대지 않았어요. 이게 무슨 일인지."

마야는 자신의 몸 상태에 대해서 많은 말을 하지 않았다. 그를 가장 잘 알고 있는 다담선자도 그의 곁에는 날마다 여자가 있어야 한다는 정도만 안다. 여자가 없을 경우에는 차선책으로 위장이 뒤집히는 고통을 감내하고 화우를 복용해야 한다는 정도밖에 모른다.

음기를 접해 양기를 자극하는 것.

원인을 알아야 해결책이 나오는데 돌출되는 현상 몇 가지만 알고 있는 셈이다.

그럼에도 깊이 파고들지 않았다.

소립파에게 해결책이 없는 게다. 있다면 진작 말해주었을 게다. 해결책이 없기에 침묵하는 게다. 이미 발버둥 칠 만큼 발버둥 쳐봤고 안 된다는 것을 깨달은 게다.

이제는 여자조차 품지 않았고, 화우도 복용하지 않았단다.

그런 방도마저 한계에 부딪친 것인가. 음기를 접해 양기를 북돋는다는 미봉책으로는 어찌할 수 없는 상황에 다다른 것인가.

"저기…… 급박한 일들이 많아서 말할 기회가 없었는데요."

금연화가 근심 어린 표정으로 말문을 열기 시작했다.

그때 있었던 일, 마야가 죽었다고 생각했던 일, 지금 생각해도 가슴을 쓸어내리게 되는 기막힌 일을.

말을 나누는 사람은 여인 네 명이다. 하나 듣는 귀는 수없이 많다. 허름한 농가에 있는 사람들은 무공을 수련하고 있거나, 잠을 자고 있거나, 농을 주고받으면서도 네 여인의 말을 귀담아들었다.

그중 시마의 눈가에 암울함이 스쳐 갔다.

'석신(石身)…… 빌어먹을! 그렇군. 그래서 마야의 안색이 그토록 어두웠군. 힘든 싸움 때문이려니 생각했는데…… 빌어먹을!'

가슴이 답답하다. 어디 술이 없을까? 누구 얄밉게 구는 놈이 없나? 한 대 쥐어 패면 속이 좀 풀리려나.

혈염도에 자신의 피를 먹이던 마도가 눈치 빠르게 시마의 표정 변화를 보았다.

시마가 마도의 눈길을 의식하고 눈을 찔끔 감아버렸다.

마도의 눈길은 집요했다. 눈길만 쏘아오는 게 아니라 도기(刀氣)까지 뿜어져 왔다. 당장 눈을 뜨지 않으면 혈염도에 피를 먹이고 말겠다는 잔인한 살기가 묻어왔다.

"빌어먹을! 이놈이나 저놈이나 왜 이 지랄들이야!"

시마는 번쩍 눈을 뜨고 마도를 노려봤다.

마도는 고갯짓으로 농가 밖을 가리키고는 먼저 걸어나갔다.

농가의 주인은 자식 복이 없었다.

평생 자식을 소원하였으나 삼신할미의 저주를 받았는지 태기가 없었다. 그러다 늘그막에, 일흔이 넘긴 나이에 죽어서 메말라 버린 고목에 꽃이 피었다.

태어난 아이는 남아(男兒).

노부부의 자식 사랑은 끔찍했지만 세월은 어쩔 수 없는지 아이가 채 열 돌도 되기 전에 눈을 감고야 말았다.

노부부가 죽은 후에도 아이는 무럭무럭 성장했다.

노부부에게는 말 한마디에 목숨을 바칠 검귀(劍鬼)들이 마흔 명이나 있었다.

세상은 그들을 모른다. 하나 그들은 세상을 안다.

마흔 명의 검귀들은 노부부가 남긴 혈육을 지극정성으로 키웠을 뿐만 아니라, 그를 보필할 마흔 명의 검귀를 따로 양성했다.

그들 중 가장 강한 네 명이 건곤사괴다. 나머지 서른여섯 명이 삼십육고질이다.

아이는 장성하여 일세를 풍미했고, 그로부터 한참 세월이 흐른 지금은 북망산천을 코앞에 둔 노인이 되었다.

그가 지금의 하오문주다.

그가 태어난 집은 드넓은 벌판 한복판에 세워져 있다.

한생의 세월이 흘렀지만 그의 집은 그가 태어났을 적이나 지금이나 조금도 변한 게 없다. 넓은 벌판에는 논도 밭도 들어서지 않았으며, 금방이라도 쓰러질 듯 위태로운 집 한 채만이 모진 풍상을 겪어내고 있다.

농가, 농가에는 하오문의 영욕과 한이 짙게 배어 있다.

하오문은 분명히 천대받는 문파이다.

그들이 무림에 속해 있다는 사실 자체를 불쾌하게 생각하는 인물도 상당수다. 하나 현 하오문주의 생가이며, 역대 하오문주들의 손때가 묻은 집 한 칸조차 유지하지 못하게 할 만큼 야박하지는 않다.

그렇게…… 절반쯤은 동정 삼아 베풀어준 아량 덕분에, 절반은 그들이 지닌 정보를 수시로 제공해 준 덕분에 농가는 유지되고 있다.

농가는 평범하기 이를 데 없다. 방이 서너 개쯤 되고, 부엌이 있고, 짚단도 높이 쌓여 있다. 한쪽 구석에는 장작이, 그리고 그 옆에는 닭장이 보인다.

어느 곳에서나 흔히 볼 수 있는 농가다.

농가의 진면목은 맨 윗방, 골방이라고도 불리며 온갖 잡동사니를 쌓아두는 윗방에 들어섰을 때 드러난다. 볏가마니를 들어올리면 지하로 내려가는 계단이 나타나고, 그 순간부터 이곳은 농가가 아닌 하오문의 영고단(永古壇)으로 돌변한다.

대대로 하오문을 이끌어봤던 하오문주들의 영신(靈身)이 이곳에 있다. 그들은 천약관(千藥棺)에 담겨 생전의 모습을 유지한 채 수십, 수백 년의 세월을 지탱해 왔다.

영고단은 한여름에도 얼음이 언다는 곳이다. 선조들의 유체가 썩지 않는 것은 천약관에 담긴 천약의 효험도 크지만, 워낙 추워서 육신을 썩게 만드는 균이 침범하지 못하기 때문이다.

하오문주와 소림파는 유등 하나를 사이에 두고 앉았다.

영고단은 하오문 사조들의 유체가 모셔져 있는 곳이니만큼 마야가 앉아 있다는 사실은 하오문주에 버금가는 예우를 해준 것이 된다.

소림파는 뜨거운 차를 마셨다.

"이놈아, 이제 제발 나 좀 놔주면 안 되겠냐?"

하오문주는 부아가 치미는지 뜨거운 차를 단숨에 벌컥 들이켰다. 그리고는 목구멍이 데였는지 금방 켁켁거렸다.

"배고픈 호랑이가 토끼를 물었는데 그냥 놓아줘? 말도 말

같아야 들어주지."

소립파는 뜨거운 차를 한 모금씩 천천히 마셨다.

"좋아! 말해봐! 또 뭐를 어떻게 해줘야 하는 건데! 그깟 십비지공 하나 가지고 너무 우려먹는 것 아냐!"

"그깟이라……."

"이런! 빌어먹을! 쳇! 썩을! 그래, 취소다! 대단하고 대단하신 십비지공이다!"

"아무도 모르게 마차 한 대."

"……."

하오문주의 표정이 딱딱하게 굳었다.

마차 한 대 구해주는 깃은 일이리고 할 수도 없다. '아무도 모르게' 가 중요하다. 그리고 그 말이 지닌 뜻은 더욱 중요하다.

"아무도 모르게?"

"아무도 모르게."

"빌어먹을 새끼! 혼자 뒈질 생각이야!"

"도움이 안 되니까."

하오문주는 침묵했다. 무슨 말인가를 하려고 입을 벙긋거렸지만 한마디도 내뱉지 못했다.

"계집들이 하는 말을 들었다. 요 근래 계집들과 통 자지 않았다고? 화우도 복용하지 않고?"

"후후!"

"거의 돼져 간다는 소리지?"

"십비지공은 영아(嬰兒) 때부터 수련시켜야 돼. 다른 무공을 접한 사람은 절대 배울 수 없고. 앞으로 이십 년. 이십 년만 숨어 살아. 그럼 누구에게도 지지 않는 초절정고수들이 등장하게 될 거야."

"누가 십비지공 묻고 있어? 지금 십비지공 말하는 게 아니잖아. 그까짓 십비지공 이야기는 꺼내지도 말고."

"또 그까짓."

"그까짓 거지 뭐 별거야!"

이번에는 소립파가 침묵했다.

둘 사이의 대화는 그렇게 이어졌다 끊어지고, 끊어졌다가는 다시 이어졌다.

"다담까지 버릴 생각이라면 정말 안 좋은 건데…… 뭐야? 뭐가 어떻게 된 거야? 석신을 당했다고 들었는데, 그럼 앞으로 어떻게 되는 거야? 죽는 거야?"

"석신을 당했다는 말만 듣고 내가 이렇게 움직이고 있다는 사실에 대해서는 주목하지 않는군."

"그럼…… 정말…… 저, 저주의 자오법신(子午法身)!"

소립파는 고개를 끄덕였다.

"자오법신만이 석신을 풀 수 있지."

"어, 어떤 놈이 자오법신을! 누가 그 저주의 대법을 알고…… 설마, 그 계집이!"

"놈이 사랑하던 여자야. 계집이라는 말은 삼가해."

"……."

또 침묵.

"내가 떠나면 사냥을 당할 거야. 내가 돌아올 가능성은 일 할도 안 돼. 그 정도는 알 테고. 그래도 미련한 위인들이 포기 하지 않을 테니 적당히 알아서 포기시켜 주고. 우선은 살아남 는 데 최선을 다해줘."

"빌어먹을! 발등에 불 떨어진 놈이 누군데 누가 누굴 걱정 해."

"후후! 잘 알면서…… 하오문이 손을 놓으면 저들은 사흘 도 버티지 못해."

"놈들이 하오문인들 가만 내버려 둘 것 같아? 눈에 띄는 대 로 아작 내겠지. 빌어먹을 놈! 이렇게 손 뗄 바에는 아예 시작 이나 하지 말지. 이쪽저쪽 잔뜩 들쑤셔 놓기만 하고……. 언 제 떠날 거야?"

"오늘 저녁."

"빚쟁이가 쫓아오는 것도 아닌데 뭐가 그리 급해! 내일 아 침에나 떠나. 그전에는 힘들어. 저놈들 눈치가 오죽 귀신같아 야 말이지."

"고마워."

"네놈 좋아서 이런 일 해주는 줄 알아! 그 늙탱이한테 덜미 만 잡히지 않았으면…… 이구! 내가 말을 말아야지."

"선사(先師)께서도 고마워하실 거야."

"말이나 못하면⋯⋯. 그러나저러나 밖에 있는 놈들 중에는 북검문이나 남도문 간자가 없다면서 우리 관계는 언제까지 숨길 거야? 계속 이런 식으로 애매모호하게 지낼 거야? 놈들이 어찌나 꼬치꼬치 캐묻는지 귀찮아 죽겠다고."

소립파는 아주 잠깐 미간을 찡그렸다.

장강을 건너와 하오문주를 만날 당시는 고루쌍마를 의심하고 있었다. 단도직입적으로 캐물을 수도 있었으나 어쩌면 그들 뒤에 혈귀대주를 죽인 진짜 원흉이 있을지도 몰라서 조심을 거듭했다.

묻기 전에 알아낼 건 알아내야 했다.

모두를 사로잡히게 만든 것은 계획 속에 있었다. 하지만 그의 모든 것이라고 할 수 있는 영력을 비록 순간일지라도 잃어버릴 줄은 생각지 못했다.

소립파는 진정 자신이 아무것도 할 수 없게 될 날이 있으리라고는 꿈에도 몰랐다.

더욱이 혼절이라니!

그것은 석신이 되기 전에 찾아오는 일차 징후다.

일행은 자의 반, 타의 반 생포되었다. 그리고 혹독한 고문을 당했다.

덕분에 고루쌍마가 남도문과 관계없다는 사실은 쉽게 알아냈다. 북검문과 어느 정도 관계를 유지하는지는 아직 미지

수다. 고루쌍마의 말을 완전히 믿어주면 아무 관계도 없는 것이지만, 절반쯤 꺾어서 들으면 육능자와의 관계를 의심할 수밖에 없다.

어느 쪽이든 문제다.

고루쌍마가 육능자와 관계가 있다면 그들은 아직도 간자인 셈이며, 관계가 없다면 다른 사람이 북검문과 밀통하고 있다는 말이 된다.

아직은 하오문과의 관계를 드러낼 때가 아니다.

마야와 하오문이 모종의 거래를 했고, 해서 하오문이 도와주는 것으로 인식시켜야 한다.

"영원히…… 내가 다시 나타나면 몰라도 그전에는……."

"알았어. 그러지. 밝히지 않으면 될 것 아냐!"

"다담과 절혼."

"곧 죽을 놈이 걱정도 팔자네. 산 사람은 살게 되어 있으니까 걱정 마. 죽는 놈만 불쌍한 거야!"

하오문주, 그는 침통했다.

그까짓 마차 한 대 구해주는 것은 당장이라도 할 수 있다. 밖에 있는 놈들을 따돌리는 것도 어렵지 않다. 영고단에는 비밀 통로가 다섯 군데나 있다. 그중 어느 쪽으로 나가도 십 리 밖에서나 모습을 드러내게 된다.

그럼에도 반나절이라는 시간을 벌어놓은 것은 잠시 생각

할 시간이 필요해서다.

'이대로 보내면 끝이야.'

그는 마군(魔君)을 떠올렸다.

그는 마야의 스승이기도 하지만 하오문주의 주인이기도 했다.

주종 관계는 아니다. 마음 깊이 감복해서 그의 곁에 머물기로 작심했기 때문에 그 혼자서만 주인이라고 생각할 뿐, 마군이 들으면 펄쩍 뛸 소리다.

마야는 마군이 거둔 유일한 제자.

'한참 어린놈을 먼저 가게 할 수는 없는 거지.'

그는 신경질적으로 뜨거운 차를 들이켰다.

"엣퉤퉤! 뭐가 이렇게 뜨거워! 빌어먹을 새끼들! 적당히 식혀서 가져올 일이지!"

그는 근 한 시진을 생각했다. 그리고 결정했다.

"건곤사괴! 마야 이목 좀 따돌려."

"마, 마야 이목을 말입니까?"

"에구! 내가 저런 놈들에게 뭘 시키겠다고……. 솔직히 네놈들 무공은 별 볼일 없잖아! 놈이 누구야! 일견후즉파(一見後卽破)야! 놈에게 무공 좀 보완해 달라고 떼 좀 써봐! 무슨 일이 있어도 시간을 잔뜩 끌어야 돼! 영악한 놈이니까 곰탱이처럼 굴었다가는 당장 눈치 챌 거야. 알아들어!"

"꼭 말씀을 하셔도……."

"야! 거머리들! 저놈들이 마야를 꼬여 가지고 나가면 너희는 즉시 저 쓰잘데기없는 인간들을 끌고 들어와. 소리 나지 않게 조심해서. 그 뭐야…… 철, 철탑거추인지 철탑꼬치인지 하는 놈은 특히 조심해. 덩치가 워낙 커야 말이지."

하오문주는 일사천리로 명했다.

'네놈만 승부수를 던질 줄 아는 게 아냐. 자식, 나를 너무 물로 본단 말이야.'

석신, 전신 경맥이 돌처럼 딱딱하게 굳어지는 현상.

이제는 비밀도 아니게 되었다.

마야는 이 세상에서 가장 완벽한 몸을 가졌다. 신의 몸이라고 해도 과언이 아닐 정도로 탐욕이 치미는 몸이다. 인위적으로 몸을 바꿀 수만 있다면 그의 몸을 차지하고자 하는 혈겁이 끊이지 않았을 게다.

대체 어떤 몸이기에 그토록 찬사를 아끼지 않는가?

그는 태어날 때 지녔던 원정(原情)을 고스란히 지니고 있다.

그의 원정은 두터운 피막에 쌓인 것처럼 밖으로 흘러나가는 것을 용납하지 않는다. 태극(太極)에서 탄생한 원초적인 힘이 고스란히 보존되어 있는 것이다.

두 번째는 몸속에 내재한 음양이기(陰陽二氣)가 한 치의 기울임도 없이 똑같다.

인간은 먹고 마시고 숨을 쉬면서 외기(外氣)를 흡수한다.

외기는 몸 안으로 흘러들면서 음기와 양기로 분류되어 쌓이고 소모된다.

음기와 양기가 똑같이 흡수된다면 얼마나 좋을까마는 공기와 물과 음식을 음과 양으로 나누어 저울로 잴 수도 없는 노릇이고…… 이 세상 모든 인간이 한쪽은 강하고, 한쪽은 약하게 된다. 외기 속에 내포된 음양이기가 균일하지 않기 때문이다.

마야는 항상 균일하다.

음기를 많이 흡수하면 부족한 양기는 자연적으로 응원군을 찾아 균형을 맞춘다. 양기가 응원군을 찾지 못할 경우에는 더 많이 쌓였던 음기가 스스로 소멸된다.

음양이기 중 어느 한 기운이 넘치지 않고 균형을 이루는 몸.

무공을 수련하는 사람이라면 꿈에서도 그리는 신체다.

그러나 마야는 그런 점 때문에 고통받았고, 석신까지 당했다.

피막이 쌓인 원정은 소모되지 않는다. 좋다. 하나 밖에서 흘러들어 온 외기까지 받아들이지 않으면 어쩌잔 말인가. 음식을 먹어도, 맑은 공기를 마셔도 외기가 몸속을 잠시 경유할 뿐 쌓이지 않는다.

그의 몸은 어떠한 외기도 받아들이지 않는다.

이럴 경우 며칠을 넘기지 못하고 사망하는 것이 상례다. 산다고 해도 피골이 상접하고, 기력이 없으며, 성장 또한 멈춘다.

마야는 컸다. 살도 붙었고, 기력도 있다.

이는 아직까지 마야 자신도 알지 못하는 불가사의다.

원정이 아무런 기운도 받아들이지 않는데 음양이기가 존재한다는 사실도 기문(奇聞)이다.

어쨌든 그의 몸에는 음양이기가 존재하며, 언제나 균형을 이룬다.

이것이 또 문제다. 팽팽하게 균형을 이루는 음양이기는 자신도 넘치지 않지만 상대가 넘치는 것 또한 잔뜩 경계한다. 자신이 움직이지 않는 대신 상대도 움직이지 못하게 하는 것이다.

존재하나 사용하지 않는 경맥.

굳어갈 수밖에 없다.

멀쩡한 경맥이 서서히 굳어가는 현상은 음기와 양기가 팽팽한 줄다리기를 하기 때문이다.

마야는 이런 점을 알고 화우를 복용해서, 또는 운우지락을 나눔으로써 한쪽 기운을 자극했다. 뒤틀리고 비비 꼬이는 한이 있어도 두 놈을 어떻게든 움직여야 했으니까.

결과적으로 이런 행동은 경맥이 굳는 현상은 피할 수 있었지만 음기와 양기의 신경을 잔뜩 곤두서게 만들었다. 그리고 어느 한순간, 두 놈은 거세게 충돌했다.

장정 둘이 손을 맞잡고 힘겨룸을 하는 것처럼.

힘 하나는 천령혈(天靈穴)에서 고정되었다. 다른 힘 하나는 낭심 아래, 회음혈(會陰穴)에서 얼어붙었다.

외기는 들어설 엄두도 나지 않는 진공 상태가 된 것이다.

이것이 석신이다.

금연화가 시술한 금침법은 자오법신술(子午法身術)이라고 한다.

천령과 회음에 말뚝을 박아 두 기운을 떼어놓는다.

두 기운은 끊임없이 천령과 회음에 부딪치며 상대 쪽으로 넘어가려고 하지만 늘 거대한 벽에 막혀 실패한다. 하나 성공을 할 때도 있다.

하루에 딱 두 번, 자시(子時)와 오시(午時).

음기가 천령혈을 뚫고 상대 쪽으로 넘어가는 순간, 양기는 회음혈을 뚫고 음기 자리를 치고 들어간다. 그리고 서로 상대의 위치를 점령한 채 다음 시간이 올 때까지 정체한다.

끊임없이 양기와 음기가 순환하는 것이다.

마야는 더 이상 화우를 복용할 필요가 없다. 여인을 취해 양기를 자극할 필요도 없다. 하루에 두 번 전신 경맥이 뒤틀림을 하는데 무엇이 더 필요하랴.

하오문주는 긴 말을 마쳤다.

2

모두 무인이다. 깊은 말을 하지 않아도 저간의 상황쯤은 짐작하고도 남는다.

마야는 자오법신술을 시술받아 화우를 복용할 필요가 없다. 불가항력적으로 여인을 취할 필요도 없다.

얼핏 보면 모든 게 좋아졌다.

아니다. 최악이다.

누군가가 하루에 두 번씩 경맥을 억지로 뒤집어 버리면 '그것참, 시원하다' 말할 사람이 있을까? 오장육부가 완전히 뒤틀리는 것보다 더했으면 더했지 못하지는 않을 고통일 테니, 차라리 안락사(安樂死)를 시켜주는 편이 낫지 않을까?

아무 말도 하지 못했다. 누구도 입을 열지 못했다.

마야의 생사 여부는 마야 혼자만의 문제가 아니나.

그는 마인들의 희망이요, 꿈이다.

대다수의 마인들은 마도의 꿈이 유계에 있다고 한다. 유계가 은둔을 떨치고 나설 때, 마인들이라고 매도되던 사람들도 기를 펴고 세상을 활보하게 될 것이라고 믿는다.

아주 극소수의 사람들만 마야를 따른다.

그들은 자신의 목숨을 마야에게 맡겼다. 자신의 인생,

꿈…… 모든 것이 마야의 움직임에 따라서 달라진다. 그가 좋게 나가면 좋아지고, 나빠지면 따라서 같이 나빠진다.

지금과 같은 상황에서 마야가 죽거나 병석에 드러눕는다는 건 생각해 볼 수도 없다. 그런 일이 생긴다면 지금까지 그와 동고동락을 같이했던 사람들은 모조리 죽음을 면치 못한다.

굳이 꿈이라고 거창한 표현을 쓰지 않아도 좋다.

무공을 수련한 무인으로서 정말 무공을 써야 할 곳에 쓰다가 죽었다는 한가닥 마음이라도 간직할 수 있다면 편히 죽겠다. 변변히 싸워보지도 못하고, 이리저리 휘둘리다가 어쭙잖은 인간들에게 죽게 되니 그것이 한스러울 뿐이다.

"결국…… 제가 문제였네요. 제가 알지도 못하고 금침을 시술해서 마야를 이 지경으로 만들었군요."

금연화의 음성은 가늘게 떨렸다.

"목갑에 있는 금침법은 마야도 진작 알고 있었지만 시술하지 않았지. 그 후에 닥칠 끔찍한 고통은 인간이 겪을 게 아니거든. 언젠가 그 고통이 어느 정도냐고 물어본 적이 있지. 여자 찾아서 발광하거나 구더기도 먹지 않을 걸 주워 먹는 것보단 나을 것 같아서. 간단하게 대답하더군. 목갑에 적힌 시술법은 저주의 자오법신이라고."

마인들, 그들은 하오문주 따위는 상대로 여기지도 않았다. 도움을 많이 받기는 했지만 광대한 조직력을 활용한 것이고,

무공으로는 일초지적도 안 되는 사람이다.

그러나 그가 마야에 대해서 심도 깊게 말하기 시작한 순간부터 그는 더 이상 무시의 대상이 아니었다. 마야와 연분이 있다는 사실만으로도 그는 하오문주가 아니라 마인들 중 한 명으로 인정받았다. 이 자리에 모인 사람들에게는.

"하루에 두 번씩 마른번개를 맞는 기분일 거야. 몸뚱이는 물론 마음까지 새카맣게 타 들어가겠지. 그날 이후, 자시와 오시에 마야를 본 사람 있나?"

"……."

이번에도 대답이 없었다.

그는 여인들과 동침하지 않았다. 그는 자시에 홀로 있었다.

오시도 마찬가지다. 한낮, 정오이며 점심 무렵인지라 식사하자고 그를 찾곤 했다. 마야가 식사 시간에 항시 늦어서 점심까지 반 시진 정도 뒤로 늦춰놓았다.

모두들 아무것도 모르고 낄낄깔깔 웃고 있을 때, 그는 아무도 보지 않는 곳에서 극한의 고통과 싸우고 있었다.

가슴이 저려온다. 가슴이 미어진다.

"고칠 방도가 없나요?"

다담선자가 물었다.

그녀의 음성은 섬뜩하리만치 가라앉아 있었다.

"멸신구관(滅身九關)이라고 있어. 모두 아홉 관문인데, 구관은커녕 삼관도 통과한 사람이 없지. 돌아 나온 사람도 없고. 시신? 시신은 가루가 되어버리지. 살점 하나, 뼛조각 하나 찾을 수 없어. 그래서 멸신구관이야."

"그, 그런 곳이……!"

"며, 멸신……!"

모두 놀랐다. 그래도 무림사에 대해서는 웬만큼 안다고 자부하던 사람들이지만 멸신구관이라는 곳이 있는 줄은 진정 몰랐다. 말을 들어보니 상당히 지독한 곳 같은데 그만한 곳이 아직까지 알려지지 않은 채 숨겨져 있다는 것이 좀처럼 믿기지 않았다.

"멸신구관은 머리끝부터 발끝까지 가루로 만들어 버리는 무서운 곳이야. 저주의 자오법신에서 풀려날 수 있는 유일한 방법이지. 그곳에서 부서지면 죽는 거고, 부숴졌다 다시 태어나면 사는 거지."

"이거야 원…… 사람이 쌀가루로 아니고, 어떻게 산산이 부숴졌다가 다시 태어난다는 거야? 그런 말 들어본 적 있어?"

혈유가 고개를 살래살래 흔들며 말했다.

"못 들었지. 하지만 난 마야를 만나기 전에는 마령음도 들어본 적이 없어. 적멸주는 더욱 그렇고."

마도가 담담히 말했다.

할 말이 없다.

괴물을 옆에 두고서 괴이한 일을 논하고 있으니 우습다.

"멸신구관은 뭐죠? 그러니까 기관처럼 설치하는 것인지, 아니면 단환이나 침술로 시술하는 것인지……."

다담선자의 음성은 끊어질 듯, 끊어질 듯 가늘게 새어 나왔다.

그제야 사람들의 시선이 다담선자에게 모아졌다. 그리고 파랗게 질린 얼굴을 보았다.

그녀의 얼굴은 핏기가 사라져 새하얗다. 붉은 입술까지 하얗게 탈색되어 금방이라도 쓰러질 것 같았다.

"어멋! 언니, 얼굴 좀 봐!"

"식은땀 좀 봐. 어디 아픈 거야?"

여인들이 바짝 디가앉으며 땀도 닦아주고 상체도 부축해 주었다.

어디 아프냐고? 엉겁결에 물은 말이지만 대답을 들을 필요는 없다.

그녀의 마음은 이미 그녀의 것이 아니다. 하오문주의 말을 듣는 순간 새까맣게 타서 재가 되있다. 그녀의 육신 또한 희망이 있을 것이라는 한가닥 믿음 때문에 간신히 버티고 있을 뿐이다.

하오문주는 다담선자를 힐끔 쳐다본 후 냉정하게 말했다.

"둘 다. 엄밀히 말하면 멸신구관이란……."

하오문주가 긴장이 되는지 말을 잠시 끊고 마른침을 삼켰다.

"멸신구관은 남만(南蠻)에 있는데…… 유계의 주공이란 자를 유인해 죽이기 위한 죽음의 기관이지. 유계는 마도의 하늘이지만 복종하지 않는 자는 잔인하게 짓밟았거든. 때문에 원한을 가진 자가 많았고, 무공으로는 택도 없고. 그래서 생각한 것이 천신이라도 빠져나가지 못할 함정을 만드는 것이었지. 멸신구관을 만드는 데까지는 성공했는데…….."

"빌어먹을!"

수검이 하오문주의 말을 끝까지 듣지 않고 벌떡 일어섰다.

"유계의 주공, 말은 들었어. 사방천마 정도는 삼초지적에 불과하다는 말. 북검문주나 남도문주와 붙어도 모자람이 없는 자야. 그런 자를 유인해서 죽이려던 함정이라고! 차라리 꼴 보기 싫으니까 얌전히 무덤 속으로 기어들어 가라는 편이 낫겠네."

"모두 제 말을 잠시 들어주세요."

다담선자가 다시 입을 열었다. 그녀의 음성은 착 가라앉아 있었지만 조금 전처럼 무기력한 모습은 아니었다. 어찌 보면 생기가 깃들어 있는 것 같아서 불안하기까지 했다. 마치 회광반조(回光返照)처럼 마지막 삶을 불태우는 것 같아서 불길하다.

"마야를 놓아줘요."

"……!"

"나중에…… 그 사람이 정상으로 돌아오면, 다 나으면……

여러분들 찾아뵙고 백배사죄하게 만들게요. 하지만 지금은 놓아줘요. 아무 생각하지 않고 푹 쉴 수 있게요."

자신의 생각만 일방적으로 말한 다담선자는 일령과 절혼마녀의 부축을 뿌리치고 일어섰다.

마야는 멸신구관에 들어가기로 작정했다. 그리고 다담선자는 그를 쫓아서 같이 들어간다.

그들의 결심은 굳이 말로 들을 필요가 없었다.

"나처럼 무덤에 들어갈 날이 얼마 남지 않은 늙은이가 되면 눈치로 공짜 오입도 할 수가 있지. 키키키! 이봐, 늙탱이. 그만 뜸들이고 말해봐. 석신이 뭔지, 멸신구관이 뭔지 알려주려고 우릴 죄다 긁어모은 건 아니잖아?"

또 뭐가 있나?

시마와 하오문주는 눈싸움이라도 하는 듯 서로 눈길을 피하지 않고 마주쳤다.

"히히히! 맞아, 맞아. 그 정도 길으면 모두 모이라고도 하지 않았지. 마야는 내일 아침에 떠날 거야. 아무도 모르게 마차를 준비해 달라더군. 조용히 떠날 생각인 모양인데, 그래서야 뒈지기 십상이지. 내 할 말은 이게 전부야."

"늙은이가 끝까지 냄새피우고 있네. 그 저주의 자오법신이란 것 말이야. 고통만 받으면 되는 거야? 고통을 무한정으로 이겨낸다고 가정할 때, 견디기만 하면 언제까지고 살 수 있는 거야?"

"그럼 멸신구관에 드는 쪽보다 견디는 쪽을 택하겠지."

"내 이럴 줄 알았어!"

"고통을 견뎌도 길어야 백 일. 지금까지 오 일이 지났으니까 남은 기간은 구십오 일. 백 일이 지나면 저주의 자오법신은 돌처럼 굳어져. 그때는 화타가 환생해도 살릴 수 없지. 그 안에 결판내야 하니 시간도 없는 건가."

마야가 멸신구관에 들어가는 것은 피할 수 없는 운명이다.

모두들 어떻게 해야 하는가. 무엇을 해야 하는가. 어떤 행동을 취해야 마야에게 도움이 되는가.

마야는 아침에 떠날 것이다.

모두 번민했다. 하나 그중에서도 마야를 저주의 자오법신으로 이끈 금연화의 마음은 더욱 편안하지 못했다.

'무엇이든 해야 하는데……'

밤이 깊어갔지만 그럴수록 정신이 말똥말똥해졌다.

건곤사괴에게 붙잡혔던 소립파는 자시가 가까워질 무렵에서야 돌아왔다.

달빛에 비친 그의 얼굴은 초췌해 보였다. 한 걸음씩 떼어놓는 발걸음은 납덩이를 달아놓은 듯 무거워 보인다. 하지만 그가 조용히 자신의 방으로 들어갈 때까지 누구 한 사람 그에게 말을 걸지 못했다.

모두들 그가 들어간 방에 이목을 집중시켰다.

조용하다.

고통에 몸부림치는 신음 소리는 들리지 않는다.

'지독한 사람.'

음양진기가 서로 갈라지고, 또 일시에 자리바꿈을 한다는 말은 들어본 적이 없는지라 그 고통 역시 알지 못한다. 하나 용암이 들끓던 곳에 극한의 얼음이 뒤덮이는 격이니 인간의 육신으로는 감당하기 어려운 고통일 게다.

마야는 참고 있다.

어떻게 참을까. 방바닥을 뒹굴까? 이빨에 나무 막대기라도 물었나?

다담선자도 보이지 않는다. 마야가 아침 일찍 떠날 것을 알고 있으니 어디선가 마야 몰래 따라갈 준비를 하고 있을 것이다.

'하는 데까지 해보는 거야.'

금연화는 자리에서 벌떡 일어나며 일령에게 말을 건넸다.

"일령, 시마와 마도, 하오문주 좀 불러다 줘. 마야 몰래."

일령이 벌떡 일어나 달려나갔다.

모두들 마음이 같다. 무엇인가 해야겠는데 어찌할 바를 모르고 있다.

일행은 두 패로 갈라진다.

한 패는 암중에서 마야를 호위한다.

마야가 멸신구관을 이겨낼지, 아니면 흔적 없이 사라져 버릴지 그의 앞날은 짐작조차 하지 못한다. 하지만 멸신구관에 들 수 있게는 만들어줘야 한다.

다담선자가 그를 따라가니 천만다행이다.

그녀의 추명반과 천와류라면 극한의 위기에서도 마야의 목숨을 한 번은 구해줄 수 있다.

암중에서 따라가는 데 능숙한 사람이 누굴까? 모두들 일령과 절혼마녀를 지적했다.

상황 판단을 명쾌하게 내릴 필요도 있다. 그러자면 볼 것 못 볼 것 많이 본 사람이 필요하다. 시마!

마야를 따라가는 사람은 그들 정도면 충분할 것 같다.

나머지는 남아서 사투를 벌인다.

시마나 마도 같은 사람 열 명이 있어도 저들이 원하는 사람은 마야다. 그가 지닌 능력이다. 마야가 힘들다는 것을 알면 더욱 악착스럽게 달려들 게다.

마야가 편히 갈 수 있도록 저들의 이목을 따돌려야 한다.

하오문이 도와준다지만 남도문을 상대로 기나긴 추격전을 벌이는 일은 지난할 것이다.

마야가 돌아오지 않는다면 끝없이 쫓기다가 끝날 운명이다. 남도문은 마지막 일인의 목을 쳐낼 때까지 추격을 멈추지 않을 테니까.

소림파는 도둑괭이처럼 살며시, 한편으로는 당당하게 걸어서 윗방으로 건너왔다.

두 귀를 활짝 열어 주위를 살피면서 볏짚을 들어올렸다. 그리고 입을 쩍 벌린 어둠 속으로 망설임없이 걸어 들어갔다.

단호하게 걸었다. 뒤도 돌아보지 않았다. 돌아보면, 그래서 누군가와 눈이 마주치면 계단을 걸어 내려가지 못할 것 같았다.

그도 죽는 것은 두렵다.

돌덩이가 되어 죽는다는 게 얼마나 기막힌 노릇인가. 사지육신이 갈가리 찢겨져서 먼지가 되어 사라진다면 얼마나 허무한가. 아니, 무섭다. 두렵다. 저주의 자오법신도 두렵고, 멸신구관도 끔찍하다.

뚜벅! 뚜벅……!

계단을 밟아 내려갈수록 서늘한 기운이 옷깃을 적셔왔다.

유등 걸린 곳에 낯선 물건이 보인다.

하오문주가 준비해 놓은 행낭(行囊)이다.

사람은 없고 행낭만 있는 것이, 하오문주는 마지막 배웅을 하지 않기로 작심한 듯하다. 하기는, 만나봐야 서로 고통스럽기만 하겠지.

'십비지공이면 문주의 뜻을 이룰 수 있을 것……. 후후! 태아가 수련을 끝내려면 이십 년은 걸릴 텐데, 노친네가 그때까

지 살아 있을지 모르겠군.'

영고단의 한기가 살을 에일 듯 스며들었다.

영고단에서 밖으로 나가는 통로는 다섯 군데, 어느 곳이나 십 리는 걸어야 한다.

하오문주가 준비해 둔 통로는 어느 것인가.

사방을 훑어보던 눈에 기광이 반짝였다.

탁자 옆에 있어야 할 의자가 외따로 떨어져 있다.

'사(四)통로.'

영고단에 다섯 개 통로가 있고, 다섯 군데의 입구가 어디란 것은 안다. 하나 들어가 본 적은 없다. 통로가 어떻게 생겼는지, 어디로 빠져나가는지도 알지 못한다.

사실 그가 영고단에 들어와 본 것도 이번이 처음이다.

농가에 들른 적은 전에도 있지만 영고단에 관심을 갖거나 둘러본 적은 없었다.

외따로 떨어져 있는 의자는 바닥에 파인 네 개의 조그마한 흠에 꼭 끼어져 있었다.

바닥에 파인 구멍 네 개, 그리고 그 위에 놓인 의자.

이것이 네 번째 통로를 여는 열쇠다.

탁자 옆에는 다른 의자가 네 개 더 있지만 하오문주가 맞춰 놓은 의자 외에 다른 의자를 끼워 맞추면 아마도 영고단 전체가 붕괴되고 말 것이다.

어느 의자가 네 번째 통로를 여는 열쇠인지는 오직 하오문주만이 안다.

소립파는 의자에 앉았다. 그러자,

구구구궁……!

대리석으로 만든 바닥이 좌우로 갈라지면서 한 사람이 들어갈 만한 구멍이 나타났다.

'도움이 컸어. 부디 잘 피해 다니고…… 살아남기를.'

그들은 어린아이가 아니다. 제 앞가림 정도는 충분히 한다. 아니, 넘치도록 한다. 적이 너무 강해서 염려될 뿐이다. 어련히 알아서 살아남을까.

소립파는 구멍 안으로 빨려 들어갔다.

마인들은 곳곳에 지하 땅굴을 파놓고 이동 수단으로 사용한다.

소립파도 어디를 갈 때면 마도인들만의 통로를 애용했다.

제사통로는 마인들의 통로와 비슷해서 낯설지 않았다. 걷기도 편하고 습기도 적어서 쾌적하기까지 했다.

한참을 걸었다. 어림짐작으로 근 오 리 정도는 걸은 것 같다. 통로가 십 리 정도 이어진다고 했으니 이제 절반쯤 건너온 건가?

소립파는 우뚝 멈춰 섰다.

통로에 있는 사람들, 세 여자와 한 노인, 가볍게 행낭을 짊어진 모습들.

눈과 눈이 마주쳤을 때 소립파는 고개를 좌우로 흔들었다.

'안 돼!'

'어림없어요.'

눈과 눈이 마주쳤다. 고집과 고집이 어울렸다.

요지부동이다. 소립파의 생각 따위는 안중에도 없다는 투다. 얼굴에 드러난 의지가 너무 단호해서 돌아가라는 말이 나오지 않는다.

"미련한 짓······."

소립파는 결국 엉뚱한 소리를 하고 말았다.

비로소 세 여자의 얼굴이 활짝 펴졌다.

"부창부수(夫唱婦隨)라잖아요. 바깥사람이 미련하니 안사람도 미련할 수밖에요."

절혼마녀가 보조개를 깊이 파며 생긋 웃었다.

말이 필요없다는 건 안다. 이미 모든 걸 알고 기다린 사람들이지 않은가. 그래도 같이 갈 수는 없다.

"남만으로 가는 건 알 거야."

"알아요. 걱정 마세요. 조용히 모실게요."

일령이 얼른 받아서 말했다.

"아무도 따라올 수 없어. 따라와서도 안 되고."

"결국 떼어놓고 가시겠다는 말씀이군요."

다담선자였다.

그녀는 시마와 절혼마녀, 일령이 합류해도 가타부타 말 한

마디 하지 않았다. 너무 조용해서 불안했다. 꼭 무슨 사고라도 칠 것 같아서 조마조마했다.

"다담."

"살아서도 하나, 죽어서도 하나."

"다담!"

"우리 사랑은 늘 하나예요. 그래서 좋아요."

"다담, 내 말을……."

"전 다담이 아니에요. 마야예요. 마야와 한 몸이니까. 전 제 길을 가요. 멸신구관을 통과해야 살 수 있어요. 유계의 주공을 죽이겠다고 만든 함정이라죠? 그래도 전 통과해요. 같이 가주시겠어요?"

절혼마녀는 남몰래 한 걸음 물러나 흙벽에 등을 기댔다.

마야와 몸을 섞으며 최상의 쾌락을 느꼈다.

이런 사내는 없었다. 사내의 힘은 머리끝부터 발끝까지 저려 울리고, 사내의 숨결은 솜털까지 곤두서게 만들었다.

그와 한 몸이 되었을 때, 이 세상에서 느낄 수 있는 최상의 쾌락을 맛봤다. 더 이상의 쾌락은 존재할 수 없을 것 같았다. 이런 방면에서는 너무나 많은 경험을 가졌는데, 전부 소용없었다.

마와 귀가 합쳐지니 마귀가 된다고 했나?

밝음 쪽에 청명이 있다면 어둠 쪽에는 마귀가 있다고?

어느 쪽이라도 상관없다. 지상 최고의 원앙, 내 낭군이 이 남자다. 그것으로 됐다.

그렇게 생각했다. 그렇게 만족하며 지내왔다.

마야를 먼저 만난 사람은 다담선자다. 그녀는 처녀지신이 기도 했다. 조신한 풍모, 단아한 모습은 절혼마녀가 지니지 못한 아름다움이었다.

그러나 부럽지 않았다. 그와 한 몸이 되는 순간부터 마야는 자신의 남자였다.

미련한 말이지만 어쩔 수 없는 위기에서 두 여자 중 한 여자만 살려야 한다면 자신을 선택할 것이라는 믿음이 확고했다.

이제는 아니다.

몸으로 느끼는 사랑만이 전부가 아니란 걸 알았다.

흔히 마음으로 느끼는 사랑이 진실하다고 하는데, 천만에 말씀! 몸으로 느끼지 못하면 마음도 멀어지는 거다. 몸이 떨어져 있으면 사랑도 멀어진다.

하지만…… 마야와 다담선자의 사랑을 그런 잣대에 맞춰서 설명할 수 있을까?

다담선자는 죽을 결심을 굳혔다.

마야가 죽는 순간 다담선자도 죽는다고 보면 맞다.

누가 감히 자신이 마야라고 말할 수 있을까. 멸신구관까지 가는 게 아니라 같이 통과하겠다고? 자신이 갈 테니 같이 가 달라고?

'난…… 아니었어.'

마야와 몸을 섞지 않았다면, 그리고 다담선자의 절절한 마음을 십 할 알았다면…… 아픈 가슴으로 물러났을 게다. 멀리서 마야를 지켜보는 것으로 만족했을 것이다.

사랑이란 느낌으로 시작되지만 서로가 키워가는 것이기도 하다. 그런 면에서 다담선자는 자신이 알지 못하는 세계에 먼저 들어가 있다.

이제 알았다. 멸신구관이라는 말을 듣는 순간 두말 않고 일어선 다담선자의 마음을.

"하나만…… 내가 부탁이란 말을 쓸 때, 그것이 무엇이든 들어준다면. 반드시."

다담선자는 생각도 하지 않고 즉시 말했다.

"알았어요."

"동생."

"예."

다담선자는 훨씬 밝아 보였다.

"마야와 동생의 유희(遊戲), 그 죽음의 유희 속에 나도 끼어주면 안 될까?"

절혼마녀는 진심이었다. 다담선자를 질투한 것도 아니고, 그녀의 행동에 충격을 받아서도 아니다. 앞서서 걸어가고 있는 마야의 뒷모습을 보는 순간 깨달은 것이 있었다.

자신은 언제부터인지 마야가 없는 세상은 생각할 수 없게 되었다.

그가 옆에 있을 때는 생각지 못했는데, 절절하게 죽음을 생각하니 확실하게 알게 되었다.

다담선자는 씩 웃으며 손을 잡아왔다.

"언니는 우리 가족이잖아요. 당연히 같이 가야죠. 그럼 혼자만 빠지려고 했어요?"

"가족?"

다담선자는 다시 웃었다.

"전에 제가 한 말 기억해요? 사랑을 위해 목숨을 바칠 자신이 있거든 마야에게 안기라고 한 말요."

절혼마녀는 고개를 끄덕였다.

"지금이 그때예요. 저도 마야도 언니에게 요구하고 있었어요. 목숨을 달라고. 벌써 수십 번 말했는데 너무 늦게 알아듣는군요. 언니는 너무 둔해요."

"그랬어? 미안해."

절혼마녀는 비로소 편해졌다.

'이런 여자를 만난 건 행운이지. 이런 여자와 함께한 남자를 위해 죽는 것도 행복이고. 그랬어. 다담이 일어설 때, 나도 일어섰어야 했어. 죽어줄게. 기꺼이.'

절혼마녀는 다담선자의 손을 꽉 움켜잡았다.

第三十二章

내적인(來的人)
－오는 사람

1

졸졸졸······!

투명한 개울물이 활기차게 바위를 넘고 굽이를 돌아 흘러갔다.

"얼음에 뒤덮여 있을 때가 엊그제 같은데 벌써 봄이군."

여인은 섬섬옥수를 개울에 담그더니 맑은 물을 떠올렸다.

물은 곧 손가락 사이로 빠져나갔다.

"물은 손으로 잡을 수 없어. 그렇지?"

대답은 들리지 않았다. 여인도 대답을 기대했던 건 아닌 것 같다. 그녀는 물이 손가락 사이로 빠져나가는 것을 즐기는 듯 몇 번이고 같은 행동을 반복했다.

"여자가 있다고?"

"세 명입니다."

이번에는 즉각 반응이 왔다.

"네 명이 아니고 세 명?"

"금연화가 떨어져 나갔습니다."

"금연화가? 의외인데? 떨어져 나가려면 일령이 떨어져 나가야지 왜 금연화가 떨어져?"

"……."

"좌우지간 재미있는 사람들이라니까. 하도 상식을 뒤집는 바람에 어느 게 정상이고 어느 게 비정상인지 분간을 하지 못하게 만들어. 그 여자들, 예뻐?"

"셋 다 각기 다른 미(美). 어느 한 여자를 고르라면 몇날 며칠을 고민해야 할 것으로."

"예쁘단 말 한 번 길게 하네. 놀라운 일이야. 자하일봉이야 원래 소문난 미모이니 그렇다 쳐도…… 일령이 그렇게 예뻤나? 한낱 그림자 따위가? 닳고 닳은 낙화향 창기가, 뱃놈들 비린내를 뒤집어쓴 선루주가 자하일봉과 견줘?"

"낙화향 창기라고는 하지만 절혼마녀는 원래 요녀로 소문난……."

"묻지 않았는데?"

"……."

말이 뚝 멈췄다.

졸졸졸……!

다시 개울물 소리가 들린다. 인간의 말 때문에 잠시 숨죽였던 자연의 소리가 경쾌한 가락을 띠고 흘러간다.

물 흐르는 소리는 때로 훌륭한 노랫가락이 된다. 자장가가 되기도 하고, 마음을 안정시켜 주기도 하며, 새소리 바람 소리와 섞여서 환상적인 화음을 일궈내기도 한다.

얼마 동안이나 물의 노래를 듣고 있었을까?

해가 뉘엿뉘엿 넘어가며 서녘 하늘을 물들이고 있으니 근 반나절 동안은 한자리에 머물렀다. 그때,

쉬익! 쉬이익!

사방에서 옷자락 펄럭이는 소리가 분분히 일어났다.

물의 노래에 귀를 기울이고 있지 않았다면 다른 소리가 섞여드는지 몰랐을 만큼 아주 극미한 소리다.

"남도문이 아예 뿌리를 뽑으려는 것 같습니다."

새로이 나타난 자 중에 한 명이 가쁜 숨도 고르지 않은 채 말했다.

"자세히."

"넷! 죽은 답평 자리를 꿰차고 앉은 자는 구환자(九還子)라는 인물입니다."

"구환자. 말은 많이 들었어. 광동성의 정기를 한 몸에 받았다던가 하는 자, 아냐?"

"맞습니다. 그 구환자가 야광 총수가 되어서 추격전을 벌

이고 있습니다. 추혼단이 선발이 되어서 무서운 속도로 거리를 좁히고 있습니다. 잡히는 것은 시간문제일 듯."

"네 판단까지는 바라지 않아."

"죄송. 철궁대는 좌측, 제삼무신가 궁수들은 우측을 맡아서 멀리 휘돌며 포위망을 구축하고 있습니다."

"도망(桃網)이군."

"……."

한 번 질책을 받은 자는 자신의 판단을 말하지 않았다.

복숭아처럼 외곽이 둥글게 말아 오르다가 꼭지가 맞닿는 순간 개미 한 마리 빠져나가지 못한다는 도망.

도망을 펼침에 있어서 지극히 주의해야 할 점은 은밀해야 한다는 것이다. 도망은 강력한 위력을 발휘하는 반면 펼치기가 어려워서 포위망이 형성되기 전에 눈치 채면 십중팔구 놓치게 된다. 또한 도망을 형성하는 중에는 대응 방법도 마땅치 않다는 치명적인 단점을 안고 있다.

그래서 적의 시선을 차단하는 작업을 병행하게 된다.

추혼단의 추격이 그것이다. 그들은 무섭게 추격하는 척하면서 교묘하게 도망 안으로 몰아넣는 역할을 맡았다. 잡을 듯하면 놓아주고, 조금 멀어졌다 싶으면 따라붙고.

그렇다고 추혼단의 추격을 간과해서는 그대로 끝장난다.

추혼단만으로 십 할 잡을 수 있다는 확신이 서면 그들은 하시라도 포위망을 포기하고 살격으로 전환한다. 허가 실로 변화하여 목을 조여오는 순간이다.

"보고할 게 그것뿐이야?"

"총동원 인원은⋯⋯."

여인은 더 듣기 귀찮다는 듯 손을 휘휘 내저었다.

"제이무신가. 그들이 어디 있는지 말하지 않았잖아."

"그들은⋯⋯."

"왜?"

"제이무신가 무인들은 나오지 않았습니다."

"제일무신가는?"

"그들 역시."

"호호호!"

여인은 맑게 웃었다. 옥구슬이 찰랑거리는 듯 영롱한 웃음소리다.

"사방천마와 천멸도의 문둥이들은 마야를 쫓고 있을 테고?"

"그렇습니다!"

"차도살인이군. 마야의 능력을 꽹장히 높이 봤어."

여인은 미간을 찌푸렸다.

마야는 북검문을 희롱한 자다. 마야 때문에 천랑대, 천비대에 이어 칠성군까지 한자리에 모였는 데도 놈을 잡지 못했다. 놈이 간교해서 잡지 못했다는 것도 말이 되지 않는다. 당시, 추격에서 북검문의 머리는 삼뇌로 일컬어지는 만박선생이었다.

놓칠 만한 이유가 천 가지라도 입을 열 수 없게 만든다.

'어쩌면 가능할지도……'

여인은 한참 동안 생각을 거듭한 끝에 입을 열었다.

"받아 적어. 첫째, 남도문주는 차도살인계를 펼쳤다. 마야를 쫓는 자는 사방천마와 천멸도 살수들이나…… 결과는 반대로 나올 것이다. 마야의 손을 빌려서 사방천마와 천멸도 살수들을 몰살시킨다면 유계가 나서지 않을 수 없을 것이고…… 관건은 마야가 사방천마를 죽일 수 있느냐는 것인데, 이 부분은 확인이 필요하다."

여인은 잠시 호흡을 가다듬었다.

유계와 마야의 싸움…… 누가 봐도 계란과 바위의 싸움이다. 마야가 기이한 능력을 지녔고, 그를 따르는 사람들이 초마인들이라고는 하지만 유계와 비교하면 터럭 같은 존재에 불과하다.

남도문주는 무엇을 노리고 결과가 뻔한 싸움을 일으킨 것일까?

'마야가 사방천마를 죽인 후에…… 마야를 북무림으로 몰아내면? 유계는 마야를 쫓아 북무림으로 갈 수밖에. 또 하나의 차도살인! 북무림은 필연적으로 유계와 부딪친다! 남도문이 충돌하지 않으면 안 되게끔 만들 테니까.'

염두에 두어야 할 것이 또 있다.

현재 일을 주도하는 자가 남도문주가 아니라 만사무불통지라면 이야기는 완전히 달라진다. 어쩌면 마야가 사방천마를 죽이는 순간이 남북무림을 산산이 조각내었다가 전혀 다른 모습으로 재조립하는 대변혁의 발단일지도 모른다.

'어디서부터 관계를 짚어갈까.'

대답은 이미 나와 있다.

벌써 벌어진 일이 있다. 추혼단, 철궁대, 제삼무신가와 마야의 수족들은 어떤 식으로든 싸우게 되어 있다. 그 결과를 지켜보면 된다. 마야의 수족들을 어떻게 처리하는지 지켜보면 일을 주도하는 자가 누군지 파악할 수 있다.

마인들을 어떻게 처리할까? 모조리 죽인다?

그렇다면 남도문주다. 수족을 잃은 마야는 그의 생활 터전인 북무림으로 돌아갈 수밖에 없을 것이다. 물론 유계에 쫓기는 몸이 되어 있겠지만.

포위망이 뚫린다? 그리고 마야의 수족들이 기사회생한다?

이는 만사무불통지의 생각이다. 포위망을 뚫는 정도가 아니라 남도문 무인들에게 어느 정도 타격을 줄 수 있다면 더욱 좋다.

상황이 그렇게까지 악화된다면 꿈쩍 않고 있는 제일무신가, 제이무신가도 어쩔 수 없이 출동해야 한다. 미꾸라지가 날뛰는 모습을 더 이상은 지켜볼 수 없을 테니까.

그러면…… 남도문은 텅텅 비게 된다.

만사무불통지만의 무대가 마련된 것이다.

무공이 신의 경지에 이른 남도문주를 어떻게 상대할 것인가? 그것은 모른다. 하나 만사무불통지는 계획이 서 있을 게다. 그가 역천지계(逆天之計)를 꾸미고 있다면.

물론 지금은 모든 게 가정이다. 손톱 밑에 가시 하나 박힌 것을 가지고 하늘이라도 무너진 듯이 침소봉대(針小棒大)하는지도 모른다. 빈틈이 없던 남무림이기에 허점이 보이기를 바라는 간절한 마음이 허황된 생각을 이끌어냈는지도 모른다.

쫓고 쫓기다 보면 몰살당할 수도 있고 빠져나갈 수도 있다.

아무것도 아닌 일에 너무 과한 해석을 붙인 것은 아닐까?

'지켜보면 알겠지.'

원래는 마야 한 명에게만 초점을 맞췄으나, 답평의 죽음이 생각을 복잡하게 만들었다. 이 세상에 이유없는 죽음은 절대로 없고, 야광 총수 같은 사람이 죽을 때는 태풍을 뒤에 남겨놓는 법이다.

여인은 다시 입을 열었다.

"둘째, 마인들의 추살 여부가 완전히 드러날 때까지는 마야가 장강을 건너는 일이 있어서는 안 될 것. 그리고 마지막으로 셋째, 난 계속 마야를 지켜볼 것임."

"전서를 보낼까요?"

"보내. 남무림 목서(木鼠)를 최대한 활용해서 지극히 은밀하게."

여인은 자리를 털고 일어섰다.

천기수사의 외동딸이며, 북검문의 후계자이기도 한 육신녀였다.

그녀가 아무도 모르게 장강을 건너 남무림으로 들어섰다.

이런 사실을 남무림이 알게 되면 어떤 일이 벌어질까? 당금 남무림을 발칵 뒤집어놓고 있는 마야 사건은 단번에 뒷전으로 밀려나고, 모든 이목이 그녀에게 집중될 것이다.

적은 남무림뿐만이 아니다. 칠성군도 적이라고 할 수 있다. 서로가 암투를 벌이고 있으니. 만약 육신녀를 제거하고자 하는 사람이 있다면 이번 기회를 놓칠까? 육신녀의 행방을 남무림에 슬쩍 흘리기만 해도 살아남을 가능성은 전무한데 말이다.

무엇보다 피바람을 일으키고야 뚫을 수 있는 장강 경계망을 아무도 모르게 유유히 건넌 것만도 기절초풍할 노릇이다.

"마야는?"

"남으로 가고 있습니다."

"남으로? 확실해?"

"네."

여인은 개울물을 떠서 한 모금 삼켰다.

큰 것을 생각해 봤으니 이제 작은 것도 생각해 봐야 한다.

'마야는 자기 사람을 절대 버리지 않는 사람이야. 그런데

일행을 남도문 먹이로 던져 놓고 자신만 빠져나가고 있는 게 아무래도 이상해. 무슨 일이 있어. 틀림없이.'

"마야에게 무슨 일이 생겼어. 수족들과 흩어질 수밖에 없는 이유. 알아봐. 그가 가는 곳, 최종 목적지가 어딘지도 알아 보고. 하오문에 침입해 있는 목서를 이용해야 할 거야."

"넷! 그럼 저흰……."

"소식을 알아내는 대로 쫓아와. 들키면 죽음뿐이니 매사 조심하고. 마야가 있는 곳에 내가 있을 테니 찾기는 쉬울 거 야."

"존명!"

사내 몇 명이 바람처럼 사라져 갔다.

북무림 사람들은 지자라고 하면 삼뇌를 일컫는다. 하나 그 들과 버금가는 사람들이 많이 있다는 것은 간과한다.

육신녀가 그런 사람들 중 한 명이다.

천기수사의 머리를 이어받았으니 태어날 적부터 천재였 고, 자라면서 섭렵한 수많은 학문은 그녀를 찬란히 빛나는 혜 성으로 탈바꿈시켰다.

그런 상태로 성장을 지속했다면 육신녀라는 별호 대신에 만박선생과 필적할 만한 별호를 얻었을 게다.

육신녀는 북검문주의 문하로 들어갔다. 그리고 그 일이 육 신녀를 잊게 만들었다. 사람들은 뛰어난 무공만 주목할 뿐, 그녀의 머리는 그저 천기수사의 딸이니 천재일 것이라는 정도로 지나쳐 버렸다.

육신녀는 가끔 세상이 권태로웠다.

사람들이 하는 행동을 보자면 속이 환히 드러나 보이는데 본인들은 열심히 감추고 있으니 얼마나 역겨운가.

있는 재주를 숨기는 것도 병이 된다.

남무림에서는 그럴 필요가 없다. 자신이 행동하고 싶은 대로 행동해도 주목할 사람이 없다. 목서라는 인간들이 천비대에 전갈을 보내겠지만…… 어림도 없다. 천비대의 손에 들어가는 전서에는 자신에 대한 이야기가 쏙 빠져 있을 게다.

'이제 마음껏 즐기기만 하면 되는 건가.'

그녀도 일어있다.

"가장 가까운 객잔으로 가자. 목욕할 수 있는 곳으로."

*   *   *

구환자는 바보가 아니다.

그는 답평의 금제에서는 풀려났지만 더욱 크고 강한 금제에 걸렸다는 것을 한시도 잊지 않았다.

답평의 금제는 눈에 보이는 것이었으니 대응책을 세울 수 있다. 하나 꽁꽁 숨어서 모습을 드러내지 않는 금제는 어떤 형식으로 돌출될지 모르기에 전전긍긍할 수밖에 없다.

금제는 분명히 있다. 하기에 절대로 한눈을 팔아서는 안 된다.

'미련한 사람…….'

답평은 미련했다. 그는 너무 눈에 띄게 발판을 넓히려고 했다. 그저 있는 듯 없는 듯 죽어지내도 모자랄 판이었는데.

답평의 금제를 피할 수 없어서 당한 게 아니다. 작은 금제를 당해줌으로써 큰 금제를 벗어날 수 있기에 당해준 거다. 도산검림(刀山劍林)에 몸을 담근 사람에게 그만한 안전책도 없지 않은가.

구환자는 자신이 야광 총수가 된 것도 마뜩치 않았다.

답평은 십인회의를 열 때마다 회의 첫머리에 자신을 등장시켰다.

그에게 제일 먼저 질문을 던지는 버릇이 있었는데…… 질문을 받을 때마다 항시 위험하다, 좋지 않다는 생각을 해왔다.

그것이 이런 결과로 나왔다.

'야광 총수라니.'

말도 안 된다. 분수에 넘치는 감투를 썼다.

만사무불통지를 넘어서지 못하는 한 야광 총수라는 자리는 빛 좋은 개살구에 불과하다. 아니다. 그 정도라면 그냥 무시당하면 그만이지만 이건 까딱 잘못하면 구족이 몰살당한다.

답평이 그랬다. 공식적으로 그는 암살당한 것으로 처리되었고, 죽은 사람도 혼자뿐이다. 하나 아무도 모르게, 흔적조차 찾을 수 없는 곳에서 수많은 죽음이 있었다는 것쯤은 짐작하고도 남는다.

답평의 혈족은 뿌리째 뽑혔다.

구환자는 답평의 전철을 밟지 않으려고 신경을 곤두세웠다.

그가 야광 총사에 오른 후에 제일 먼저 한 일은 십인회의를 폐쇄하는 것이었다.

십인회의에는 죽음의 칼날이 숨어 있다. 그곳에서 거론된 말들은 한 자도 빠짐없이 만사무불통지의 귀에 전달되고 있으니 이 세상에서 가장 믿을 수 없는 곳이 십인회의다.

두 번째로 한 일은 답평이 무엇 때문에 죽었는지 확실하게 파악하는 것이다.

그는 집무실을 서성거렸다.

세상의 이치를 아홉 번이나 깨달았다는 자신의 머리로도 해결되지 않는 문제가 있다.

'이것이 무엇이냐……?'

숙제는 고민을 거듭해도 풀리지 않는다.

답평의 죽음 이전에 마야가 있다. 마야를 보려면 장강을 건너던 모습부터 봐야 한다. 장강? 그 이전에는? 단문협 사건, 즉 혈귀대의 죽음이 보인다.

이 모든 게 일련으로 이어져 있다.

즉, 답평이 왜 죽었는지 알기 위해서는 혈귀대가 어떻게 해서 몰살했는지부터 파악해야 한다는 결론에 이르게 된다.

혈귀대의 죽음에 관련된 자들, 누가, 무슨 목적으로……?

하나 함부로 알려고 해서는 안 된다. 어쩌면 혈귀대의 몰살은 절대로 건드리지 말아야 할 벌집인지도 모른다.

이번 일은 야광 총사 정도는 하룻밤 사이에 죽여 버릴 정도로 막강한 권력을 가진 자들이 개입되어 있다.

자신의 위치에서는 알고 있되 모른 척하는 것이 능사다.

누군가? 누가 혈귀대의 몰살과 연관되어 있는가.

표면적으로는 궁왕이다. 그가 혈귀대주를 죽였으니까. 하지만 여기에도 의문이 생긴다. 혈귀대주가 뛰어난 자이기는 하지만 남무림의 전설이라는 궁왕이 나설 정도로 절대 무공을 지닌 자는 아니었다.

궁왕을 움직이게 할 수 있는 사람을 찾아야 한다. 혈귀대의 몰살에 궁왕을 연관시킨 이유를 찾아내야 한다.

'남도삼가의 가주들…… 역시 그들밖에 없는데. 궁왕이 스스로 나선 일? 아니면 남도문주님? 만사무불통지?

그들이 부딪치는 사건이라면 보고도 못 본 척해야 한다.

한데…… 도무지, 아무리 생각해도 세 무신이 부딪칠 이유도 없거니와 부딪치려는 전조도 없다. 그리고 절대 부딪칠 사람들도 아니다.

여기에 함정이 있다.

'절대라는 말은 절대 없는 법이지. 욕심을 부린다면 밑에서 위로 치고 올라가는 게 순서. 궁왕은 그럴 사람이 아니고…… 아냐, 아니야. 그럴 사람이 아니라는 선입견조차 버려야 해.'

생각을 거듭하던 그는 드디어 한 가지 결론을 내렸다.

'포위는 하되 치지는 않는다. 목마른 사람이 물을 찾는 법. 먼저 움직이는 자를 지켜보면 되겠지. 자, 그럼 치지 않는 방법만 찾으면 되는 건가?'

흥미로운 싸움이다.

야광에 들어온 이후, 머리 쓸 만한 일이 없었는데 드디어 재미 붙일 만한 일을 찾았다.

'머리 쓴다는 걸 발각되면 죽음. 조용히…… 아주 은밀하게…… 있는 듯 없는 듯…… 빠져나갈 수 있는 길부터 마련해 놓은 다음에…… 칼을 든 자 칼에 죽고, 머리를 쓰는 자 제 꾀에 죽는 법. 남도문에 발을 들여놓는 게 아니었어. 만사부불통지를 능가할 자신이 없는 한…….'

앞으로는 한시도 마음 놓을 수 없는 시간이 될 것이다. 진정으로 살얼음판을 걷게 될 것이다.

*　　　*　　　*

사람들은 그를 모른다.

옛날 사람들, 그중에서도 몇몇 사람만이 흑조편복(黑鳥蝙蝠)이라는 별호를 기억할 뿐이다.

아닌가? 잘못 생각했나? 그를 아는 사람들은 기억하기조차 싫어할 테니, 아는 사람이 없다고 해야 하나?

그는 여느 때와 마찬가지로 일어나자마자 제일 먼저 사립문부터 살폈다.

다른 때는 무심히 지나치며 눈곱을 떼었을 텐데……

그는 땅바닥에 그려져 있는 나비를 보았다.

'나비…… 살(殺)!'

오랜만에 일거리가 생겼다.

물경 이십 년 만에 생긴 일이니 목숨을 걸어야 할 게다.

그는 우물가로 가서 삭도(削刀)를 집었다. 그리고 머리를 반질반질하게 밀었다. 윤기가 흐를 때까지, 손으로 머리를 쓰다듬었을 때 까칠거리는 느낌이 없을 때까지 꼼꼼하게 밀고 또 밀었다.

세월과 함께 퇴색되어 가던 계인(戒印)이 되살아났다.

그는 방으로 돌아와 풀을 매겨서 곱게 모셔놓은 승복을 입었다.

살이 쪘다고 생각했는데, 잘 맞는다.

이십 년 전 치수가 그대로 맞는 걸 보면 몸 관리는 제대로 했지 않나 싶다.

밖으로 나온 그는 미련없이 사립문을 등지고 걸었다.

"나무아미타불, 관세음보살……."

양손을 들어 합장한 손에 염주가 들렸다. 묵직하게 흘러나오는 염불 소리는 심신을 편안하게 해준다.

어디로 갈까?

아는 것이 없다. 무작정 걷다 보면 해답이 나오리라.

반나절 동안이나 걷다가 쉬고, 쉬다가 걸었다.

발길이 초라한 칠성묘에 다다랐을 때, 그는 또 한 마리의 나비를 보았다.

더듬이가 없고 양 날개가 반이나 뜯겨 나간 그림이다.

'이건 필사(必死). 재차 당부하는 건가? 어떤 놈이기에…….'

"나무아미타불, 관세음보살."

합장 불호를 외우며 칠성묘 안으로 들어섰다.

안에는 방금 전까지 사람이 머물렀던 듯 사람 냄새와 따뜻한 온기가 남아 있었다.

'이놈도 오래 살긴 틀린 놈이군. 이렇게 흔적을 많이 남겨서야…… 기껏해야 사오 리 정도밖에 벗어나지 못했겠어.'

칠성묘에는 많은 흔적들이 남아 있다.

먼지와 발자국은 극성이다. 무엇보다도 상대에 대한 정보를 고스란히 전해준다. 먼지와 발자국만 잘 연구해도 추적에 일가견을 가질 수 있으리라.

그는 서신을 집어 들었다.

마야(魔爺) 필사(必死). 기한(期限) 사월(四月) 한(限). 현 위
치, 호광성(湖廣省) 구성현(垢腥縣). 구(九).

그는 서신을 와락 구겨 버렸다.

상대가 마야였는가. 마야…….

그에 관한 소문은 많이 들었다. 마도 놈들이 시답지 않게
패거리를 지어 움직이는 정도로만 알았는데, 북검문 사건 이
후로는 달리 보게 되었다.

그에 대한 정보는 넘치도록 많다.

그럴 수밖에 없는 것이, 근래 들어서 새로운 소식이라고 전
해져 오는 것은 모두 그에 관한 것들뿐이니 호기심을 갖지 않
을 수 없다.

재미있는 놈, 그러나 지금은 반드시 죽여야 할 자.

화나는 것은 서신 말미에 적힌 '구'라는 숫자다.

전체를 백으로 봤을 때 성공할 가능성이 구밖에 안 된다는
말이다.

이건 뭔가, 일 할도 아니고 구 푼밖에 안 된다는 건가? 천하
의 흑조편복이 나섰는데?

그는 화가 치밀어 서신을 구겨 버렸지만 마음은 차디차게
가라앉아 있었다.

'구' 라는 숫자는 그를 무시해서 쓴 것이 아니다. 양쪽의 능력을 냉정하게 판단해서 현실성있게 점친 것이다. 결코 무시할 만한 숫자가 아닌 것이다.

'구 푼이라······. 후후! 별 개망신을 다 당하는군. 하나 구 푼이라면 이대로 가면 안 되겠지.'

협조해 줄 사람을 구해야 한다.

사월까지라고 기한을 못 박았다. 오월로 들어섰는 데도 일을 해결하지 못한다면 자신이 도태된다.

'구 푼······. 남은 기간은 이십여 일 안짝. 어쩔 수 없이 할 망구를······.'

흑조편복은 움직이지 않았다. 그러나 그의 신형은 안개처럼 사라지고 있었다.

2

하오문주가 준비해 준 마차는 시중에서 흔히 볼 수 있는 이두마차였다. 말은 건강했지만 명마라고는 할 수 없었고, 마차도 세월의 흔적이 가득 묻어 있었다.

마야와 세 여인이 함께 마차 안으로 들어갔다.

"젊은것들은 편하게 퍼질러 앉아 있고, 늙은이는 고삐나 쥐고······. 뭐, 이런 개 팔자가 다 있어."

시마가 어자석에 앉아 고삐를 움켜잡으며 투덜거렸다.

"개 팔자가 상팔자라는 말도 못 들어봤어요?"

일령이 냉큼 받았다.

"이년아, 그럼 네년이 개 팔자 해. 난 구더기 팔자라도 편하게 앉아 가는 쪽이 좋으니까. 끼럇!"

그는 힘차게 말고삐를 잡아당겼고, 두 필의 말은 나는 듯이 질주해 나갔다.

일령도 마차 안에서 편하게 앉아 갈 팔자는 아니었다. 그녀는 마차가 출발함과 동시에 지붕 위로 솟구쳐 올랐고, 납작 엎드린 채 주위를 살폈다.

자하령 시절에 왕왕 사용하던 은신술이다.

'낙화향에 육령과 구령이 있는데, 잘 있겠지. 동생들을 죽인 자들에게 화를 당했을지도……. 북검문…… 누군지 용서하지 않을 거야. 동생들의 원한은 반드시 내 손으로 갚아줄 거야.'

육령과 구령은 앙칼진 성격이다.

그녀들이라면 절혼마녀가 했던 것처럼 숱한 남자들의 모멸과 멸시 속에서 낙화향 창기들을 무사히 지켜낼 게다.

북검문이 지켜보지 않는 한, 그녀들은 안전하다. 아주 조금이라도 주의를 기울인다면 가장 위험한 처지가 되겠지만. 어쩌면 벌써 화를 당했는지도 모르겠고.

일령은 고개를 흔들었다.

그녀들의 안위가 문득문득 생각나지만 지금은 온 신경을 마야에게 집중시킬 때다.

일령은 자하령 시절처럼, 금연화를 호위할 때처럼 어둠 속에 스며들어 그림자가 되었다.

"잠시 자리 좀 피해주지."

소립파는 담담히 말했다. 하나 그의 음성은 확실히 느낄 수 있을 만큼 가늘게 떨렸다.

오시가 가까워진다.

소립파의 얼굴에 짙은 그늘이 깔리기 시작한다.

"이대로…… 이대로 해요."

다담선자가 소립파의 손을 잡으며 말했다.

두 눈 가득히 연민이 떠올랐다. 금방이라도 눈물이 떨어질 듯 물방울이 번졌다.

"혼자 있고 싶은데."

"미련하게 굴지 말아요. 사람이 어떻게 좋은 점만 보이려고 그래요? 힘들 때는 기댈 줄도 알아야 해요. 기대세요. 모든 걸 잊고 푹 기대요. 어떤 일이 있든 어떤 경우를 겪든, 언니와 저는 마야 곁에 있을 거예요. 항상요."

소립파는 웃었다.

"그럼 보기 흉해도 참아."

"그럴게요."

소립파는 은잠사를 꺼내 자신의 두 발을 묶었다.

'이, 이런 것이었나!'

절혼마녀의 눈가에 경련이 일었다.

다담선자도 놀라고 있을 터이다. 하나 그녀 역시 자신처럼 내색하지 않는다.

소립파가 고통을 참는 방법은 도살장에 끌려간 소, 돼지처럼 손발을 묶고 버티는 것이었다.

그의 손놀림은 익숙했다.

다리를 묶은 줄을 위로 당겨 허벅지를 고정시키고, 거기에 왼팔까지 묶었다. 팔을 묶고 남은 은잠사는 몸 뒤로 돌려 오른쪽 허벅지로 끌어와 다시 한 번 단단히 동여맸다. 그리고 오른팔이 들어갈 수 있도록 큰 올가미를 만들었고, 오른손을 집어넣은 후에는 입으로 올가미 줄을 잡아당겼다.

꾸욱!

그의 몸은 단단하게 고정되었다.

아직 한 가지 할 일이 더 남아 있다.

몸을 묶기 전에 품에서 꺼내놓은 헝겊쪼가리를 입에 꽉 물었다.

헝겊 안에는 찰떡과 같은 것이 들어 있는 듯했다.

"이렇게 버틴 거예요?"

마야는 대답할 수 없다. 사지가 묶여 있을 뿐만 아니라 입까지 자갈을 물었다.

"뭐 도와줄 건……."

다담선자는 말을 하다가 뚝 그쳤다.

소립파는 꽉 묶인 두 팔 사이로 머리를 처박았다. 두 여인을 보지 않으려는 듯, 고통으로 일그러진 얼굴을 보여주기 싫다는 듯.

고통은 이미 시작되었다.

그의 어깨가 부르르 떨린다. 떨리는 정도가 아니다. 마구 비틀린다. 검에 찔린 사람처럼, 창에 꿰인 채 끌려 다니는 사람처럼 어쩔 줄 몰라 몸부림친다.

소립파는 인내심이 무척 많은 사람이다. 어지간한 고통에는 눈살조차 찌푸리지 않는다. 검에 찔리고도 무표정한 얼굴로 상대의 눈길을 끝까지 응시한 사람이다.

그런 그가 고통스러워한다.

'참을 수조차 없는 고통…….'

절혼마녀는 몸을 비틀었다.

배가 아파온다. 뼈가 끊어지는 것 같다.

아무런 일도 없었는데, 자오법신의 고통은 마야가 당하고 있는데…… 그녀도 아프다. 고통스럽다. 마야의 고통을 고스란히 가져오지 못하는 것이 한스럽다.

마야는 앉아 있지도 못했다. 몸이 앞으로 기울어진다 싶더니 풀썩 꼬꾸라졌고, 엎어진 채 사지에서 경련을 일으켰다.

팔다리, 오장육부를 밖으로 꺼냈다가 다시 집어넣는 고통이리라.

두 여인은 발밑에서 꾸물거리는 벌레를 보았다.

인간이 아니라 벌레가 당하는 고통이다.

일으켜 앉힐까 싶다가도 또 쓰러질 것 같기에 편히 누워나 있으라고 손대지 않았다.

이각(二刻), 무려 이각 동안이나 두 여인은 숨을 쉬지 못했다.

눈을 뜨고 있으나 눈길을 둘 곳이 없고, 숨을 쉬고 있으나 숨결을 뱉을 곳이 없다. 입 안에 침이 고여도 삼키지를 못하겠다. 육신이 괴로움을 감쇄시키는 행동이라면 손톱을 꼼지락거리는 행동조차 할 수 없었다. 마야가 이토록 괴로워하는데……

"후욱! 후우! 후웁……!"

소립파의 입에서 거친 숨이 터져 나왔다.

'끝났어! 끝났어!'

이십 년이나 된 듯이 길고 길던 시간이 끝을 보일 때, 두 여인은 가슴을 쓸어내렸다.

끓는 기름 솥을 헤쳐 온 기분이다.

마야는 경련을 멈췄다. 대신 어깨를 크게 들썩였다. 입에 물었던 헝겊도 툭 떨어져 나왔다.

입에 문 헝겊조차 뱉을 힘이 없는가. 무의식중에 숨을 더 많이, 더 크게 쉬고 싶어서 억지로 밀어냈을 뿐인가. 뱉고자 하는 생각도 없었던 건가.

다담선자는 마야의 침이 잔뜩 묻은 헝겊을 주워 들었다.

절혼마녀는 은잠사를 풀었다.

한 가닥씩 풀릴 때마다 소립파의 팔과 다리도 축 늘어진다.

"추궁과혈이라도 해줘요?"

절혼마녀가 치솟는 안타까움을 꾹 누르며 말했다.

실패다. 그녀는 마음을 숨기지 못했다. 그녀의 음성에는 눈물이 묻어난다.

"아…… 니. 이대로…… 조금만……."

몸을 움직이는 것도 힘들어 한다.

소립파는 일대 경가량이나 마차 바다에 엎드려 숨을 골랐다.

이윽고 힘들게 몸을 일으킨 소립파의 얼굴은 예전처럼 무뚝뚝한 표정으로 돌아가 있었다.

땀으로 흠뻑 목욕했다. 천 리 길을 달려온 사람처럼 낯빛이 핼쑥하다. 내색은 하지 않지만 손가락 하나 들어올릴 힘조차 남아 있지 않다.

그런데도 그는 담담한 표정으로 바깥 풍경을 구경했다.

"옷 갈아입혀 드릴게요."

다담선자가 행낭에서 새 옷을 꺼내며 말했다.

소립파는 대답없이 창밖만 쳐다봤다.

두 여인은 상의를 벗기고, 하의를 벗기고…… 땀에 흠뻑 젖어 물기가 줄줄 흐르는 속곳까지 벗겨낸 후 마른 헝겊으로 전신을 샅샅이 닦았다.

젖은 옷은 한쪽 구석에, 새 옷은 마야의 몸에.

소립파는 온몸을 두 여인에게 맡긴 채 창밖 풍경에 넋을 놓았다.

"보기 힘들었을 텐데……."

한참 만에 나온 말이다.

"수…… 고했어요."

다담선자는 인간이 할 수 있는 수만 마디 말 중에서 참으로 어렵게 한마디를 골라냈다.

남만을 향해 길을 떠난 지 사흘째 되는 날부터 소립파는 잠이 부쩍 늘었다.

취침 시간은 상당이 늦었다. 자시의 자리바꿈을 겪고, 고통에 찌든 몸을 잠시 달래준 후에야 잠을 잘 수 있었으니 거의 축시에 이르러서야 잠을 청하게 된다.

평소의 그는 거의 두 시진 정도밖에 자지 않는다.

이제는 다섯 시진이 넘는다. 해가 중천에 떠 있을 무렵이 되어서야 눈꺼풀을 들어올린다. 그러고도 잠이 충분하지 않다는 듯 벌떡 일어서지를 못한다.

일어나서는 건포(乾脯)로 가볍게 요기를 한다. 그런 후, 잠시 몇 호흡을 기다리면 어김없이 오시의 저주가 시작된다.

잠들기 전에 한 번 겪고, 잠에서 깨어난 직후에 또 한 번 겪고.

하루의 시작과 끝에 진기의 자리바꿈이 존재한다.

"혼혈을 짚으면 어때요?"

절혼마녀가 안타까워서 한마디 던져 놓고는 자신이 생각해도 어처구니없어서 피식 웃고 말았다.

마야의 경우는 단순히 혈도 몇 군데가 뒤틀리는 것과는 차원이 다르다. 양지가 음지가 되고, 음지가 양지되는 대변화가 일어나는데 그깟 혈도 한두 군데 짚는다고 달라질 건 아무것도 없다.

음양이기가 뒤바뀌는 순간, 그의 몸은 혈도가 없게 된다.

혈도란 꽃이다. 너무 예민해서 조심스럽게 다뤄야 한다. 한데 광풍폭우가 몰아쳐서 황소가 날아가고 집이 부서지는 마당에 꽃인들 무사할 수 있는가.

전쟁이 터져서 수백만 대군이 휩쓸고 지나간다.

성벽이든 전각이든 거치적거리는 것은 모조리 가루로 만들어 버리는 엄청난 힘이다.

혼혈을 짚겠다는 생각은 죽창 들고 서서 대문 하나만 지키면 도성을 지켜낸다는 발상과 다르지 않다.

다른 방도가 없다. 두 손 놓고 멀거니 지켜보는 도리밖에 없다.

음양이기의 자리바꿈은 순간적으로 이뤄질 터이다. 한데

마야는 왜 이각 동안이나 고통을 받을까?

전혀 다른 기운이 자리를 잡고, 경맥이라는 줄기를 만들고, 혈도가 제자리를 잡기까지 기다려야 하기 때문이다.

그제야 마야는 인간이 되어 움직일 수 있다. 그때에야 비로소 피와 살과 뼈로 이루어진 외형에 생기(生氣)가 보태져 시신과 다름없는 처지에서 풀려날 수 있게 된다.

'이렇게 무기력하게 지켜볼 수밖에 없다니.'

두 여인이 할 수 있는 일은 정말로 아무것도 없었다. 고작해야 하루에 두 번, 자시와 오시에 땀으로 흠뻑 젖은 옷을 마른 옷으로 갈아입히는 것이 전부였다.

엿새째 되는 날, 세 여인과 시마는 가슴이 철렁 내려앉는 사단을 겪었다.

마야의 상세가 갑작스럽게 악화되었다.

갑자기 병자라도 된 듯 몰골이 중병을 오래 앓은 사람보다 더욱 초췌했다. 눈은 퀭하니 들어가고, 눈가에 검은 그늘이 덮였으며, 피부도 푸석푸석 말라갔다. 또한 도저히 정상이라고 볼 수 없을 만큼 많은 땀을 흘렸다.

이제 갓 봄을 지나는 날씨이니 덥지는 않다. 오히려 춥다고 할 수 있다. 고통을 받는 시간도 아니다. 유시(酉時)로 접어들 무렵이라서 소림파에게는 가장 편안한 시간이라고 할 수 있다.

그런데도 비 오듯 땀을 흘렸다.

　어제까지만 해도 이렇지는 않았는데, 오늘은 오시의 저주를 끝내자마자 이런 현상이 일어난다.

　다담선자와 절혼마녀는 번갈아가며 마른 헝겊으로 땀을 닦아냈다.

　"안 되겠어요. 오늘은 객잔을 잡아서……."

　다담선자는 차분해지려고 애썼다.

　하오문주는 마야가 백 일을 넘기지 못할 것이라고 했다. 백일 안에 특단의 조처를 취하지 못하면 죽을 것이라고.

　마야의 나빠진 몸 상태는 죽음의 그림자가 한 겹 덧씌워진 것 같아서 가슴이 찢어졌다.

　마야는 늘 그렇듯 입술만 살짝 비트는 웃음을 지어 보인 후 말했다.

　"무게가 삼만 근 정도 되는 쇠마차가 있는데…… 강을 건너야 돼. 강은 초겨울이라서 살얼음이 깔려 있고. 살얼음을 깨지 않고 강을 건널 수 있을까?"

　"지금 무슨 말을 하는 거예요?"

　"말해봐. 살얼음을 깨지 않고 강을 건널 수 있겠어?"

　"……."

　"내 몸 안에는 쇠마차같이 강건한 기운이 넘쳐 나. 반면에 몸뚱이는 언제 깨질지 모르는 살얼음판. 쇠마차의 무게는 날이 갈수록 무거워지고 있어. 쇠마차가 살얼음판을 건너지 못하듯 내 몸도……."

"계속 그런 말 할래요!"

"너무 연연하지 말라는 뜻에서 한 말이야. 시마에게 말해. 여기서 이십여 리 정도 가면 암산(巖山)이 나와. 풀 한 포기 자랄 수 없는 바위산이라 쉽게 찾을 수 있을 거야. 거기로 가라고 해."

"제발 오늘만은 객잔에서……."

"거기, 제법 편한 곳이야."

두 여인은 아무 소리도 하지 못했다.

"이십여 리라면 금방 갈 거예요. 힘들더라도 조금만 참아요."

다담선자는 절혼마녀가 마른 헝겊을 가지고 다가앉자 자리를 비켜줬다.

소립파는 하오문주와 헤어진 후부터 매일 산에서 잠을 청했다.

산의 형태는 각기 달랐다. 아름드리나무들이 시원하게 뻗어 있는 산에서도 지냈고, 키 작은 잡목에 가시덩굴이 가득한 산에서도 잠을 자보았다.

이번에는 바위산이다.

드문드문 풀도 있고 나무도 있지만 거의 대부분이 크고 작은 바위들이다.

"여기 어때? 이슬은 피할 것 같은데."

"조금 더."

"이놈들, 힘들어 뒈져."

시마가 말에 채찍을 휘두르며 말했다.

"조금 더 가."

소립파는 창밖으로 고개를 내밀고 바깥을 쳐다보았다.

"어디 찾는 곳이라도 있어? 언제 와본 곳이야?"

"저기…… 저기로 돌아가면 꽤 아늑한 곳이 나와. 저기로 가."

소립파가 어둠이 짙게 깔린 곳을 가리켰다.

타타탁! 타닥!

모닥불이 힘차게 타 들어간다.

소립파가 안내한 곳은 천험의 요새였다.

유선형으로 휘어진 길이라서 머물기는 편해도 들어오기는 힘들다. 누군가가 들어선다면 이쪽에서는 볼 수 있지만 상대는 보지 못하는 곳이다.

머물 장소도 넓고 아늑했다.

큰 바위들이 좌우를 가리고 있으며, 위에서 굴러 떨어진 바위가 지붕을 대신했다. 천연 석실이다. 말 두 필과 마차를 들여놓고도 신법을 수련할 수 있을 만한 공간이 나오니 한꺼번에 십여 명이 머물러도 부족함이 없는 곳이다.

"이런 말하면 뭣하지만…… 남만에 가본 적은 있어?"

시마가 마른 나뭇가지를 꺾어 모닥불에 던져 넣으며 물었다.

세 여인도 소립파의 말에 귀를 기울였다.

그가 안내한 곳은 항상 안전했다.

공격하기는 지극히 어렵고, 방어하기는 쉬운 곳.

다담선자의 추명반과 시마의 녹혈마공이 어우러지면 능히 일당백으로 겨룰 수 있는 곳을 용케도 골라냈다.

참나무 숲도, 잡목 숲도…… 이번에는 바위산까지.

"몇 군데 알고 있을 뿐이야."

'가본 적 있어!'

시마와 세 여인은 같은 생각을 했다.

소립파는 거짓말을 지독히도 못한다. 그의 거짓말을 눈치 채지 못한다면 천하에서 가장 우둔한 사람이다. 차라리 말을 하지 않는 편이 조금이라도 숨기는 길이라는 걸 말해줄까, 말까?

"남만까지는 꽤 먼 길인데…… 남은 날짜에 갈 수 있겠어?"

일반적인 여행이라면 충분하다.

시마가 염려하는 것은 길이 지체되는 것이다.

당장 지금만 해도 그리 편한 상황은 아니다.

마차가 움직이기 시작할 무렵부터 뒤를 쫓는 무리가 생

겼다.

그들은 일정한 거리를 유지한 채 쫓아오고 있다. 가까이 다가서지도 않고 멀리 떨어지지도 않고. 어떻게 보면 움직임을 지켜보는 감시자 정도로 여겨지기도 한다.

하나같이 무시하지 못할 고수들이다. 쫓아온다는 느낌만 있지 형체를 잡을 수 없으니 더욱 조심해야 한다.

소림파는 대답하지 않았다. 대신 시마에게서 눈길을 거둬 절혼마녀를 쳐다봤다.

"앉으나 서나, 밥을 먹을 때도 잠을 잘 때도, 무공 수련을 게을리 하면 무인이 아니지. 절혼, 십이성에 이른 귀적무를 보고 싶은데."

"귀적무를? 지금 여기서요?"

"내게 보일 필요는 없고…… 온 길을 되돌아서 이십 장 정도 가면 상대할 만한 자들이 있어."

"뭐, 뭐요! 어, 언제 거기까지!"

절혼마녀는 깜짝 놀랐다. 그녀뿐이 아니다. 모두들 너무 놀라서 말을 잃었다.

일단의 무리가 뒤쫓고 있다는 사실은 눈치 채고 있었지만 거리가 이십여 장 정도밖에 벌어지지 않았다는 데는 놀라지 않을 수 없었다.

이 정도의 거리라면 급습을 가하고자 한다면 당장이라도 가능하지 않은가.

"잡을 생각은 마. 잡으려다가는 오히려 당해. 살짝 건드리기만 해. 누군지, 무공 수준은 어느 정도인지…… 기본적인 것만 파악해 봐."

"그런 일이라면 큰언니보다 제가 나아요. 제가 할게요."

일령이 대뜸 나섰다.

은밀함, 그림자, 은신술…… 이런 종류의 비기를 가장 많이 아는 사람은 단연 일령이다. 상대가 누군지 알아보려고 한다면 당연히 일령이 맡아야 한다.

모두의 생각이 같았다. 그러나 소립파만 달랐다.

"후후! 정말 습관이란 무섭군."

소립파는 묘한 눈길로 일령과 절혼마녀를 번갈아 봤다.

"서, 설마…… 큰언니가 저보다……."

일령은 문득 무슨 생각이 들었는지 깜짝 놀란 얼굴로 절혼마녀를 쳐다봤다.

"절혼의 귀적무가 극성에 이르면 말 그대로 귀신이 돼. 보면 알겠지. 절혼, 자시에 시작해. 오고 가는 데 일각, 건드리고 빠져나오는 데 일각. 모두 이각 줄게. 이각이면 나도 볼일을 마쳤을 테니까."

"그 볼일…… 절대로 나보다 늦게 마치면 안 돼요."

절혼마녀는 손을 내밀어 마야의 손을 꼭 잡았다.

절혼마녀는 한 번 도약에 일 장씩 쑥쑥 미끄러져 나갔다.

스으으……!

미꾸라지가 기름으로 범벅이 된 곳을 기어갈 때처럼 움직이기는 하는데 소리가, 기척이 들리지 않는다.

모습도 보이지 않는다.

귀신의 발걸음, 귀신의 춤이라는 귀적무는 일반적인 은신술처럼 숨는다는 기분으로 펼치는 것이 아니다. 자연과 하나가 되어 내 몸에 자연을 담고, 자연의 품에 육신을 떠맡기는 극상승의 절기다.

이십여 장을 나아가는 데는 촌각도 걸리지 않았다.

마야는 오고 가는 데 일각이란 시간을 주었지만 절혼마녀에게는 한잠 사고 가도 될 만큼 긴 시간이다.

사랑하는 님이 말하기에 잠자코 들었을 뿐이다. 다른 사람이 그런 식으로 말했다면 코웃음을 쳤을 게다.

오는 데 이십 장, 가는 데 이십 장, 겨우 사십여 장을 움직이는 데 일각이나 소모하다니 말이 되는가. 그 정도 거리라면 신법을 펼칠 필요도 없이 내처 달리기만 해도 오가는 데 일각이면 충분하다.

스스스스스……!

절혼마녀는 귀적무를 극상승으로 펼치며 나아갔다. 그러나!

'아!'

거의 이십여 장 정도 왔을 거라고 생각될 즈음, 그녀는 자신도 모르게 바로 옆에 있는 바위 뒤로 몸을 숨겼다.

'휴우!'

안전하게 숨었다고 생각되자 가는 한숨이 새어 나왔다. 아니다! 숨을 내쉬어서는 안 된다. 꾹 눌러 참아야 한다. 적은 코앞에 있다. 눈으로 볼 수는 없지만 끈적끈적한 기운이 피부에 달라붙는다.

마야가 왜 일각이란 시간을 주었는지 이제야 알았다.

너무도 무서운 자들이 뒤따라왔다. 그들은 그녀의 주변에 있으며, 한가닥 숨결만 흘려내도 곧바로 죽음으로 이어놓을 자들이다.

천멸도 살수들!

그렇게밖에 생각이 들지 않는다. 그들이 아니라면 또 누가 있어서 이토록 은밀한 은신술을 펼칠 수 있단 말인가.

이런 자들이니 느낌만 있을 뿐 형체를 잡을 수 없었지.

'아!'

불현듯 한 가지 깨달은 것이 있다.

마야가 농담처럼 흘린 말…… 습관처럼 무서운 것은 없다고 했나?

그렇다. 은신술에서는 극에 이른 자들인데 그들이 자신을 발견해 내지 못했다.

덕분에 아직 살아 있다.

귀적무는 천멸도 살수들조차 상대할 수 있을 만큼 지고무쌍한 신법이다. 일령의 은신술이 아무리 뛰어나다고 해도 지금에 와서는 귀적무의 상대가 되지 못한다.

마차 지붕으로 올라갈 사람은 일령이 아니라 자신이었다.

'날 보낸 이유…… 일령이라면 혈전을 피할 수 없었어.'

믿고 보냈으니 기대에 충족시켜 줘야겠지.

절혼마녀는 다시 귀적무를 펼쳐 살수들이 숨어 있으리라고 짐작되는 곳으로 쏘아갔다.

파아앗!

검기가 일제히 일어났다. 하나,

파파팟! 파앗! 쏴아아아……!

살수들이 짓이겨 놓은 것은 애꿎은 바위다.

그들은 절혼마녀가 들어오는 것은 감지해 냈지만 형체는 잡아내지 못했다.

'이것으로 무승부.'

절혼마녀는 확실하게 자신감을 얻었다.

그녀는 느낌으로만 확인했을 뿐, 살수들의 움직임을 보지 못했다. 그들이 숨이 있는 곳은 디더욱 알이체지 못했다. 그런 점은 저들도 마찬가지다. 서로 헛손질만 했다.

절혼마녀도 놀랐지만 저들의 놀라움도 상당할 것이다.

'승부는 지금부터…….'

스스스스……!

귀신이 춤을 추며 바위산을 누볐다.

第三十三章

도천공(到天空)
—하늘에 닿을 때까지

1

절혼마녀는 마야가 준 이각이라는 시간을 다 쓰고도 일각을 더 소모한 다음에야 돌아왔다.

먼저 찾는 자가 승리하는 숨바꼭질.

숨는 데는 일가견이 있는 사람들끼리의 꼬리잡기.

서로 상대가 존재한다는 사실은 인지한다. 하나 형체는 찾아낼 수 없다. 서로가 초범(超凡)에 이르는 은신술을 구사하니 가히 천적(天敵)이다.

세상에는 수많은 은신술이 있다. 도구를 사용하는 것에서부터 심법을 바탕으로 하는 것까지 종류를 나열하자면 밤을 새워도 모자란다. 하나 은신술이라고 다 똑같은 은신술은 아니다. 평생을 수련해도 삼류를 벗어나지 못하는 조잡한 것이 대부분이지만, 개중에 몇몇은 초절정무공과도 견줄 수 있을 만큼 심오하다.

그 몇몇이 무엇이냐고 묻는다면 할 말이 없다.

은신술이란 여타의 무공과는 달리 어둠 속에서 피어났다가 사라지기 때문에 알려진 것이 없다. 막연하게 초범에 이를 수 있는 은신술은 다섯 손가락을 넘지 못할 것이라고 추측해 볼 따름이다.

초범이란 무엇인가.

무음(無音), 움직임에 소리가 없어야 한다.

무형(無形), 움직이고 있으나 공기 속에 녹아든 듯이 투명하여 보이지 않아야 한다.

무취(無臭), 냄새를 풍기지 말아야 한다. 입고 있는 옷 냄새, 식사 후에 풍기는 음식 냄새, 몸 냄새, 병기에서 흘러나오는 피 냄새와 쇠 냄새…… 온갖 냄새를 말끔하게 지워내야 한다.

무기(無氣), 기운을 흘려내지 말아야 한다. 가장 예민한 살기(殺氣)는 말할 것도 없다.

무감(無感), 시작부터 끝까지 육신의 감각을 느낄 수 없어야 한다. 자신이 자신을 느끼는 순간 상대도 느낄 것이다.

오무(五無)는 초범의 처음이자 끝이다.

은신술이 오무의 경지에 이르렀을 때 초범에 올라섰다고

말하며, 오무를 얼마만큼이나 능숙하게, 흠결없이 시전하느냐에 따라서 진척 여부가 가늠된다.

어쩌면 초범의 시작과 끝은 종이 한 장 차이일지 모른다.

절혼마녀와 미지의 살수들은 서로 꼬리를 잡기 위해 모든 감각을 곤두세웠다.

은신술이 절정에 이른 자들끼리는 누가 더 뛰어나느냐를 중요하게 생각하지 않는다. 실오라기 같은 실수를 범하는 쪽이 누구냐를 따진다. 그리고 바로 그자가 죽는 자이다.

'여기서 내가 배워야 할 것은…… 은신술에 있어서만은 천하제일이라는 자신감. 더불어서 실수는 곧 죽음으로 이어진다는 사실을 뼛속 깊이 새겨놓는 것.'

이것이야말로 절혼마녀가 가져야 할 모든 것이다.

마야가 주문한 것은 바로 그 점이다. 사루의 무학에 귀루의 무학을 접목시키는 순간, 이 하늘에서 가장 강한 자들이라는 절대 무신들조차도 죽일 수 있다는 자신감을 가졌어야 한다.

살수들은 녹록지 않다.

마도와 수검이 천멸도 살수들에게 속절없이 당했던 것은 그들이 무음, 무형의 악귀들이기 때문이다. 이들은 천멸도 살수에 비해서 조금도 뒤지지 않는다.

절혼마녀는 두어 번쯤 살수들의 꼬리를 잡을 뻔했다. 그러나 잡힐 뻔한 적도 세 번이나 된다.

예전에 금연화가 천멸도 살수들을 잡은 적이 있다.

그녀는 양검과 음검의 조합으로 검파(劍波)를 만들어내어 상대의 위치를 파악했다. 눈이 퇴화된 박쥐가 음파로 사물을 식별하는 것과 같은 이치다.

절혼마녀는 느낌뿐이다. 직감! '저곳이다!' 라는 마음이 들면 살수들은 그곳에 있었다. 기척이나 징후가 전혀 없지만 '잡혔다!' 라는 느낌이 들면서 전율이 치밀면 우선 몸부터 빼고 봤다. 소리없이 스쳐 지나간 검기에 소름이 돋는 것은 연후의 일이다.

무론(武論)이나 상식으로 설명할 수 없는 직감.

동류의 무학을 이만한 경지로 수련해 낸 자들도 찾아내기 힘들 것이다. 목숨이 걸린 일이지만 이보다 좋은 비무 상대도 없을 것이다.

'일령이 왔으면 당했어.'

그녀가 돌아왔을 때, 마야는 마른 옷으로 갈아입고 암벽에 기대어 쉬고 있었다.

"잘 다녀왔어요."

소립파는 희미하게 웃음을 지었다.

"일령에게…… 마차를…… 절혼이 허공…… 시마가 뒤……."

얼마나 힘들었을까! 마야는 몇 마디 말조차 힘들어했다.

"알았어요. 푹 자요. 이제 잘 시간이잖아요."

마야는 고개를 끄덕였다. 그리고 절혼마녀의 부축을 받으며 몸을 뉘였다.

"누구였어요?"
"살수들이었어, 고도의 수련을 거친."
"천멸도요?"
"그런 것 같지는 않은데 은신술은 조금도 모자라지 않았어."
"몇 명이나?"
"미안. 수는 헤아릴 경황이 없어서……."
"음! 언니가 그렇게 말할 정도라면 정말 많았군요."
다담선자가 깜짝 놀라 눈을 휘둥그레 떴다.
"돌아왔잖아. 무탈하게. 내겐 귀루와 사루의 무학이 있어. 호호호! 이제 알겠어, 내 능력이 얼마나 뛰어난지. 솔직히 지금 난 무신이라도 죽일 수 있을 것 같은 기분이야."
나담선사는 절혼마녀의 말을 듣지 않았다. 그녀는 아미를 곱게 찡그리며 무엇인가에 골몰했다.
"이번에 느낀 건데…… 난 천멸도 살수들도 잡을 능력이 있었어. 한데 잡을 생각조차 못했지. 마야가 영파로 위치를 알려주면 그제야 알아채곤 했어. 있는 능력도 제대로 못 쓴 거야."
절혼마녀의 모습은 지금까지의 그녀가 아니었다. 겉모습

은 전혀 달라지지 않았는데 전혀 다른 사람이라고 느껴진다.

누구든 그녀를 함부로 하지 못한다. 그녀를 건드리려는 자는 목숨을 걸어야 한다. 그녀의 눈빛이 얼음처럼 차가워질 때, 눈길을 대하는 자는 죽음을 생각해야 한다.

왠지 모르게 절혼마녀가 진정 '절혼마녀' 처럼 여겨졌다.

"그렇군요. 이제 큰 언니는 죽음을 부르는 귀수가 된 거예요. 그렇죠? 귀루의 무학과 사루의 무학이 합쳐질 때 귀수가 나타난다고 했으니까요."

일령이 시무룩한 표정으로 말했다.

절혼마녀는 고개를 갸우뚱거리다가 일령의 마음을 읽었는지 부드러운 미소를 지으며 대답해 주었다.

"아직 그 정도까지는 아니지만 사양하지도 않아."

"둘째 언니는 세상에서 가장 빠른 천와류와 추명반을 가졌고, 셋째 언니는 음양이기를 완벽하게 조화시킨 자하쌍구검."

"호호호! 왜? 막내, 네가 제일 떨어지는 것 같아서?"

"전 제 앞가림도……."

"마야 말대로 역시 습관이란 무섭군."

"네? 그게 무슨 말이에요?"

"막내, 몇 번이나 말해야 알겠어. 넌 이제 자하령이 아니라 우리 막내야. 공령문의 전인이고. 네게는 실낱같은 차이만 있으면 몸을 뺄 수 있는 선유비조신법이 있어. 누구든 잡히기만

하면 지옥으로 이끌 수 있는 염화옥수가 있고. 왜 자신을 갖지 못해?'

일령은 고개를 푹 수그린 채 아무 대꾸도 하지 않았다.

네 능력은 정말 뛰어나다고 성심껏 일러줘도 본인이 믿지 않으니 어찌하랴.

절혼마녀, 금연화, 일령.

절혼마녀와 금연화는 기연에 버금가는 무학을 전수받아서 일취월장했다. 그러나 일령만은 자하부를 떠나올 때의 무공 그대로다.

그렇다면 예전부터 제일 무공이 강한 여인은 그녀였어야 한다.

한데 그렇지 못했다. 나중에 내력을 상승시키고, 심득을 얻긴 했지만 그때도 절혼마녀나 금연화와 비등한 정도였다.

이제 금연화는 다시 한 걸음 앞으로 나갔다. 절혼마녀도 알에서 깨어나 창공을 난다.

본인만 정체다.

실제로는 아니지만 일령 자신이 그렇게 생각하고 있다.

'이건 실전으로 깨닫게 해주는 방법밖에 없어.'

비무는 소용없다. 목숨의 위협을 느끼지 않는 상태에서는 자신의 능력을 최고로 끌어올리지 못한다. 금연화가 장족의 발전을 했던 것도 실전을 통해서였고, 자신 역시 마찬가지다.

일령에게도 그녀의 능력을 깨닫게 해줄 실전이 필요하다.

몇 마디 말로는 굳어진 마음을 풀어줄 수 없다. 하나 혹여 기회가 닿으면 쉽게 깨달으라고 한마디 했다.

"막내야, 우린 절대 약하지 않아. 그때…… 우리가 항복할 때…… 우린 천멸도 살수들을 상대할 사람이 둘째의 추명반밖에 없다고 생각했지만 사실은 넷이나 있었어. 둘째와 나, 그리고 너. 마지막으로 시마. 우리 넷의 공통점이 뭔지 알아? 눈으로 볼 수 없는 귀신을 잡을 수 있다는 거야."

일령이 피식 웃었다.

웃겨서? 믿어서? 아니다. 큰언니의 말이니까 마지못해서 웃는 게다.

그때, 생각에 잠겨 있던 다담선자가 긴 한숨과 함께 고개를 쳐들며 혼잣말처럼 중얼거렸다.

"이것이 당신의 방식…… 나에게 그랬던 것처럼. 자기 몸만 생각해도 모자랄 처지에 무슨 생각을…… 삶과 죽음은 하나던가. 삶의 끝은 죽음. 결코 떼어놓을 수 없는 관계. 죽음을 맞이할 때까지 최선을 다하는 삶. 남만에 갈 때까지 당신이 할 수 있는 일이란 것은 이것……. 역시 마야군요."

절혼마녀와 일령은 입을 꾹 다물었다.

다담선자의 말을 이해할 수 없다. 그녀가 왜 알지 못할 말을 중얼거렸는지.

절혼마녀가 입을 열어 무슨 뜻이냐고 물으려 할 때, 다담선자가 먼저 입을 열었다. 다른 사람이라도 된 듯 밝은 표정으로, 옥구슬 굴러가는 맑은 음성으로.

"뭐 해요? 마야가 한 말 못 들었어요? 막내, 빨리 어자석으로 가서 말을 몰아. 언니는 위로 올라가고요. 시마……."

"지붕에 있다. 여기 올라올 필요 없어. 필요할 때나 올라와서 설쳐 대. 어떤 미친놈이 하늘에서 뚝 떨어지는 것도 아니고. 빨리 가기나 해."

"끼럇!"

앙칼진 음성이 암벽으로 형성된 절곡을 쩌렁 울렸다.

소립파의 지시대로 어자석에는 일령이 앉았다. 시마는 지붕에 편하게 누워 술병을 들이켰다. 다담선자와 절혼마녀는 여전히 마차 안에서 마야를 살폈다.

경계를 하는 사람은 없었다. 긴장감도 엿보이지 않았다.

"앞으로 계속 가요?"

일령이 주위를 두리번거리며 물었다.

"계집아, 내가 인제 누구에게 물어보던?"

시마는 어자석에서 빠져나온 게 신나는 듯 콧소리까지 흥얼거리며 말했다.

"길을 잘못 들까 봐 그러죠."

"노정(瑙定)만 보고 가."

"노정이요? 여기서 먼가요?"

"얼추 오십 리는 될걸? 상당히 큰 도움이긴 한데…… 그림에 떡이지 뭐. 보나마나 어디 다 쓰러져 가는 관제묘 아니면 너구리 털이 잔뜩 깔린 동굴 바닥에나 나뒹굴걸!"

"그래도 술은 떨어지지 않잖아요."

일령과 시마는 한가한 말들을 주고받았다. 하나 그들의 마음은 입처럼 한가하지 못했다.

미지의 살수들이 바짝 붙어서 따라온다. 마음만 먹으면 당장이라도 공격을 가해올 수 있고, 그들이 노린 기회라면 치명적일 것이다.

긴장을 풀면 당한다. 그렇다고 무작정 긴장만 하는 것도 능사는 아니다. 만일을 대비해서 한 줌의 진기도 헛되이 소모할 수 없다. 편히 쉬어도 된다 싶을 때는 쉬어줘야 한다.

"어제 언니가 하는 말을 듣고 알았는데…… 전에 우리가 항복할 때 말예요."

"계집아, 하지 않아도 될 말은 하지 않는 게 좋아."

일령은 두말없이 말문을 닫았다.

당시 시마가 무차별적으로 독을 풀었다면 어떻게 되었을까? 천멸도 살수들 중 상당수가 절명했을 게다.

'그래도 안 돼. 시마의 독이면 몇 명쯤은 죽였을 거야. 하지만 인원이 워낙 많았으니…… 결국은 당했을 거야. 더군다나 사방천마도 있었고…… 그래도 대항할 여력이 있으면서 손을 들기란 쉽지 않았을 텐데. 자칫하면 죽을 수도 있었고.'

일령이 묻고자 했던 것은 두려움을 느꼈느냐는 것이었다.

맞서 싸울 수 있는 사람이 얌전히 두 손을 묶일 때의 심정이 어땠냐는 것이다. 상대는 남도문이다. 장강을 건너면서 남무림 무인들을 숱하게 죽였으니 잡히면 도저히 죽음을 피할 수 없을 것처럼 보였다.

시마의 마음은?

지렁이도 밟으면 꿈틀한다. 누구라도 그와 같은 상황에서는 죽기를 무릅쓰고 싸울 것이다. 그럼에도 잡혔다. 왜?

마지막 질문은 역시 마야에게 집중된다. 그를 믿었기에. 그가 일어서리라고 확신했기에.

'당신들에게 마야는 뭐죠? 어떤 사람이죠?'

마인은 오합지졸이다. 이익만 생긴다면 친구도 기꺼이 팔아먹는다. 기분 내키는 대로 살인과 방화를 내지르는 흉신악살들이다.

물론 마야를 따르는 사람들은 그렇지 않다. 하나 대부분의 마인들이 그렇다.

이들은 절대로 밝은 세상에 나갈 수 없다. 나가서는 안 된다.

마인들도 마음 놓고 거리를 활보할 수 있는 게 꿈이라고?

절대 안 된다. 마인들이 나돌아 다니면 애꿎은 사람들이 다친다. 마도는 영원히 지하에 파묻혀 있어야 한다.

마야는 어떤 세상을 꿈꾸는가. 그를 따르는 사람들은 어떻게 살기를 바라는가.

일령은 혼란스러웠다.

마야를 향해 쏟아지는 마음도 가눌 길이 없고, 전혀 도움이 되지 않는 자신이 비참하게 느껴지기도 하고.

'목숨을 걸고 사랑할 수 있으면 안아도 좋다고? 흥! 난 당장이라도 목숨 걸 수 있어.'

모든 생각과 말과 행동이 결국은 마야에게로 좁혀졌다.

정오가 지났다.

마차는 노정이란 도읍을 삼십여 리 정도 남겨놓았다. 아침부터 정오까지 겨우 이십여 리밖에 이동하지 않은 것이다.

그동안 마야는 깨어났고, 또 한차례 피나 다름없는 땀을 흘렸다.

"노정을 거쳐서 가려고 해요. 괜찮죠?"

다담선자의 속삭이는 듯한 말에 소립파는 힘없이 고개를 끄덕였다.

그는 하룻밤 사이에 더욱 초췌해져서 보는 사람들의 마음을 아프게 했다.

머리카락은 수세미처럼 거칠어졌고, 피부도 윤기를 잃어갔다.

'안 돼. 쉬었다가 가야 해. 어떻게든 조리를 한 다음에 움직여야지, 이러다가는 남만까지 가지도 못하고 일 치르겠어.'

불현듯 금연화가 원망스러웠다.

왜 저주의 자오법신술을 펼쳐서 사람을 이토록 힘들게 만든단 말인가. 안다. 누구라도 그런 상황에서는 그녀처럼 행동할 수밖에 없다는 사실을 잘 안다. 그녀를 원망해서는 안 된다는 것도. 그래도 마야가 힘들어하는 모습을 볼 때면 문득문득 원망이 샘솟는다.

"조금이라도 고통을 줄일 수 있는 약재가 없나요?"

소립파는 초점 잃은 눈으로 창밖만 쳐다봤다.

"약이라든가, 침이나 뜸이나. 뭐든 없어요?"

"……."

"음양이기가 움직이지 못하도록 천령혈과 회음혈을 막아버리면 어때요? 침으로 하든 점혈 수법을 사용하든 폐혈(閉穴)시키는 방법은 있잖아요."

죽는다. 음양이기가 움직이지 못하면 마야는 전신이 돌처럼 굳어지면서 죽는다. 혹은 전신 경맥이 걸레처럼 찢어져 나갈지도 모른다. 이것은 폐혈에 성공했다고 가정했을 때 이야기다.

소립파의 몸은 자오법신이 이루어지는 순간 혈맥 자체가 사라져 버리니 폐혈시키기도 용이치 않다.

너무 답답해서 해본 소리다.

'이런 이야기는 백날 해도 소용없어.'

"노래 불러줄까요?"

"다담이 노래도 할 줄 알아?"

소립파가 모처럼 반색했다.

"왜 이래요? 한때는 선봉의 루주였다고요. 시서가무(詩書
歌舞)를 모른대서야 루주라고 할 수 있나요? 가만있자, 뭐가
좋을까……. 그래! 몽행가(夢幸歌)가 좋겠어요."

"몽행가? 너무 유치하지 않아?"

절혼마녀도 오랜만에 근심걱정없는 얼굴로 돌아가서 활짝
웃었다.

"어멋! 몽행가가 어때서요? 방심(芳心)이 흔들릴 때야말로
세상이 온통 장밋빛으로 보이는 법이에요."

"호호호! 그래, 그럼 동생이 선창해. 내가 뒤를 받아줄게."

"그럴래요? 그래요. 흠!"

다담선자는 일부러 목청을 가다듬었다.

소립파의 핏기 잃은 얼굴에 화색이 돌아왔다. 창밖만 쳐다
보던 눈길도 다담선자에게 돌려졌다.

"니다대년기료(你多大年紀了:나이가 어떻게 되세요)?"

"니시시아적년령(你猜猜我的年齡:알아맞혀 보세요)."

"열셋[十三]? 열넷[十四]?"

"부지(不知:몰라요), 부지(不知:몰라요)."

"가시검야발기소래(可是臉也發起燒來:그런데 얼굴이 붉어졌
네)?"

"아아! 아종어애상료타(我終於愛上了他:나는 마침내 그를 사랑

하게 되었어요), 아천롱(我天聾:나는 귀머거리) 아지아(我地啞:나는 벙어리예요)."

다담선자와 절혼마녀는 열네 살 꼬마 여자 아이가 사랑을 알게 된다는 몽행가를 불렀다.

노랫가락이 맑고 달콤하다.

다담선자의 음성은 맑고 잔잔하며 애교스럽다. 반면에 절혼마녀의 노래는 사내의 혼을 치마폭에 휘감으려는 듯 거칠다. 하나 사나움 속에 강렬한 유혹이 담겨 있으니 빠져들지 않을 수 없다.

두 여인의 성량(聲量)은 정반대다. 그런데도 노랫가락은 절묘하게 이울린다. 두 여인 모두 음률에 대한 조예가 뛰어나기 때문에 상대의 성량과 어울리며 부족한 점을 메워줄 줄 안다.

"후후후!"

소립파는 노래를 음미하며 옅은 웃음을 지었다.

무척 아름다운 노래, 하나 애타는 마음이 절절히 묻어나기에 편하게만 들을 수 없는 노래.

노래를 부르는 사람은 두 명이나 애간장 녹는 마음은 하나다.

일령은 마차 밖으로 흘러나오는 노래를 들으며 눈시울을 붉혔다.

다담선자와 절혼마녀의 마음을 엿볼 때마다 마야를 넘봐서는 안 된다는 생각이 든다. 하나 자신의 마음을 자신이 주체하지 못하겠는데 어찌하랴.

몽행가는 철부지 꼬마 아이의 사랑 타령이지만 꼭 자신의 이야기처럼 들린다. 그때,

"일령."

누군가가 아득히 먼 곳에서 부른다. 꿈결에서처럼 몽롱한 음성이다.

'누구?'

일령은 화들짝 놀라 주위를 두리번거렸다.

주위에는 사람 그림자도 비치지 않는다. 사람들이 득실거려도 '일령'이라는 별호를 부를 자는 없다.

착각이었나? 환청인가?

"일령, 노래를 세 곡 정도 들을 참이다."

소리가 또 들려왔다.

'마야!'

절대 착각이 아니다. 일령은 얼른 고개를 돌려 마차를 쳐다봤다. 그녀가 앉은 곳에서는 딱딱한 나무밖에 보이지 않지만 마야가 있는 곳을 쳐다보아야만 했다.

"대략 일각 정도 걸리겠지."

마야가 영파로 말을 건네오고 있다.

일령은 대화를 나누듯이 생각으로 답했다.

'노래 세 곡이면…… 그럴 거예요.'

"뒤따르는 자들이 훨씬 가까이 다가왔어. 사방 어느 쪽으로든 십여 장만 가면 만날 수 있을 것. 고삐를 놓고 마차에서 내리도록. 내 생각이 맞는지 직접 확인해 줘. 노래 세 곡이 끝나기 전에."

일령은 무엇에 이끌린 듯 고삐를 놓았다.

'그럴게요. 무슨 일이든 할 수 있어요, 시키시기만 하면.'

쉬익!

그녀의 신형은 바람처럼 날아가고 있었다.

"어, 어! 야! 이 계집애야! 너 지금 어딜 가는 거야!"

뒤에서 시마가 버럭 고함을 내질렀지만 그녀의 귀에는 전혀 들리지 않았다.

2

일령은 아무것도 찾아내지 못했다.

눈에 띄는 것은 회색 바위들뿐, 사람이라고는 그림자조차 보이지 않았다.

이들의 장기는 은신술이다. 은신술이 너무 뛰어나서 형체 없는 인간이라고 할 수 있다. 숨어 있을 때는 물론이고, 공격을 가해올 때도 드러나지 않는다.

신경을 팽팽하게 곤두세웠다.

'감각으로 잡을 수 있는 자들이 아냐.'

안 된다는 걸 알면서 온 신경을 곤두세우는 것은 가만히 앉아서 당할 수 없기 때문이다.

슈웃!

느낌이 전해져 왔다. 누군가, 무엇인가가 옆구리를 향해 쇄도한다.

진기를 끌어올렸다. 여타의 무공은 진기를 모으면 응축되고 풀면 이완되는 법인데, 선유비조신법은 정반대다. 진기를 모으자 전신 근육이 솜처럼 풀어진다.

'보아야 해! 어디를 어떻게 공격해 오는지!'

볼 틈이 없다. 눈으로는 물론이고 느낌으로도 찾아낼 수 없다. 하나 본능은 위험한 상황이라고 말한다. 지금 당장 움직이지 않으면 목숨을 잃을 것이라고 경고한다.

타앙!

엄지발가락에 있는 은백혈(隱白穴)에 진기를 응축시킨 다음 폭발시키듯 강력하게 터뜨렸다.

슈우웃!

그녀의 신형은 바람에 날리는 깃털처럼 너울너울 떠다녔다.

금연화, 절혼마녀와 함께 삼인비무를 펼칠 때도 그녀를 안전하게 지켜주던 신법이다. 자하쌍구검의 오묘함도, 귀적무의 기기묘묘함도 그녀의 옷자락을 잡아채지 못했다.

싸아악……!

예리한 쇠붙이에 옷자락이 잘려져 나갔다.

마치 육신이 잘린 느낌이다. 전신에 소름이 오싹 돋는다.

'날 잡아냈어!'

위험하다! 아직까지도 적을 찾아내지 못했는데 적은 자신을 환히 꿰뚫고 있다. 어디로 움직이는지, 어떻게 공격해야 유효한지 빤히 들여다본다.

'시간이 흐를수록 살 가망은 낮아져.'

일령은 급히 마차를 쳐다봤다.

두 마리 말이 이끄는 미차는 십 장 밖에서 천천히 걷고 있으며, 안에서는 아름다운 노랫가락이 흘러나온다. 시마가 일어서서 무슨 일인가 하고 쳐다보는 모습도 보인다.

십 장이란 거리는 그리 멀지 않다. 달려가기로 마음먹으면 단숨에 달려갈 수 있는 거리다.

'마야 말대로야. 적이 십 장 거리로 좁혀왔어. 확인할 건 확인했으니 이제 몸을 빼기만 하면 돼.'

그것은 일령의 엄청난 착각이었다. 촌각도 되지 않아서 일령은 몸을 빼낼 수 없다는 사실을 깨달았다.

타악! 탁! 타탁!

은백혈에서 연신 진기가 터졌다.

잔뜩 응축된 진기가 폭발을 일으키며 깃털처럼 가벼워진

그녀의 육신을 허공에 띄워 올렸다.

검기(劍氣)가 되었든 예기(銳氣)가 되었든, 어떤 기운이든 살갗을 향해 쏘아져 오는 기운은 무조건 신경을 자극한다. 곤충의 날갯짓에 거미줄이 흔들리는 것처럼.

그녀의 전신에는 거미줄과 같은 무형의 막이 둘러쳐져 있다. 낯선 기운이 무형의 막을 건드리는 순간, 반사적으로 은백혈에 모인 진기가 터진다.

선유비조신법은 신법의 영활함을 추구하지 않는다. 무형의 막을 촘촘히 짜놓아 극도로 예민하게 만드는 것이 제일 목적이다. 그래서 세상의 모든 기운에 반응토록 만드는 특이한 운공법이다.

그런데 그게 통하지 않았다.

싸아악! 파앗! 쓰으윽……!

종아리에 일검, 배에 일검, 등에 일검.

순식간에 다가온 검기는 반사 신경이 움직이기도 전에 몸을 긋고 지나갔다.

살은 베이지 않았다. 정확하게 옷자락만 잘라냈다.

그런 점이 더욱 일령을 두렵게 한다. 죽이려고 작정하면 당장이라도 목을 쳐낼 수 있다는 자신감으로 들린다. 뭔가? 배부른 고양이가 쥐를 희롱하는 것인가?

일령은 다시 한 번 마차를 쳐다봤다.

시마는 움직일 기미를 보이지 않는다. 그의 눈길이 자신에게 머물러 있으니 무슨 일인가 벌어지고 있다는 사실을 단번에 알았을 텐데 아무것도 보지 못한 양 술만 들이킨다.

뿐만이 아니다. 창밖을 쳐다보는 마야는…… 아! 그의 눈길은…… 그가 쳐다보고 있는 곳은……

'날 쳐다보고 있어. 날 지켜보고 있어!'

일령은 지금 당장 죽는다고 해도 도와줄 사람이 없다는 것을 깨달았다.

시마도, 마야도 지켜보기만 할 뿐 도와주지 않는다.

자신과 마차 사이는 십여 장, 순간이면 움직일 수 있는 짧은 거리지만 이승과 저승을 갈라놓을 수 있는 먼 거리이기도 하다.

일령은 진기를 멈췄다. 움직이지 않으면 죽는다는 사실을 알지만 선유비조신법을 중지해 버렸다.

아니다. 본의가 아니다. 마음은 마지막 한 올의 힘까지 모두 보태서 빠져나가고 싶었다. 그런데 갑자기 포박이라도 당한 듯이 몸을 움직일 수 없게 되었다. 구멍 뚫린 공에서 공기가 빠져나가듯이 진기가 급속하게 새어 나갔다.

전혀 예상하지 못한 경우를 당하고 만 것이다.

'왜 이런 현상이……!'

일령은 심히 당황했다.

적들에게 포위당해 있는데 진기없는, 무형의 막이 없는 선유비조신법이라니!

마음이 급해져서 급히 바닥난 진기를 북돋으려고 했지만, 어찌어찌해서 간신히 진기가 모아진다 싶으면 어느새 구멍 뚫린 곳으로 새어 나가 버렸다.

'마야!'

마야가 아직도 쳐다보고 있다. 한 번도 고개를 돌리지 않고 그녀만 쳐다본다.

'아!'

무엇인가 느껴지는 게 있다.

절혼마녀가 살수들의 늪을 무사히 헤쳐 나왔을 때 부러워서 몇 마디 한 적이 있는데, 마야가 그런 부분까지 신경 쓰고 있었던 듯싶다.

모두들 초절정고수인데 자신만……

마야는 자신에게도 기회를 주고 있다. 절혼마녀에게 그랬던 것처럼 무공의 진위(眞威)를 깨닫게 해주려는 거다.

갑자기 진기가 사라진 것도 마야가 한 행동이다.

소리를 지르지 않았으니 마령음은 전개하지 않았다. 그럼 어떤 방법으로 진기를 흩뜨려 놓은 것인가. 뚫어지게 쳐다보고 있는데, 혹시? 눈빛만으로 진기를 흩뜨린다는 말은 금시초문인데…… 마야에게 만공심안이 있다는 것을 알지만, 설마이 정도까지 가능한 것일까?

어쨌든 이번 난국만큼은 자신 스스로 헤쳐 나가야 한다.

'아무도 도와주지 않아, 아무도. 내가 해내야 돼!'

절혼마녀가 해냈다면 자신도 해낸다.

마야는 절혼마녀가 떠날 때도 아무런 언질을 주지 않았다. 그녀도 자신처럼 불쑥 살수들 가운데에 떨어졌을 테고, 심히 당황했으리라.

그래도 그녀는 해냈다.

귀적무를 완벽하게 몸에 붙여서 금연화와 함께 비무를 벌일 때와는 전혀 다른 사람이 되어 돌아왔다.

선유비조신법으로 귀적무를 당해낼 수 있을까?

전에는 자신있었다. 하나 어제저녁부터는 달라졌다. 절혼마녀가 펼치는 귀적무를 본 순간, 자신은 이미 한 수 아래로 처졌음을 깨달았다.

다담선자나 절혼마녀보다 월등하게 뛰어난 점이 있어서 마야의 눈길을 잡아당겨도 모자랄 판인데, 점점 뒤처지고 있으니 마음이 울적할 수밖에 없다.

절혼마녀는 꼭 지금과 같은 상황을 당했다. 이런 상황에서 해낸 것이다.

'해낼 수 있으니까 사자 우리 속에 던진 거야. 마야, 믿어요.'

진기를 전신 경맥에 고루 퍼뜨린 다음, 세맥(細脈) 속에 숨겼다. 돌아다니는 진기가 단 한 점조차도 없도록 완벽하게 숨겼다. 진기가 사라진 것은 마야의 뜻, 마야가 진기를 끌어올리지 말라고 하니 하지 않는다.

은백혈에 깃들어 있던 진기도 깊숙이 숨겼다.

검에 맞을 준비는 끝났다.

전력을 다해도 모자랄 판에 전신 기력을 풀어버렸으니 공격을 감당할 길이 없다.

'검기를 느끼지 않으면 움직임 자체가 광대 짓이야. 움직이기 전에 검기를 느껴야 해.'

말은 쉽다. 하나 무형의 막까지 거둔 마당에 아무런 기척도 없는 검기를 어떻게 느낀단 말인가.

슈웃! 파아앗! 파악!

일검이 목을 스쳐 갔다. 일검은 앞가슴을 베어냈고, 다른 일검은 등줄기를 쭉 그어 내렸다.

일령은 속수무책으로 당했다.

그녀는 자신이 꼭 장님 같다는 생각을 했다.

앞을 전혀 보지 못하는 장님이 보보마다 위험이 도사린 밀림 속에서 허우적거리고 있다.

독지네나 독사 같은 것이 금방이라도 툭 튀어나와 깨물어 댈 것 같다. 표범 같은 맹수가 득달같이 달려드는 느낌도 감지한다. 들이쉬는 공기도 비릿한 냄새를 풍기는 듯하다.

다행히도 살수들은 아직 살검을 전개하지 않고 있다.

목덜미에는 나뭇가지에 긁힌 듯한 자국밖에 남지 않았다. 앞가슴이 활짝 열려서 가슴 가리개가 환히 드러났다. 등을 가른 검은 더욱 치욕스럽다. 바람이 직접 살갗에 와 닿는 것을 보니 상의가 반으로 갈라져서 살결이 고스란히 드러난 것 같다.

살기를 품은 검이었다면 머리 잃은 몸뚱이가 피를 뿜어내며 나뒹굴었을 게다.

'언제까지 당하고 있을 수는 없어. 이들은 분명 적이야. 살려줄 것이라고 기대해서는 안 돼.'

슈우웃! 쒜에엑! 쒜엑!

이번 공격은 조금 날카롭다. 팔과 다리에서 거의 동시에 통증이 치민다. 마치 면도(緬刀)로 살갗만 살짝 저며낸 것 같다.

통증은 참을 수 있다.

다그닥! 다그닥……!

마차가 점점 멀어져 간다.

다른 사람은 몰라도 시마는 분명히 보았다. 자신이 괜히 이리 뛰고 저리 뛰겠는가. 적과 어울리고 있다는 것은 삼척동자도 알 만한 상황이지 않은가.

그는 모른 척하고 멀어져 간다. 하나 견딜 수 있다. 그냥 가는 것이 아니라 조소를 던져도 감내할 수 있다.

마야가 멀어져 간다. 창문을 통해서 자신을 봤을 텐데, 자신이 뒤에 처져 있는데…… 기다려 줄 생각도 하지 않는다.

'마야…….'

그와 멀어지면 안 되는데. 하루라도 보지 못하면 가슴이 답답해서 미칠 것 같은데. 다른 여인의 사내여도, 넘볼 처지가 아니어도 곁에서 지켜보는 것만으로도 행복할 수 있는데.

'빨리 이겨내고 가야 해. 따라가야 해.'

파앗! 피윳! 파아앗!

살수들은 일령의 생각을 비웃기라도 하듯이 뽀얀 살결을 붉은 피로 물들였다.

'으음!'

신음이 절로 새어 나왔다.

이번 공격은 살을 그었다고 할 수 있을 만큼 깊이 베고 지나갔다. 지금까지 받은 공격들은 옷만 새 것으로 갈아입으면 그만이었지만, 방금 전에 받은 공격은 금창약을 발라야 할 정도로 깊은 상처를 남겼다.

그때다!

신체동지전(身體動之前:몸이 움직이기 전에), 심선동(心先動:마음이 먼저 움직인다). 심동지전(心動之前:마음이 움직이기 전에), 역기선동(力氣先動:기운이 먼저 움직인다).

하얗게 탈색된 머릿속에서 선유비조신법의 심결이 되살아났다.

석수장이가 하얀 바위에 망치와 정으로 글씨를 새겨놓은 것처럼 뚜렷하게 되살아나는 글자들이다.

쒜에엑! 쒜엑! 쒜에에엑!

느닷없이 경풍(勁風)이 들려왔다.

좌측, 우측, 뒤.

삼재(三才)에서 일어난 검기가 쾌속하게 덮쳐 온다.

빠르다! 그러나 그 점은 두렵지 않다. 버들가지처럼 휘청휘청 늘어지는 부드러움이 소름 끼친다. 뻗어오는 검은 하나이지만 언제라도 수십 가지로 변화시킬 수 있으며, 살을 베기 전에는 결코 물러서지 않겠다는 악착이 숨어 있다.

'들려! 소리가!'

타악! 파앗!

깊이 억눌러져 있던 진기가 물밀듯이 쏟아져 나왔다. 그리고 은백혈을 가득 채운 진기는 꽈리 터지듯 톡 터졌다.

전에는 폭죽 터지듯이 터졌다. 진기가 터지면서 생긴 반탄력은 그녀를 나뭇잎으로 만들어 훨훨 날려 보냈다.

이번에는 몸뚱이는 고사하고 발가락조차 움직일 수 없을 것 같다. 터지는 힘이 너무 미약해서 진기를 격출했는지소자 분간하기 힘들 정도다.

그런데 그녀의 신형은 놀랍도록 빠르게 움직였다.

슈우웃! 사아아아악……!

처음으로 살수들의 검을 비켜냈다.

맞았다면 뼈가 드러날 만큼 살기가 짙었던 검기들인데 간발의 차이로 비켜 나갔다.

'진리는 간단한 곳에 있다. 신체화일개심시(身體和一個心是)이며, 심즉기(心卽氣)…… 몸과 마음은 하나이며, 마음은 곧 기운이라. 오감이 뇌로 전달되고 다시 육신으로 명령을 하달하는 과정이 생략되었으니…… 기가 일어나면 몸도 움직인다.'

엄밀한 의미로 말하면 생략이 아니다. 뇌는 인간의 모든 움직임을 관장한다. 뇌가 자극을 받아들이고 대응할 방도를 명령했기 때문에 몸이 움직이는 거다.

하나 선유비조신법은 자극이 뇌에 전달되었다가 명령을 받아서 하달하는 과정이 보통 사람들보다 열 배는 빠르게 이루어진다. 거기에 무형의 막까지 가세해서 자극을 훨씬 빨리 받아들인다.

파앗! 슈우웃! 사아악……!

검들이 종이 한 장 차이로 빗나가기 시작했다.

일령은 조금도 움직이지 않았다. 가만히 서 있었다. 하나 누구도 그녀의 몸에 검을 대지 못했다.

"와우! 대단하네."

다담선자와 절혼마녀는 일령의 움직임에 넋이 빼앗겨서 노래 부르는 것도 잊어버렸다.

"있는 듯하나 있지 않고, 없는 것 같으나 있다. 소림사의 금강부동신법(金剛不動身法)과 흡사하지 않아?"

"아네요. 달라요. 금강부동신법은 정중동(靜中動)의 극치인데 저건 동중동(動中動)이잖아요. 완전히 다르죠."

"공령문을 다시 봐야겠는데? 믿을 수 없어. 믿을 수가……."

"뭘요?"

"공령문주도 저 정도는 아니었는데."

"신법은 알되 바람은 모른 거죠."

"바람?"

"세상의 소리를 들으려면 항상 귀를 열어놓고 있어야 해요. 바람 소리는 듣고자 하는 사람에게만 들리잖아요. 극의(極意)를 알고자 하면서 머리와 가슴을 닫아놓고 사니 참으로 큰 모순이죠."

다담선자와 절혼마녀는 무의 극치를 아무렇지도 않게 주고받았다.

한 달 전만 해도 누가 옆에서 이런 소리를 한다면 귀를 쫑긋 세우고 경청했을 게다.

이제는 평범한 것을 말하듯이 주고받는다.

너나 나나 모두 알고 있는 무론이니까, 이미 몸으로 깨우치고 있는 것이니까.

"어때? 천와류로 선유비조를 잡을 수 있겠어?"

"세상에 선유비조를 잡을 수 있는 신법은 없어요. 천와류가 아무리 빨라도 선유비조는 잡지 못해요. 언니는 어때요?

귀적무와 선유비조. 잘 어울릴 것 같은데."

"글쎄, 귀적무만 가지고는 자신없고. 사루의 검학까지 동원한다면…… 해봐야 알겠네."

그때, 지금까지 묵묵히 창밖을 쳐다보고 있던 소립파가 나지막하게 중얼거렸다.

"그건 일령도 마찬가지일 거야. 선유비조에 염화옥수라면…… 이제는 누구라도 상대할 수 있다는 자신감이 붙었을 거야."

"킥킥! 이럴 줄 알았다니까. 새끼 괭이들이 마야를 만났으니 성난 암괭이가 되는 건 시간문제. 흠! 보자…… 일령은 마도, 수검과 능히 일전을 겨룰 수 있을 것 같고. 빠름하면 혈유였는데 이제는 다담선자도 같이 거론해야 될 것 같고. 절혼마녀는 누구에게 견준다? 움직였다 하면 죽음이니…… 쳇! 견줄 자가 없네."

마차 지붕 위에 있던 시마가 마야의 말에 맞장구쳤다.

그 말에 화답이라도 하듯이 절혼마녀가 눈빛을 반짝이며 말했다.

"중원 천지 어디에서건 편히 지낼 수 없는 처지이니 강할수록 좋겠죠. 그건 그렇고…… 막내 무공이 저 정도라면, 뒤를 끊어버리는 게 어때요? 뒤따라오는 걸 알면서 언제까지나 방치해 둘 수도 없는 노릇이잖아요."

"쳇! 저놈들이 나 죽여줍쇼 하고 기다린대?"

시마는 싸울 기색이 전혀 없었다. 마차를 지키고 있는 것만도 버겁다는 투다.

"녹혈마공은 독공인데, 저들이 그렇게 무서워요? 마음만 먹으면 삼 장 안은 죽음의 땅으로 만들 수 있잖아요?"

"저놈들을 우습게보다간 큰코다쳐."

절혼마녀는 다담선자를 쳐다봤다.

시마는 뒤쫓는 자들의 정체를 아는 듯하다. 말투에서 그런 냄새가 풍기지 않는가. 그럼 혹 다담선자도? 맞다! 다담선자도 알고 있다. 그녀는 절혼마녀의 말에 할 말이 없다는 듯 입을 꾹 다물어 버렸다. 그들에 관한 일이라면 마야의 생각에 전적으로 따르겠다는 듯이.

소립파는 피곤했는지 고개를 뒤로 젖혔다.

"시마 말이 맞아. 저들을 우습게보면 큰코다쳐. 어느 누구라도."

"어느 누구라면, 북검문과 남도문도 포함된 건가요?"

"다담, 일령에게 돌아오라고 해. 저만하면 충분해."

절혼마녀는 미간을 곱게 찡그렸다.

살수들은 과연 적인가 아닌가. 지금에 와서 생각하니 일령과 자신을 저들 속에 던진 게 꼭 의도적이었던 것처럼 보인다. 다담선자와 시마도 처음에는 저들의 정체를 몰랐지만 언제부터인가 알아버린 것 같고.

그러나 더 이상 캐묻지는 않았다.

마야와 다담선자를 보면서 느낀 게 있다.

마야는 명령을 하지 않는다. 다담선자도 명령을 받지 않는다. 두 사람은 서로 대등한 인간이며 독립적인 인간체다. 겉보기에는 서로가 구속하는 것 같지만 철저하게 자유 의지에 따라 사고하고 행동한다.

살수들의 정체가 무엇인가?

묻고 싶으면 물어보면 된다. 혼자서 파악하고 싶으면 그러면 되고, 설혹 마야의 뜻과 달리 저들을 몰살시키고 싶으면 그리하면 된다.

마야와 다담선자는 상대가 어떤 판단을 하든, 어떤 행동을 하든 완벽하게 믿고 따라준다.

스스로 판단하고 움직여야 한다. 마야와 함께 살아가려면.

일령이 돌아와 말고삐를 다시 움켜잡았다.

그녀의 기쁨은 이루 말할 수 없었다. 식사라도 하는 편안한 자리였다면 선유비조신법의 놀라운 점을 토해내기에 여념이 없었을 게다.

그녀는 한마디도 하지 못했다. 뿐만 아니라 마차를 움직이지도 못했다.

살수들이 본격적으로 마차를 에워쌌다.

반 각 전까지만 해도 눈치조차 채지 못했겠지만, 지금은 눈으로 본 듯 환히 보인다.

"일전이 불가피하겠어요."

소립파는 대답하지 않았다.

"오 장까지 좁혀왔어요."

일령은 침착하게 살수들의 움직임을 낱낱이 파악하여 말했다.

무공에 대한 절대적인 확신을 얻었으니 무엇이 두려우랴.

자칭하여 천하제일을 운운하는 사람은 거의 없다. 일령도 자신이 천하제일이라고 생각하지는 않는다. 하나 지금 같아서는 무신이라 일컬어지는 사람들과도 여유롭게 싸울 수 있을 것 같다.

마도와 수검은 서로 만나기만 하면 으르렁댄다. 두 사람 모두 자신이 더 강하다고 생각하고 있으며, 언제라도 증명해 보일 준비가 끝나 있다.

두 사람 중 한 사람은 분명히 상대보다 약한데 모르고 있는 것이다.

두 사람뿐만이 아니다. 두 사람을 알고 있는 지인들도 그들 중 누가 강하다고 말하지 못한다.

두 사람은 싸워봐야 아는 상대다.

일령도 이제는 그들 틈에 낄 자신이 섰다.

그들이 인정하지 않는다면 언제든지 자신이 더 강하다는 점을 보여줄 수 있다. 선유비조에 이어서 펼쳐지는 염화옥수라면…… 자신을 눕힐 수 있는 사람은 몇 되지 않으리라고 확신한다.

살수들이 지닌 재간은 모두 보았다. 무척 뛰어난 자들이지만 이미 무공의 밑바닥을 드러냈다.

두려워할 필요가 없는 자들이다.

'공격해 오면 죽이면 돼. 아까는 선유비조를 시험하느라고 염화옥수를 펼치지 않았지만, 이번에는 염화옥수를 시험해 볼 차례야.'

일령이 전신을 공(空)으로 비워가고 있을 때, 절혼마녀는 다담선자가 남도문 병기고에서 가져다준 연검, 천사검을 만지작거렸다.

'가라!'는 한마디만 떨어지면 당장이라도 마차를 뛰쳐나가 사루의 검학을 펼치리라.

그런데 소립파가 묘한 소리를 했다.

"다담, 오랜만에 다담이 끓여주는 차를 마셔야겠군. 손님 몫까지 넉넉히 끓여. 절혼, 해가 지려면 아직 멀었지만 오늘은 여기서 쉬어야겠어. 준비 좀 해줘."

"지금 무슨 소리를……?"

살수들이 오 장까지 좁혀왔는데, 여유있게 차를 마시겠다? 저들이 호시탐탐 죽일 기회를 노리고 있는데, 밖에 나가서 야영 준비를 해라?

'풋! 내가 또 옛날 버릇을……. 스스로 판단하고 행동하면

되는데.'

"알았어요."

절혼마녀는 고개를 끄덕였다.

第三十四章

구정소(舊情消)
―옛정은 사라지고

1

　살수들은 무슨 생각을 하고 있는 것일까?

　그들은 일령을 죽일 수 있었는데 죽이지 않았다. 적어도 그들 틈에 뚝 떨어졌을 때는 적어도 죽일 기회가 여러 번 있었다. 일령의 몸을 긋고 지나간 검의 숫자만큼이나. 손속에 여유를 남긴 결과, 이제는 죽이고 싶어도 죽이기 힘든 여인을 만들어 버렸다.

　그들은 방원 오 장을 촘촘히 에워쌌다.

　형체는 보이지 않지만 존재하고 있다는 것만큼은 분명히 느낄 수 있다. 마야 일행 중 주변에서 일어나는 이상한 움직임을 감지하지 못하는 사람은 한 명도 없다.

그런데도 절혼마녀는 마야의 말을 좇아서 시마와 함께 야영 준비를 했다. 바닥을 닦고, 천막을 세웠다. 다담선자는 한쪽에서 마른 나뭇가지를 모아 불을 지폈다. 주담자에서 김이 무럭무럭 솟아올랐다.

너무나도 평화로운 풍경이다.

오 장 밖에 성난 늑대들이 이빨을 곤두세우고 있는데 한가로이 풀을 뜯어먹는 양 떼라니.

싸움은 대화에서부터 시작될 것이다.

마야가 손님이 올 것이라고 했으니 누군가는 나타난다. 그리고 그 누군가는 살수들을 이끄는 자일 것이다.

찻물이 팔팔 끓을수록 싸움은 가까워진다.

저벅! 저벅……!

십여 장 밖, 주위를 에워싼 살수들의 등 뒤쪽에서 발자국 소리가 들려왔다.

'드디어!'

절혼마녀는 나타난 자를 쳐다봤다.

철탑거추에 버금갈 정도로 장대한 체구를 지닌 자가 한눈에 들어온다. 작은 키에 호리호리한 몸을 가진 자가 앞서서 걸어오고 있지만 뒤에 있는 자가 워낙 커서 그자밖에 보이지 않는다.

앞서서 걸어오는 자는 여인인 것 같다.

전신을 하얀 붕대로 감싸고 있어서 성별 구분조차 되지 않지만 몸매로 봐서는 틀림없이 여인이다.

"어서 와."

다담선자가 상큼 미소를 띠며 반겼다.

'뭐라고! 어서 와? 그럼 안면이 있다는 이야기……?'

붕대를 감은 두 사람은 거침없이 걸어왔다.

그들은 절혼마녀를 아예 무시해 버렸다. 일령과 시마도 지나쳤다.

'무서운 자들이다!'

절혼마녀와 일령은 경직된 얼굴로 서로를 쳐다봤다.

적수가 없을 것이라고 생각했는데…… 이들은 누구이기에 이토록 강한가. 단지 걷는 것만으로도 숨통이 막혀오니 이 무슨 조화인가. 이들이 수련한 무공은 어떤 것인가.

은신술이 아닌 것만은 틀림없다. 아니, 은신술일 수도 있다. 지금까지 보아온 것과는 전혀 다르겠지만. 아니, 아니다. 틀림없이 은신술이다. 살수들 사이에서 나타났으니 은신술이 아니면 무엇이란 말인가. 절혼마녀가 겪었고, 일령이 겪었던 살수들의 무공이다.

살수들의 무공은 환히 파악했다 싶었는데…… 그들 중에 이런 자도 있었단 말인가.

일남일녀는 직접 손속을 마주쳐 보아야만 우위를 판별할 수 있는 초절정고수다.

두 사람은 다담선자 앞에 오연히 섰다.

"마야는?"

틀림없이 여인의 목소리다. 또한 마야를 알고 있다.

"안으로 들어가. 천막 안에 있어. 벌써부터 차 한잔하자고 기다리고 있어."

"호호호!"

여인은 간드러지게 웃었다.

웃음소리가 맑고 앳된 것으로 보아서 젊은 여자 같은데.

여인은 조금도 망설이지 않고 거침없이 천막 안으로 들어섰다.

그러자 거구의 사내가 천막 앞을 가로막아 섰다.

"대단한데. 철벽이 가로막아 선 것 같아."

절혼마녀가 나지막하게 중얼거렸다. 옆에 있는 일령에게 건넨 소리였다.

"움직이지 않으면 천년거암, 움직이면 광풍폭우. 초절정고수예요."

절혼마녀의 말이 떨어지기 무섭게 일령이 감탄을 토해냈다.

사내는 머리끝에서부터 발끝까지 전신을 흰 천으로 둘둘 감싸고 있어서 커다란 바위처럼 보인다. 팔짱을 끼고 떡 버텨 선 모습에서 뚫고 들어갈 수 없을 것 같은 철벽이 느껴진다.

사내에게서는 패력(覇力)이 흘러나온다.

뿌리 깊은 거목도 단숨에 뽑아버리는 사나운 폭풍이다.

절혼마녀는 머릿속으로 자신의 귀혼무와 폭풍의 대결을 상상해 보았다. 일령도 폭풍이 몰아쳐 올 때 선유비조신법이 휩쓸리지 않고 버텨내 줄지를 생각해 봤다.

승산이 점쳐지지 않는다.

절혼마녀나 일령이 수련한 무공과는 전혀 성질이 다른 극강의 무공을 수련한 자다.

사내는 사나운 신위를 숨기려고 하지도 않았다.

"허! 굴러온 돌이 박힌 돌을 파낸다더니만 이거야 원…….
내 집에 내가 들어가는 데도 허락을 맡아야 할 판이네."

시마가 사내를 올려다보며 중얼거렸다.

사내는 아무 말도 못 들은 듯 바위처럼 군건히 버티고 섰다.

천막 안으로 들어가려면 내 허락을 받아!

그가 버티고 선 의도를 짐작하지 못하는 사람은 없었다.

다담선자가 끓이는 차는 오품(五品)도 일품(一品)으로 어겨질 만큼 맛과 향과 색이 극치를 이룬다.

미주에 취하고, 색향에 파묻히기 위해서 기루를 찾지만 여인의 살 냄새에 파묻히는 것보다 다담선자가 끓여주는 차를 마시며 담소를 나누는 기쁨이 더 크다고 하였으니.

쪼르륵……!

다담선자가 정성스레 차를 따랐다.

다향이 은은하게 풍겨났다.

여느 때 같았으면 천막 안을 진동하였을 다향이지만, 오늘은 코끝을 스치는 정도에서 그치고 말았다.

악취!

음식 찌꺼기가 오뉴월 뙤약볕에 썩어가는 악취!

살며시 피어나는 다향은 비위를 뒤틀리게 만드는 악취를 이겨내지 못한다.

세상에, 악취란 악취는 모두 끌어모은 듯 강렬하다. 일시에 후각이 마비되며 두통까지 치민다. 아직까지 코로 숨을 쉴 수 있다는 것이 기적처럼 여겨진다.

이런 냄새 속에서 차를 마신다는 것은 부패한 송장 앞에서 희희낙락거리는 것과 마찬가지다.

"술 없어? 이런 맹물을 뭐 하러 마셔?"

전신을 백포로 두른 여인이 뜨거운 차를 단숨에 들이키며 말했다.

악취는 그녀에게서 풍겼다. 그녀의 전신 곳곳에서 풍겨났다.

그녀가 둘러쓰고 있는 백포는 쥐가 오줌을 싸놓은 듯 누릿누릿하게 물들여져 있었다. 천과 천 사이를 비집고 흘러나오는 건 분명 누런 고름이다.

다담선자는 악취를 아랑곳하지 않고 생긋 웃었다.

"급한 길이라서. 다음에는 술을 준비해 놓을게."

"흥!"

여인은 다담선자의 말을 코웃음으로 받으며 소립파를 쳐다봤다.

소립파는 눈을 반개(半開)한 채 찻잔을 들어올려 다향을 음미하는 중이었다.

"쳇! 언제 봐도 속이 니글거린다니까. 반질반질한 얼굴에, 하는 행동까지 미꾸라지처럼 매끈거리니."

소립파를 쳐다보는 눈길이 창끝처럼 매서웠다. 금방이라도 검을 뽑아 달려들 것 같아서 몸이 움츠러든다. 아니다. 차가움 속에는 뜨거움이 숨겨져 있다. 마야가 물이라면 단숨에 들이키고도 남을 갈증이 내포되어 있다.

"고맙다."

소립파는 차를 한 모금 들이킨 후, 밑도 끝도 없는 말을 던졌다.

"콱 단칼에 목을 쳐버리려다가 봐준 거야. 겁도 없이 호랑이 아가리에다가 대가릴 드미는 년들이라니. 그런데 두 년 다야?"

백포여인의 말도 뜬금없기는 마찬가지였다.

하나 소립파는 미간을 찡그렸고, 다담선자는 곱게 웃으며 설명하듯이 조곤조곤 말했다.

"아니. 아직은 한 명이야. 절혼마녀라고…… 술잔 속에서 피어난 요화지. 인생을 알 만큼 알면서 사내를 사랑할 줄 아는 여자야. 좋은 여자도 나쁜 여자도 아니지만 마야와 어울리는 여자인 것만은 확실해."

"시끄럿!"

백포여인은 신경질적으로 거칠게 말한 후 찻물을 훌쩍 들이켰다.

"저놈이 선택한 여자니 어련하려고. 그따위로 군이 금칠하지 않아도 알아들어."

"호호!"

"배알도 없는 년. 넌 참 속도 좋다. 사내자식을 치마폭에 휘감았으면 단속을 단단히 해야지, 씨앗을 보게 만들어? 그러고 뭐가 좋다고 실실 웃는 거야, 웃긴."

"단속을 어떻게 해? 아예 강호 출입을 막았으면 몰라도. 강호로 나온다고 했을 때…… 그때 이미 고삐는 풀어진걸. 강호로 나온 이상은 안 돼."

" '아직은' 이라면…… 또 한 년도 심상치 않다는 거야?"

"눈에 보이지?"

"미친년. 언젠가는 네년 뱃속을 꼭 갈라봐야겠어. 속에 뭐가 들었기에 이따위로 말하는 건지. 다 알고 있으면서 그년이 저놈 품에 안길 때까지 지켜만 볼 거야?"

"언제가 될지 모르지만. 어쩌면 내일이 될 수도 있고, 반각 후일지도 모르고. 영원히 엇갈리는 운명이 될지도 모르고. 사람 일을 어떻게 알겠어? 하지만 언젠가는 한솥밥을 먹게 될 여자라고…… 그렇게 생각하고 있어. 운명이라고나 할까? 처음 두 여자를 보았을 때, 어쩌면 평생을 함께할지도 모르겠구나 하는 생각이 들더라고."

백포여인의 입에서 욕지거리가 사발로 쏟아질 말이다. 지금까지의 언행으로 보면 그러고도 남는다. 그러나 이번에는 예상이 틀렸다. 백포여인은 힐끔 다담선자를 쳐다보았을 뿐 입도 벙긋하지 않았다.

"한 잔 더 해. 내 솜씨가 아직 녹슬진 않았지?"

"야, 너!"

백포여인은 다담선자의 말은 콧등으로 흘려버리고 서리가 풀풀 닐리는 눈초리로 소립파를 노려봤다.

"병신자식, 괜찮은 거야?"

그녀는 시종일관 얼음 가루를 풀풀 날렸다.

"괜찮아."

"새끼, 거짓말은……. 하루에 두 번씩 반쯤 죽어나가는 걸 봤는데 괜찮아?"

"견딜 만해."

"그렇겠지. 곧 죽어도 아프다는 소리는 하지 않는 작자니까. 대책은 있는 거야? 남만에 있다는 멸신구관인가 뭔가 하는 건 믿을 수 있는 거야?"

"후후후!"

"왜 웃어, 새끼야! 내 말이 고깝게 들려!"

"내가 널 걱정해 줘야 하는데, 네가 날 걱정해 주니 우습지."

"자식, 곧 뒈질 놈이 체면은 남아 있다, 이거야? 딱 부러지게 말해. 남만까지만 가면 되는 거야? 정말 살 자신은 있지?"

소립파는 희미하게 웃었다.

"좋아. 남만까지는 보호해 주지."

"그럴 필요……"

"한때나마 마음에 품었던 놈이니까 이 짓거리도 하는 거야. 아무 말 말아."

쪼르륵……!

다담선자가 빈 잔에 차를 채웠다.

무거운 침묵이 흘렀다. 가슴에 바윗덩어리를 얹어놓은 것처럼 답답해서 견딜 수 없도록 만드는 침묵이다.

"안 돼. 호의만 받지."

소립파는 그가 지을 수 있는 표정 중에 가장 자상한 얼굴이 되어 말했다.

"왜? 이런 몸으로 안아달라고 할까 봐?"

"염추(艶秋)!"

"염추란 이름…… 정말 오랜만에 들어보네. 됐어. 넌 네 갈 길 가면 되고, 난 내 갈 길 가면 돼. 네놈이 하도 몸을 비비 틀고 지랄하기에 쌍판이나 보려고 와본 거야."

고집이 황소 심줄보다도 더 질기다는 천멸도주 유염추(劉

豔秋)가 결정을 내린 이상 되돌릴 만한 사람은 없다.

그렇다! 그녀는 천멸도의 도주다.

천멸도는 남도문과 손을 잡았다. 소립파는 남도문과 적이다. 당연히 천멸도와도 적이다. 적의 친구는 적이라는 너무도 간단한 관계가 성립된다.

천멸도주 유염추의 제안은 간단하게 생각할 수 없는 것이다.

너무 파격적인 제안이라서 가슴이 답답해져 온다.

남무림 무인들은 남도문으로부터 자유로울 수 없다. 조만간 그들은 남도문의 명을 받아서 마야 일행을 척살하기 위해 나설 것이다. 그리고 그들 중에는 천멸도 살수들도 필언코 기담하게 될 것이다.

그런데 천멸도주가 천멸도 살수들로부터 마야를 보호한다?

말도 안 되는 소리다. 같은 도민(島民)끼리 검을 맞대다니. 도주와 수하들이 적이 되어 사투를 벌이다니.

천멸도 살수들이 남도문에서 철수하는 경우도 생각할 수 없다.

도주가 반대편으로 돌아섰다고 해도 남도문으로 간 자들은 끝까지 자신들의 임무를 완수할 게다.

살수들의 특성상 맡은 일을 완수하지 못하고 물러선다는 것은 죽음보다 더한 치욕이다. 그런 일이 생긴다면 두 번 다시 중원무림에 천멸도의 이름을 내밀지 못하리라.

어쩐지 살수들이 바짝 따라붙으면서도 공격을 해오지 않아서 이상하다 싶었는데, 이들이 천멸도 살수가 아니라 다른 살수들이라는 사실을 알았을 때부터 이런 상황은 예정된 것이었다.

유염추는 이미 결정을 내려놓고 따라붙은 것이다.

"염추, 잘 들어."

"듣고 있어."

"천멸도가 강해지긴 했지만 아직도 어린아이야. 남도문에는 어림없다는 소리야. 이란격석(以卵擊石). 계란으로 바위치기지. 천멸도 사람들 중에서 단 한 명이라도 내 곁에 머물면, 천멸도는 뿌리가 뽑혀."

"크크크……!"

천멸도주는 구멍 뚫린 허파에서 바람이 새어 나오는 듯한 기이한 웃음을 터뜨렸다. 한참 동안을……. 그러다 웃음을 뚝 그치고는 찬바람이 쌩 도는 차가운 음성으로 말문을 열었다.

"마야…… 그동안 못 봤더니 사람새끼 됐네. 제법 인정머리 같은 게 풍겨. 이봐, 마야. 부처새끼 같은 표정 짓지 마. 거지발싸개 같은 말도 지껄이지 말고. 네가 내게 이래라저래라 할 처지야?"

천멸도주는 한기가 풀풀 날리는 음성을 남겨놓고 벌떡 일어나 나갔다.

소림파는 침묵하며 차를 마셨다.

"그동안 염추가 많이 힘들었나 봐요."

한참 만에 다담선자가 말했다.

"아니. 언제 어떻게 죽을지 아는 사람은 힘든 게 없어. 언제 죽는지 모르는 사람들이나 힘들고 괴로운 거지. 염추는 조금도 힘들지 않아. 뭐랄까…… 운명에 저항한다고나 할까? 죽는 장소, 죽는 방법, 시기…… 이런 것이나마 자신이 선택하고 싶은 거겠지."

"풋! 천멸도주가 왜 마야만 보면 으르렁대는지 알 것 같아요. 이것저것 따지지 말고 그냥 여자의 마음으로 받아들이면 안 돼요?"

"그러기에는 너무 많은 피를 흘려야 되니까."

"말린다고 들을 사람도 아닌데요. 그럴 바에는…… 휴우! 됐어요. 한 잔 더 하실래요?"

소림파는 묵묵히 비어진 잔을 내밀었다.

천멸도주 유염추를 찾기는 어렵지 않았다. 산처럼 거대한 사내가 버티고 서 있는 곳만 찾으면 된다.

다담선자는 거대한 사내를 천막에서 십여 장밖에 떨어져 있지 않은 바위에서 찾아냈다. 그리고 그곳에 전신을 백포로 감싼 여인이 팔베개를 하고 누워 밤하늘을 올려다보고 있었다.

"염추."

다담선자는 사뿐사뿐 걸어가 그녀 곁에 앉았다.

"가까이 앉지 마. 문둥병 옮아. 빌어먹을 새끼! 죽으면 내가 죽지 제가 죽나?"

"휴우!"

다담선자는 아무 말도 못하고 한숨만 내쉬었다.

염추…… 마야의 첫 여자.

그녀에게 나병이 발병하지 않았다면, 마야에게 천형이 주어지지 않았다면…… 세상은 다른 모습으로 흘러갔을 게다. 마야와 관계된 모든 사람들이 다른 모습으로 세상을 살고 있을 게다.

자신은? 마야를 만나기나 했을까?

"풋!"

다담선자는 피식 웃었다.

만약 그랬다면 마야는 세상에 나오지도 않았다. 염추와 함께 깊은 산속이나 무인도에 숨어버렸을 테니까.

마야는 그러고도 남는다.

"이 세상에 문둥이가 설 땅이 어디 있다고……."

다담선자가 생각을 하는 동안에도 염추는 혼잣말을 계속했다.

"어떻게 하려고? 정말 남도문으로 보낸 수하들과 검을 맞댈 거야? 말도 안 되잖아. 마야 말대로 이건 아닌 것 같아. 네가 좋다고 해도 마야는 평생 짐으로 안고 살아야 해."

"문둥이 목숨도 목숨인가."

"무슨 말을……. 그런 뜻으로 한 말이 아니잖아."

"괜히 기겁한 척할 필요 없어. 우리가 어떻게 사는지 모르는 것도 아니면서. 수하들이 남도문에만 있는 게 아냐. 북검문에도 있어."

"뭐!"

다담선자는 깜짝 놀랐다.

천멸도 살수들은 원하는 것을 얻을 수만 있다면 지옥 불속이라도 사양하지 않는다. 때로는 살수로, 때로는 용병(傭兵)으로…… 저승에 한 발을 들여놓고 사는 사람들이다.

극히 드문 경우이겠지만 남도문과 북검문, 양쪽에서 천멸도 살수들이 쏟아져 나올 수 있다. 또 그들끼리 피를 튀겨가며 악귀처럼 싸울 수도 있다.

같은 문도끼리, 같은 문둥이끼리, 같은 도민(島民)끼리 왜 싸우는지 의아해할 필요는 없다.

그들은 괜히 싸우지 않는다. 얻는 것이 있기에 싸운다. 필요한 것을 얻을 수만 있다면 친구의 가슴에 검을 쑤셔 박는 일쯤은 태연히 저지를 수 있다.

북검문과 남도문은 천멸도 살수들이 서로의 가슴에 검을 들이댈 만큼 큰 대가를 지불했다.

그게 무얼까?

"남도문에는 누가?"

"주림(周琳)."

"주림과 백인수(百忍手)?"

"깔깔깔! 마야하고 부딪칠 줄은 꿈에도 몰랐지. 그렇게 자신하던 백인수를 이끌고 갔는데 거의 다 죽었어. 주림, 그놈 낯짝 한번 볼 만할 거야."

"거의 다? 죽이긴 했지만 그렇게까지 죽인 것 같지는 않은데?"

"마야하고만 부딪친 게 아냐. 북검문하고도 부딪쳤어. 재수도 없지. 하필이면 천적들하고만 부딪칠 게 뭐야. 여기서 깨지고 저기서 깨지고, 아작났지. 백인수들, 죽어서도 눈감지 못할 거야."

"북검문에는 누굴 보냈기에……?"

짐작 가는 바가 있다.

주림의 백인수를 무너뜨릴 수 있는 자라면 딱 세 사람이 퍼뜩 떠오른다.

주림과 백인수를 가장 잘 알고 있는 사람들.

세 명 중 종청호(宗青虎)와 안량빈(安良斌)은 주림에 비해 압도적으로 우위다.

종청호가 유염추의 오른팔이라면 안량빈은 그녀의 왼팔이다. 종청호의 십팔밀막검(十八密幕劍)이 천멸도를 철옹성으로 만들었다면, 안량빈의 십겁룡(十劫龍)은 천멸도를 살수계의 제왕으로 군림시켰다.

　종청호와 안량빈은 천멸도를 이끄는 좌우 축이다.

　이 두 사람은 주림의 백인수를 확실하게 무너뜨릴 수 있다.

　마지막으로 황전륜(黃全倫)과 그의 수하들인 팔십일전혼(八
十一戰魂)을 생각할 수 있다.

　주림과 황전륜은 종청호와 안량빈처럼 필생의 호적수다.
세(勢)나 무위, 모든 면에서 비등하다. 주림과 황전륜이 피치
못할 사정으로 싸우게 된다면 백인수와 팔십일전혼은 공멸할
것이라는 게 일반적인 생각이다.

　이 세 사람 중 한 명이 북검문에 갔다.

　태산을 방불케 하는 종청호는 십여 장쯤 떨어진 곳에서 호
법을 서고 있다. 십팔밀막검은 마차를 그림자처럼 따르고 있
다. 절대 아니다.

　황전륜도 아니다. 그가 갔다면 유염추의 입에서 '아작났
다' 는 말이 나오지 않았을 게다. 아마도 서로 대가리 터지게
싸우고 있나는 말이 나오지 않았을까?

　북검문에는 안량빈이 갔다.

　'염추가 한 팔을 내놨어.'

　안량빈이 살아 돌아올 가능성은 얼마나 될까? 글쎄다. 아
마도 시신조차 찾지 못하는 상황이 될 공산이 높다. 북검문이
살수를 샀다면 떳떳하지 못한 일에 쓰기 위함일 테고, 그런
일치고 마지막까지 살아남는 자는 없으니까.

주림 쪽은 사정이 더 나쁘다.

안량빈조차 살아오기 힘든 길, 주림이 어찌 살아올까.

'천멸도 식솔들 중 절반을 사지로 내몰았으니 마음이 찢어지겠어. 아파도 아프다고 말할 곳이 없고, 울고 싶어도 울 곳이 없을 테고. 염추…… 너도 참 기가 막힌 인생…….'

백포여인, 유염추가 두 눈에 독기를 피워내며 말했다.

"북검문에 누굴 보냈냐고? 안량빈을 보냈어. 흥! 이미 짐작하고 있으면서 묻는 꼴이라니. 순진한 척 그만 해. 네년이 내숭을 떨 때마다 악취가 풍겨."

'역시…….'

상잔은 벌써 일어났다. 한솥밥을 먹던 안량빈과 주림이 서로의 가슴에 검을 들이댔다. 주림이 마야에게 검을 들이댔던 것처럼, 마야가 천멸도 살수들을 냉정하게 처리한 것처럼 북검문과 남도문의 이름으로 마주 선 천멸도 살수들은 서로 죽이고 죽었다.

"안량빈과 주림을 서로 바꿔서 보냈다면…… 마야도 무척 힘들었을 거야. 그렇지?"

다담선자는 고개를 끄덕였다.

"훗! 이런 일을 벌이려고 무공을 손봐달라고 했던 거야?"

"완성된 무공으로 싸우다 죽으면 한결 덜 억울하잖아."

"남도문에는 욕심나는 명약이 있어. 청령단. 주림과 백인수는 청령단 때문에 팔려간 것 같은데, 아냐?"

"맞아. 청령단 열 알. 엄지손가락만 한 단환 열 개. 그게 백 명의 목숨 값이야."

그녀의 눈에서 뿜어지는 독기, 입에서 흘러나오는 한기는 금방이라도 터질 것 같은 울음을 삼키기 위한 위장술이다.

"청령단은 천멸도의 희망이니까 이해해. 하지만 북검문은…… 북검문에도 청령단과 버금가는 게 있어?"

"황정초(黃精草). 안량빈하고 십겁룡을 줬으니까 싸게 얻은 건 아냐. 황정초 하나만 가지고 따진다면 되레 비싸게 산 거지. 청령단이 없었다면 결코 주지 않았을 거야. 주림도 마찬가지야. 청령단이 아무리 귀해도 황정초가 없었으면…… 황정초와 청령단이 동시에 나타나지 않았다면 천멸도가 나서는 일은 없었어."

"음……!"

다담선자는 가는 신음을 흘렸다.

어지간한 일에는 놀라지 않지만 황정초라는 말에는 놀람을 금치 못했다.

청령단은 천형을 억제할 수 있다. 황정초도 같은 효능을 지녔다. 하나 청령단과 황정초를 함께 사용하면 억제하는 정도가 아니라 치료까지도 가능하다.

곪고 썩은 곳에 새살이 돋는다는 말이 마냥 허망한 말만은 아닌 것이다.

청령단과 황정초라면 천멸도 살수들 중 절반이 죽는다 해도 억울할 게 없다. 나병을 고칠 수만 있다면 당장이라도 입에 칼을 물고 꼬꾸라질 사람들이다.

그러다 문득 어떤 생각이 그녀의 뇌리를 스쳐 갔다.

'마야!'

2

마야는 인간이 가질 수 없는 능력을 소유했다.

멀쩡한 사람도 몽상 속으로 몰아넣는 환희마소, 인간의 귀로는 들을 수 없는 극고음과 극저음을 활용한 마령음, 사물의 본질을 꿰뚫을 수 있다는 만공심안······.

이러한 능력들이 총체적으로 모여서 그에게 '일견후즉파'라는 별칭을 안겨주었다.

길게는 수백 년, 짧게는 수십 년 동안 전통과 긍지를 가지고 이어져 온 무공 초수가 가볍게 스쳐 지나는 눈썰미에 읽혀 버리는 기막힌 일이 벌어진 것이다.

일절(一絶)이라고 지칭되는 무공들조차도 그의 눈에 읽히면 여지없이 파해법이 드러나고 만다.

파해법이 드러난 무공은 이미 무공이 아니다. 그런 무공을 사용하는 것은 적에게 죽여 달라는 소리밖에 되지 않는다.

반대의 경우도 가능하다. 삼류 무공이라고 손가락질 받는 무공도 마야의 손길을 거친 다음에는 뛰어난 절기로 둔갑한다.

천멸도의 무공이 그렇게 해서 탄생했다. 마도, 수검, 시마 등등 많은 마인들도 마야의 도움을 받았다.

마야는 참으로 뛰어난 능력을 지닌 기인이다.

하면 마야의 능력이 무공에만 국한된 것일까? 아니다. 그의 능력은 인간의 범주를 벗어났다.

그가 능력을 보인 곳이 무림이기 때문에 무공만 생각했다. 만약 다른 세상에서 다른 능력을 보였다면 마야는 마야가 아닌 다른 호칭으로 불렸을 게다.

마야의 능력은 어디가 끝일까?

마야는 자신을 얼마나 알고 있을까?

분명한 것은 마야를 아는 사람들 모두가 그를 정확히 모르고 있다는 점이다.

'단편(斷片), 빙산의 일각, 지엽(枝葉)…….'

다담선자는 문득 마야가 낯선 타인처럼 느껴졌다.

그를 가장 많이 안다고 생각했는데, 정작 생각해 보니 안개처럼 희뿌옇게 가려져서 아무것도 떠오르지 않았다.

서운하거나 실망할 필요는 없다. 이런 경우는 다반사이니 마야와 함께 있으려면 가능한 모든 상황에 익숙해져야 한다. 당혹스러운 사건이 일어나더라도 태연하게 받아들일 줄 알아야 한다.

그를 전부 이해하는 것은 어렵다. 하지만 편한 마음으로 받아들이는 것은 마음먹기에 달렸다.

천멸도주는 가진 것의 육 할을 버리며 두 가지 영약을 구했다.

확실히 천령단과 황정초라면 천형이라는 나병을 치유할 수 있다. 하나 천령단과 황정초를 어떻게 배합시킬 것이냐는 문제에 이르면 머뭇거리게 된다.

더욱 큰 문제는 북검문과 남도문에서 얻은 얼마 되지 않은 영약으로 몇 명이나 고칠 수 있느냐는 거다.

한두 명만 고치고 말 것이라면 죽은 사람들이 너무 덧없지 않은가.

천멸도주 유염추에게는 두 가지 영약을 씨앗으로 만들어서 많은 열매를 거둬야 한다는 의무가 있다. 또 이 세상에서 유염추의 뜻을 이뤄줄 수 있는 유일한 사람이 옛 정인, 마야다.

유염추는 마야에게 기대하는 것이 있다.

상잔까지 마다하지 않으며 얻고자 하는 그들의 희망.

마야의 상태가 상상외로 심각하지 않았다면 찾아온 목적을 벌써 꺼냈을 게다.

지금도 늦지는 않았다. 천령단과 황정초에 대해서 입만 벙긋거려도 마야는 온 심력을 기울여 방도를 찾아줄 게다.

유염추는 그럴 수 없었다. 하루에 두 번씩 지옥을 오가는 사람에게 따뜻한 말은 고사하고 잠시 숨 돌리는 시간마저 빼앗을 수는 없었던 거다.

그럼 그녀는 왜 마야를 찾아왔나?

마야가 아프니까. 이번이 아니면 영원히 기회가 없을지도 모르기 때문에. 아픈 사람에게는 미안하지만 천멸도의 숙원을 풀기 위해서는 옛 정인이라는 인정조차 이용하겠다는 독한 마음으로.

그렇다. 유염추는 결코 상잔을 원하지 않는다. 마야가 옛 정인이기는 해도 그를 구하기 위해서 천형에 시달리는 동족을 핏더미 속에 던질 생각은 아니었다.

결국은 유염추가 졌다.

옛 정분을 이용하고자 했지만 오히려 자신까지 얽어졌다.

이야기를 그렇게 끝냈으니 이제 남은 것은…… 마야가 저주의 자오법신을 풀기 위해 남만으로 가야 하듯이, 유염추도 어쩔 수 없이 끌려가는 수밖에 없는 것이다. 물론 마야의 도움을 받지 않을 생각이라면 다른 행동을 취할 수 있겠지만.

다담선자는 유염추의 마음을 알고 그녀가 원하는 것을 알기 때문에 뭐라고 말할 수 없었다.

"휴우! 천령단과 황정초. 귀한 걸 얻었네."

그녀가 해줄 수 있는 말은 이것이 전부였다.

"주림만 쩔쩔매는 게 아냐. 안량빈도 똥오줌 못 가리고 있어. 황정초까지 내줘가며 시키는 일이니 오죽하겠어. 제 코가

석 자지. 덕분에 우린 천형에서 벗어날 지푸라기라도 잡을 수 있게 되었지만."

"……."

다담선자는 쉽게 입을 열지 못했다. 어떤 말도 이들의 아픔 앞에서는 사치처럼 여겨졌다.

그녀는 한참 만에야 그녀가 할 수 있는 최선의 말을 꺼냈다.

"청령단과 황정초를 둘 다 얻은 것은 천운이야. 섣불리 손 대지 마. 두 가지 영약을 완벽하게 요리할 수 있는 방법을 찾기 전까지는…… 절대 사용하지 마. 이게 아마 천형에서 벗어날 수 있는 마지막 기회일 거야."

'마야…… 살아야 할 이유가 더 생겼네요. 당신만 쳐다보는 사람들이 늘었으니 반드시 살아야 해요, 반드시.'

다담선자나 천멸도주나 어둠만큼이나 안색이 어두웠다.

사람들이 많이 변했다. 며칠 전만 해도 지금과 같은 상황이 벌어지면 절혼마녀와 일령은 대화가 끝나기 무섭게 다담선자의 옷소매를 잡아끌었을 게다.

천멸도와 마야, 천멸도주 유염추라는 여자…….

당장 풀지 않으면 궁금해서 미칠 지경일 텐데, 두 여인은 관심없다는 듯 담담하다.

일령은 천막 근처에 누워 별을 쳐다보고 있다. 절혼마녀는 물을 끓여 건포를 불리고 있다.

천멸도 도주가 와 있건만 평상시나 다름없다.

'마야의 여자가 다됐어.'

다담선자는 남몰래 빙긋 웃었다.

남자든 여자든 마야 곁에 머물려면 혼자서 생각하고, 판단하고, 움직일 줄 알아야 한다. 때에 따라서는 사지에 빠진 일행을 내버려 두고 혼자 탈출할 줄도 알아야 한다.

반드시 옳은 판단일 수는 없다. 치명적인 실수를 저지를 수도 있다. 하나 무서워하지 말고 과감하게 결정 내려야 한다. 오늘 두 개의 실수를 저질렀다면 내일은 한 개만 저지르면 된다.

다담선자는 절혼마녀 옆에 앉으며 일령에게도 들리게끔 조금 큰 음성으로 말했다.

"천멸도주예요. 천멸도주가 여자라서 놀랐죠?"

"음성이 천막 밖으로도 새어 나오니까…… 듣고 알았어."

"몇 번 본 적이 있어요. 어떻게 생겼는지는 몰라요. 처음 봤을 때부터 백포를 감고 있어서. 어때 보여요?"

"대가 센 여자야. 나병에 걸리지 않았다면 마야를 휘둘렀겠어."

"풋! 맞아요. 마야와의 잠자리까지 눈 하나 깜빡하지 않고 말하는 여자죠."

"큰언니는 운이 좋은 거예요. 천멸도주가 나병에 걸리지 않았다면 둘째 언니 대신에 마야 곁에 있을 여자는 저 여자일 테고…… 그럼 언니는 마야 근처에도 가지 못했을 거예요. 풋!"

일령이 말 끝머리에 웃음을 흘렸다.

"분명한 건 우리가 은혜를 입었다는 거야. 우릴 죽일 수 있었는데 살려줬으니까."

"알을 깨고 나오게 해준 거죠."

다담선자는 절혼마녀와 일령을 다시 한 번 평가했다.

어느 정도 마야에게 맞췄다고 생각했는데, 기대보다 훨씬 앞서 있다.

최소한 몇 마디 질문쯤은 해올 줄 알았다. 마야는 이들을 알고 있을 텐데 절혼마녀에게 염탐을 시킨 이유는 무엇인지. 어려움이 있을 줄 알면서 일령은 왜 내보냈는지.

두 여인은 벌써 답을 얻고 있지 않은가.

다담선자는 편안한 마음으로 다른 이야기를 했다.

"지금부터 내가 하는 말 잘 들어요. 동생도 똑똑히 들어둬. 천멸도주는 암암리 뒤따를 수도 있었지만 모습을 드러냈어. 폭풍이 다가왔기 때문이야."

이것은 다담선자의 판단이었다.

그녀는 천멸도주가 마야를 찾아온 이유에 주목했다.

암암리 뒤따르면서 아프다는 것을 알고 있었으면서 마지막으로 냉정해지자는 심산으로 나섰을 게다.

왜?

천멸도주가 마지막이라고 생각할 만큼 절박한 위기가 다가오기 때문이다. 지금이 아니면 마야에게 말을 건넬 수조차 없다고 생각할 만큼 큰 폭풍이다.

천멸도주는 어쩔 수 없이 마야를 호위해야 할 입장이다. 혹여 급습해 오는 무리가 있다면 마야와 상의할 필요도 없이 그녀 선에서 해치우고 말았을 게다.

이번에는 그렇게 평범하지 않다.

공격해 오는 자가 누군지는 몰라도 천멸도주 혼자서는, 아니, 그녀가 이끌고 온 천멸도 살수들 전부가 전력을 기울여도 상대할 수 없다는 판단이 선 게다.

남도문으로 보낸 주림과 백인수 정도라면 천멸도주의 선에서 끝냈을 것이다.

철궁대도 아니다. 철궁대는 천멸도 살수들을 어찌할 수 없다.

백인수와 철궁대를 능가하는 무력이라면?

무신가에서 직접 나섰다. 억세게 운이 나쁘면 사방천마도 가세했을 것이다.

싸움이 읽힌다. 처절하고 고통스러운 싸움이 그려진다.

제일 먼저 공격해 오는 자는 주림이 이끄는 천멸도 살수들일 게다.

그들은 많이 쇄잔해 있지만 아직도 강력한 무력을 지녔다.

또한 몰살당한다고 해도 남도문 입장에서는 전혀 아깝지 않은 소모품이다.

당연히 제일 먼저 사용한다.

그들을 맞이할 자는 천멸도주.

남도문은, 주림과 백인수는 자신들을 맞이하는 사람이 천멸도주임을 알고 까무러치게 놀라겠지만 그렇다고 변하는 것은 없다.

한때는 도주와 수하의 몸, 그러나 적이 되어 전장에서 만났으니 사력을 다해 싸워야 한다. 혈육상잔인 줄 알지만 어느 한쪽이 몰살될 때까지 죽이고 죽여야 한다. 그것이 살수들의 삶인 것을.

난전 중에 철궁대와 무신가가 치고 들어올 것이며, 틈이 벌어지는 즉시 사방천마가 검은 숨결을 토해낸다.

어떻게 막아낼 것인가.

힘들기는 하지만 방법이 없지는 않다. 어제와는 비교할 수 없을 만큼 강해진 절혼마녀와 일령이 있고, 방원 삼 장을 죽음의 밭으로 만드는 시마의 녹혈마공이 있으니 쉽게 무너지지는 않는다.

한데 상황은 이보다 더 어렵다. 실낱같은 가능성이라도 있었다면 천멸도주가 모습을 나타내지 않았을 게다. 그녀가 마야를 보아야겠다고 생각할 정도라면 절망을 느꼈다는 건데……

궁왕이 직접 나섰나? 그럴 가능성이 높다. 절대무신이 아니고는 천멸도주에게서 전의를 빼앗지 못한다.

마야가 제정신을 차리고 있어야 한다. 마령음이든, 만공심안이든 무엇이든 펼쳐서 도와주어야 한다. 또 하나, 마야가 저주의 자오법신에 걸렸다는 사실이 노출되어서는 안 된다. 남도문에 이런 사실까지 퍼지게 되면 그야말로 절망이다.

이런 생각들이 사실일 수도 있고 기우일 수도 있다. 아니, 사실이라고 확신한다. 바짝 곤두서는 솜털이, 전신을 짜릿하게 저리는 전율이 위험을 감지하고 있으니까.

다담선자는 속이 타 들어갔지만 담담한 음성으로 말을 이었다.

"동생, 동생은 어자석에서 떠나면 안 돼. 무슨 일이 있어도 어자석을 지켜. 그럴 수 있지?"

"지켜낼게요."

일령은 앙증맞게 아랫입술을 잘끈 깨물어 보였다.

이번에는 절혼마녀 차례.

"언니는 가장 바빠요. 일령하고 마야를 일직선으로 연결했을 때, 언니는 오른쪽을 막아내야 해요."

"진(陣)이야?"

"이주회첨진(二柱回尖陣)이라고 하는데, 저도 자세한 운용 방법은 몰라요."

솔직히 이주회첨진을 모른다. 들어본 적도 없다. 이 순간이 아니었으면 영원히 듣지 못했을 진법명이다.

이래서는 진법을 전개할 수 없다.

진을 구성하는 사람은 진법의 운용에 대해서 소상히 알고 있어야 한다. 각종 변화에 능통해 있어야 한다. 수시로 변하는 상황에 정확한 판단과 행동으로 대처해야 한다. 진법의 운용 묘리에서 벗어나면 안 된다는 절대철칙을 밑바탕에 깔고서.

진이라는 것이 꼭두각시처럼 이리저리 움직이라는 대로 움직인다고 해서 운용되는 것이 아니다. 찰나의 변화를 감지하고 반응하지 못한다면 천하제일의 절진이라도 무용지물이 되고 만다.

다담선자는 진법을 배워본 적이 없다. 그런데도 머릿속에서 하나의 그림이 그려진다. 마차를 중심으로 사람이 어떻게 움직여야 하는지 동선(動線)이 뚜렷하게 보인다.

만공심안이다. 마야가 공간을 뛰어넘어 머릿속에 그림을 그려주고 있다.

불안하지 않다. 절대적인 믿음이 생긴다. 마야가 지시한 진이다. 뭘 더 의심하랴.

"시마는 마차 위에서 상주(上柱) 역할을 할 거예요. 저는 마야 곁에서 중주(中柱)를 맡을 것이고. 언니는 상주와 중주 사이에 끼어져 있는 첨인(尖刃)이에요. 시마와 제가 밑을 받쳐드릴 테니 마음 놓고 휘돌면 돼요."

"천멸도주는?"

절혼마녀가 묻는 소리였지만 일령의 눈길도 같이 따라왔다.

싸움이 벌어진다면 가장 위험한 사람은 천멸도주다. 그녀를 뚫은 사람만이 마차 곁에 다가올 수 있다. 마차에 있는 사람이 최선을 다해야 할 무렵이면 천멸도주는 피를 흘리고 있을지도 모른다.

마야가 알고 있는 사람…… 그의 옛 정인.

아무래도 신경이 쓰이지 않을 수 없다.

다담선자가 절혼마녀의 뜻을 읽고 가는 한숨을 불어 쉬며 말했다.

"휴우! 천멸도는 생각을 말아야 되는데……. 도주는 외곽을 막아준다고 하지만, 그렇게 되면 도주가 죽게 될 거야. 천멸도는 뿌리째 뽑힐 것이고. 마야는 그런 점을 알기 때문에 거부하고 있지만, 막아만 준다면 큰 도움이 되겠지."

다담선자의 음성은 우울했다.

유염추는 다담선자와 두 여인이 나누는 말을 빠짐없이 들었다.

'역시 여우 같은 계집애야. 내 속을 꿰뚫고 있어.'

이로써 그녀와 다담선자 간에 무언의 약속은 성립되었다.

다담선자는 천멸도에게 외곽을 맡겼으니 호위를 부탁한

셈이 된다.

살수를 부리면 대가가 있어야 한다. 그 대가는 물론 천형에서 탈출시켜 주는 것이다.

마야가 손댈 수 있는 분야인지 아닌지 알지도 못한다. 입만 벙긋하면 알 수 있지만 지금은 알고 싶지 않다. 설혹 마야가 손댈 수 없는 부분이라고 할지라도 마야에게 맡겨놓으면 언젠가는 약속을 지켜줄 사람이다.

그런 사람에게 약속을 얻었으니 죽어도 여한이 없지 않은가.

유염추는 마야가 누워 있는 천막에서 눈길을 떼지 않았다.

'자식…… 너 정말 힘들구나.'

"견딜 만하다니까."

착각일까? 바람결에 그의 음성이 묻어온다.

'힘들면 기대.'

"벼룩의 간을 빼먹지 네게 기대란 말이야? 가. 가서 황정초와 청령단으로 천멸도의 숙원을 이뤄. 천형에서 벗어나야지."

달도 별도 바람도 가슴에 응어리진 마음을 알고 있는가. 그래서 수만 마디의 말들이 뇌리에 틀어박히는가.

'넌 내가 지켜.'

"나 아직 안 죽었어. 내가 마야야. 마도인들의 아버지가 나야."

'고집쟁이.'

"원래부터 그런 놈이었잖아."

얼굴 전체를 백포로 휘감고 있는 유염추는 슬픈 감정을 눈빛에 실어냈다.

"크윽! 끄으윽······!"

신음을 억지로 눌러 참는 소리가 시리디시린 달빛만큼이나 마음을 저며온다. 고통을 억눌러 참는 소리가 비수처럼 가슴을 찔러온다.

시간이 얼마나 흘렀을까?

"허억! 후웁······!"

천막 안에서 긴신히 숨을 고르는 듯한 소리가 새어 나오더니 가슴을 쥐어짜는 소리가 잦아들었다.

"병신새끼!"

누구에게 한 말인가?

유염추는 시리디시린 달을 향해 불쑥 욕지거리를 내뱉었다. 그리고는 마야를 만나러 왔을 때처럼 휘적휘적 걸어갔다.

그녀는 결코 뒤돌아보지 않았다.

第三十五章

주절로(走絶路)
—막다른 골목

1

강호에 몸을 담고 있는 무인으로서 죽는 순간까지 살인을 하지 않기란 참으로 어렵다.

무공이라는 것을 접하는 순간, 일면식도 없던 사람들이 적으로 돌변하여 죽이지 않으면 죽어야 한다.

북검문도가 되면 남도문도가, 정도에 몸을 담그면 마도가 이 세상에서 말살시켜야 할 대상이 된다. 거기에 문파 간의 대립이나 개인적인 원한까지 아우르자면 한시도 손에서 피가 마를 날이 없다.

가만히 있어도 피를 보아야만 하는 곳이 무림이다.

하물며 살인이 좋아서 피를 찾아다닌다면 어떨까.

피에 목말라 갈증을 느끼는 사람들, 사람이 죽는 모습에 희열을 느끼는 사람들이 있다면?

세인들은 이런 사람들을 살인마라고도 하며, 악마라고도 부른다.

무림이라고 달리 부르지 않는다. 세인들처럼 살인마, 악마라는 말을 사용한다. 단지 뒷말 한마디를 덧붙일 뿐이다. 반드시 찾아서 죽여 없애야 할 놈들이라고.

그런 자들 중에서도 특히 강한 자들을 잡아서 밀폐된 장소에 모아놓아 봤다.

약육강식(弱肉强食), 강자존(强者存)…….

의식주에 부족함을 느낄 때, 그들은 맹수가 되어 서로를 죽였다.

시간이 지나고 날이 바뀜에 따라 개중에서도 강한 자들이 서서히 부각했다.

희한한 것은 부각된 자들 중에 독불장군은 없다는 점이다.

완력이나 무공을 믿고 날뛰던 자들은 한때 공포의 대상으로 군림하기도 했지만 결국은 제거되고 말았다.

무리를 만들 수 있는 자, 무리를 다스릴 줄 아는 자, 최악의 환경을 이겨내고 살아남은 자, 다른 사람들이 자신을 건드릴 수 없게 만들 줄 아는 자.

재미있는 현상은 많았다.

모두들 두려울 것이 없다며 살인을 저지르고 다니던 살인마들이었는데, 같은 자들끼리 모아놓으니 그들 역시 죽음의 공포를 느낀다는 것이다.

살기 위해서 무리를 지은 것이 대표적인 예다.

또 하나, 살인마들은 밀폐된 공간을 의외로 순순히 받아들였다.

도주도 시도해 보고, 견딜 수 없는 자들은 스스로 목숨을 끊기도 했지만 많은 자들이 한정된 공간에서 살아남기 위해 발버둥 쳤다. 마치 그곳만이 세상의 전부인 양 여기면서.

살인마들은 자신들의 영역을 만들었다. 서로 간에 간섭, 불간섭의 조항도 만들었고, 반드시 지켜야 할 공동 규칙도 만들었다.

살인마들이 모여서 조그만 세상을 만들어가고 있었다.

가만히 놔뒀다면 그곳은 살인마들로 이뤄진 작은 왕국이 되었을 게다. 하나 살인마들이 얌전히 사는 것은 원하지 않는다. 놈들은 더 싸우고 더 죽여서 죽음의 공포를 뼈저리게 절감해야 한다.

주변 여건을 더욱 열악하게 만들었다.

식량이 부족해서 자신의 살이라도 씹어 먹지 않고는 배고픔을 견딜 수 없을 만큼 지독한 고통을 주었다.

그러자 살인마들은 본색을 유감없이 드러냈다.

그들은 열악해진 환경에 맞추어 인원을 줄여 나갔다.

수하들을 자신이 손수 죽이기도 하고, 타 무리에게 팔아넘

기기도 하면서.

수하라며 머리 숙인 자들도 손 놓고 당하지는 않았다. 살기 위해서는 무슨 짓도 마다하지 않았다.

배신, 음모, 살인…….

땅이 핏물을 머금어 적토(赤土)로 변했다. 사람의 뼈가 돌 멩이만큼 흔하게 나뒹굴었다. 조그만 공간은 썩어 들어가는 살덩이를 파먹고자 달려든 파리와 벌레들 때문에 앉을자리조 차 없었다.

그때까지 살아남은 사람은 여덟 명.

살인마 중에 살인마이며, 악마 중에 악마들이다.

흥정할 때가 된 것이다.

"워! 워!"

일령은 급하게, 하나 차분하게 고삐를 잡아당겼다.

세상에서 가장 편안한 자세로 앉거나 누워 있는 여덟 사람.

그들은 길을 막지 않았다. 길은 마차가 지나갈 수 있을 만 큼 넓었고, 그들은 길 가장자리에 작은 공간을 차지하고 있을 뿐이다.

"육시랄 놈들! 자리 하나는 기가 막히게 차지했네."

마차 지붕에 누워 있던 시마가 벌떡 일어나 앉으며 말했다.

"이곳 남무림은 정말 기가 막힌 곳이네요. 저들만 해도 이 름 없는 자들 같은데 보는 것만으로도 소름이 오싹 끼치니.

저들이 마음만 먹으면 이름을 떨치는 건 문제도 아니었겠어요."

"호호! 묘한 자들이야. 기도가 굉장히 거칠어. 무공을 수련하면 반드시 정제라는 과정을 거치기 마련인데…… 어떤 무공을 수련했기에 저런 기도가 풍길까?"

절혼마녀가 마차 문을 밀치고 내려서며 말했다.

낯선 자들에게서는 천멸도 살수들과 마주쳤을 때처럼, 사방천마와 맞닥뜨린 것처럼 짙은 살기가 뿜어져 나온다. 아니, 살기만 논한다면 그들보다도 훨씬 강하다.

사방천마와 천멸도 살수들은 지극히 정제된 살기인 데 비해서 이들은 전혀 가다듬지 않은, 황량한 들판을 휘젓는 폭풍 같은 살기다.

충분히 지나갈 수 있는 길, 하나 갈 수 없다.

"어떤 무공을 익혔든지 간에 뚫고 나가야죠."

"그래야지."

일령은 다시 고삐를 잡았고, 절혼마녀는 마차 위로 올라가 시마 곁에 자리했다.

아니다! 시마 곁에 자리하려던 절혼마녀는 예상치 못했던 살기에 깜짝 놀라 반사적으로 뛰쳐 내려왔다.

"시마!"

마차 위에도 진한 살기가 존재했다. 시마다.

그의 지금 모습은 사뭇 낯설었다. 온몸에서는 불꽃이 피어나는 듯 뜨거운 열기가 활활 타올랐다. 두 눈은 짙은 녹광으로 변했고, 코는 연신 벌름거렸으며, 알지 못할 악취가 뭉클 풍겨났다.

'이게 도대체 무슨 일……?'

예정대로라면 이주회첨진을 펼치기 위해서 마차 위로 올라가야 한다. 하나, 시마의 모습이 하도 낯설어 움직일 엄두가 나지 않는다. 이건 뭔가? 난폭한 폭군에다가 정신까지 나가서 아무나 보면 죽이려고 덤벼드는 괴한을 보는 것 같지 않은가.

여덟 명의 살기가 억눌려져 있던 시마의 살기를 자극한 듯하다.

걷잡을 수 없이 폭출되는 살기.

"시, 시마……."

일령도 절혼마녀만큼이나 당황했는지 마차를 움직이지 못하고 시마를 쳐다봤다. 그때, 마차 안에서 음성이 금방이라도 끊어질 듯 가느다란 음성이 새어 나왔다.

"시마…… 후후! 오랜만에 광포한 살기를 대하니 피가 뛰는 모양이네. 어떻게…… 한바탕 어울리게 자리를 깔아줄까?"

억지로 쥐어짜는 듯 힘들게 이어진 음성이다.

한데 소립파의 음성을 들은 시마는 묵중한 둔기로 뒤통수를 얻어맞은 듯 비틀거리더니 머리를 크게 내둘렀다.

"음······! 큭큭큭! 옘병할! 나이를 헛 처먹었어. 개꼬리 삼
년 묵혀도 황모(黃毛) 안 된다더니만 내가 그 짝이야. 싸움닭
을 보면 나도 모르게 싸우고 싶어지니 나도 싸움닭인 게지."

말은 거칠게 했지만 시마의 전신에서는 언제 그랬냐 싶게
살기가 빠져나갔다.

"호호! 의원의 눈에 병자가 보이고, 죽음을 관장하는 사신
의 눈에는 죽을 자들이 보이는 거죠. 흠! 보아하니 정말 사람
을 많이 죽여본 사람들이네요. 어쩌면 저들 눈에는 우리가 죽
을 사람으로 보일지도 모르겠어요."

다담선자였다. 그녀도 고개를 내밀어 앞을 주시했다.

"어느 쪽이 사신인지는 붙어봐야 알죠."

일령은 여덟 사내에게서 눈을 떼지 않았다. 그렇다고 시마
처럼 살기를 쏟아내지도 않았다. 일령은 있는 듯 없는 듯 고
요했다.

"맞는 말. 저렇게 노골적으로 살기를 드러내며 달려드니
가만 놔둘 수 없지."

절혼마녀는 어느새 천사검까지 뽑아 들었다.

"저들은 아주 냄새를 잘 맡지. 죽음의 냄새. 좀 더 정확하
게 말하면 송장 냄새라고 할까? 후후후! 옛날의 시마와 같군.
시마 곁에는 늘 송장이 있다고 했었지. 저들 곁에는 늘 죽음
이 있어. 송장과 죽음이라. 시마, 뭐 교감 같은 것 느껴지지
않아?"

소립파는 전혀 관계없는 사람을 보듯 담담한 눈길로 사내들을 쳐다봤다.

"교감은 무슨 빌어먹을 교감⋯⋯. 계집애들아! 저 새끼들, 살인무공을 익힌 놈들이야. 각별히 조심해. 손을 쓰게 되면 가장 잔혹하게, 한 올의 인정도 남겨선 안 돼! 역으로 뒈지기 싫으면 똑똑히 명심해 둬!"

누구에게 한 말인가. 천멸도 살수들? 일령과 절혼마녀? 아니면 자기 자신?

시마는 녹혈마공을 팽팽하게 끌어올렸다.

"무공이면 무공이지 살인무공이 따로 있나요?"

일령이 고삐를 움켜잡으며 되물었다.

"크크크! 있지. 초식이고 뭐고 필요없는 것. 돌멩이도 좋고 나뭇가지도 좋고, 사람을 죽일 수 있는 것이면 뭐든 병기가 되는 것. 계집아, 저 새끼들은 말이야. '무공'이란 말을 듣기도 전에 살인부터 안 놈들이야. 철저하게 죽고 죽이면서 터득한 살인 감각이 처음이자 끝이지. 저놈들에게는 체계적인 수련을 하는 무인들이 한심하게 보일 거야. 크크크! 그게 살인무공이야. 그러니 죽기 싫으면 죽여."

이번에도 일령에게만 한 말이 아니다. 여덟 명을 상대해야 할 모두에게 한 말이다.

엄밀히 말하면 큰 위협거리는 되지 않는다. 여덟 명이 마차로 다가서기 위해서는 철저하게 죽음만을 배워온 살수들의 검림(劍林)을 헤쳐 나와야 한다.

살인무공이 지독하다지만 나병 환자들의 검 또한 죽음이 진득하게 묻어 있다.

저들이 검림을 뚫고 마차로 다가설 공산은 얼마나 될까?

그 점을 예측할 수 없기에 두렵다. 천멸도 살수들의 가공할 무공을 무시하는 게 아니다. 죽음을 딛고 일어선 자들은 어떤 일이든 해낼 수 있기에 염려스럽다.

"끼럇!"

일령은 일갈을 내질렀다.

"불여우, 맨 뒤 두 놈, 가능해?"

얼음이 뚝뚝 묻어나는 음성, 천멸도주다.

다담선자는 즉시 천멸도주가 말한 두 명을 주시했다.

거리는 이십여 장, 사내 둘이 좌우로 갈라져 있으니 폭이 서너 장 정도.

추명반을 사용하려면 거리를 절반 정도로 줄여야 한다.

그런 점은 천멸도주도 알고 있다. 그녀가 물은 것은 지금 이 자리에서 두 명을 제거할 수 있냐는 거다.

"안 돼."

다담선자는 고개를 저었다.

"그럼 마차를 세워. 이십여 장…… 한 시진쯤 필요해."

그녀의 판단은 언제나 정확하다. 다른 것은 몰라도 삶과 죽음을 선택하는 판단만은 타의 추종을 불허한다.

"워! 워!"

일령은 다담선자의 말이 떨어지기도 전에 마차를 멈춰 세웠다.

멀리 있을 때는 몰랐는데 절곡 안으로 들어서니 참으로 기괴한 풍경이 나타났다.

세상이 온통 하얗다.

절벽도, 길도…… 억센 생명력으로 황무지에서 싹을 틔운 잡초까지 하얗다.

천멸도 살수들이 함부로 움직일 수 없는 이유다.

"이게 뭐죠?"

"횟가루 같은데……."

같은데가 아니고 맞다. 공기 속에 횟가루 특유의 텁텁한 냄새가 배여 있다.

일령과 절혼마녀는 이주회첩진의 운용 묘리에 맞춰서 자신에게 부여된 방향을 주시했다. 그러나 사방이 온통 횟가루 천지이니 가루가 날리지도 않는데 목이 칼칼해져 왔다.

"크크! 역시 싱거운 놈들은 아니군. 우리 곁에 천멸도가 붙어 있다는 사실까지 파악하고 나타났어. 어찌 오늘 일진이 피곤할 것 같은 예감이 드네."

시마가 쉴 새 없이 주위를 살폈다.

"살수들의 움직임은 눈으로 잡아낼 수 없으니 횟가루로 파악한다. 좋은 생각이야. 이렇게 되면 천하의 천멸도도 어쩔 수 없지. 움직일 때마다 횟가루가 펄럭일 테니…… 크크크! 천멸도 밑천을 아주 간단하게 바닥내는군."

"시마, 천멸도를 너무 가볍게 보지 마. 이 정도로는 시간을 지체시킬 수 있을 뿐, 곤란하게 하지는 못해."

마야의 음성은 안타까울 만치 가늘고 힘이 없었다.

"몸도 안 좋은데 신경……."

"중원 천지에 횟가루를 싸움에 응용시킨 문파는 서너 개. 그러나 정작 날 감탄시킨 자는 따로 있었지. 아주 많은 양의 횟가루를 장난감처럼 다루는 모습은 한 폭의 그림이었어."

모두 마야의 말에 귀를 쫑긋 세웠다.

적이 누구인지 알게 되면, 하다못해 별호를 듣는 것만으로도 대응책이 생길 수 있다.

"산문(山門)을 향한 발길이었으나 문득 정신을 차려보니 염왕(閻王)의 뱃가죽을 밟고 있구나. 낮에는 움직이고 밤에는 쉬는 것이 세상사 이치이거늘, 펄럭이는 날개에는 별빛만 쏟아지는구나."

마야는 전설처럼 전해지는 시구 한 구절을 읊었다.

"흑조편복!"

절혼마녀가 깜짝 놀라 자신도 모르게 소리쳤다.

그녀가 낙화향의 창기로 발을 들여놓을 때, 흑조편복은 이미 하늘이었다. 절혼마녀라는 무명을 얻은 후에도 흑조편복이라는 무명과는 같이 설 생각조차 하지 못했다.

그가 나타났다.

"뭔가 이상한데요? 흑조편복은 혼자 움직이는 것으로 아는데⋯⋯."

일령도 흑조편복에 대한 소문을 들었는지 한편으로는 놀라면서 또 한편으로는 고개를 갸웃거렸다.

"계집아! 이상하긴 뭐가 이상해! 돌팔이 까까중이 죽을 때가 되니 자존심도 없어진 게지. 놈에게는 죽고 못 사는 계집이 하나 있어. 놈이 까까머리 돌중이듯이 계집도 대가리를 빡빡 민 비구니인데⋯⋯ 아주 지저분해서 구역질나는 연놈들이야."

"저, 적안 사태(赤眼師太)!"

절혼마녀는 재차 놀랐다.

언제 움직이는지, 어떻게 죽이는지 행적이나 수법이 전혀 알려지지 않은, 그러면서도 단 한 번의 실수조차 허용치 않은 전설적인 살수들이 연이어 나타난 것이다.

"저놈들은 아마도 그년의 개일 거야. 이제 알겠어. 그년이 아니면 저런 놈들을 만들어낼 수가 없지. 어쩐지 살기가 빌어먹게 거칠다 했지. 죽일 놈들! 저놈들은 자기가 살기 위해서라면 처자식까지도 죽였을 놈들이야."

시마는 여덟 사내가 어떻게 탄생했는지 짐작하는 듯 고개를 휘휘 내둘렀다. 그것은 적안 사태에 대해서 많은 부분을 알고 있다는 뜻이기도 했다.

"벌써 짐작했겠지만 정작 신경을 써야 할 사람은 흑조편복과 적안 사태 같네."

다담선자가 누군가에게 말했다.

"흥!"

허공에서는 냉소만 터져 나왔다.

탁! 파앗! 쒜엑! 쒜에엑!

날카로운 쇠붙이가 공기를 찢어발기며 죽음을 불러왔다.

소리는 절곡 곳곳에서 터졌으며, 소리가 울릴 적마다 붉은 핏줄기가 꽈리 터지듯 솟구쳤다.

"벌써 다섯."

일령은 고삐를 잡은 손에 힘을 주었다.

생각 같아서는 당장이라도 달려들어 여덟 사내와 일전을 겨뤄보고 싶다.

하나 바자는 근 한 시진 동안 꼼짝히지 않았다.

지루함을 못 이긴 말들이 긴 목을 들어올리며 푸드득 콧바람을 거칠게 뿜어냈다.

적의가 분명한 사람들끼리 마주 선 채 바라만 보고 있기란 무척 힘들다. 기다리고 있던 사람들은 사전에 모든 준비를 갖춰놓은 상태이기 때문에 머뭇거릴 필요가 없다.

한데 여덟 사내는 공격해 오지 않았다.

그들은 집 주변을 어슬렁거리듯 이리저리 어기적어기적 걸어다녔다. 몇몇은 서로 농을 주고받았다. 어떤 자는 편히 누워 깊은 잠에 혼곤히 빠져들었다.

절곡이 아니라 마을이었다면 주민들쯤으로 오인해도 무방할 만큼 태평하다.

죽음은 움직이지 않는 마차와 태평스러운 그들 사이에서 피어난다.

그들이 뿜어낸 피는 횟가루를 붉게 물들였다. 찢어지고 뜯겨져 나간 살점들은 절곡 곳곳에 달라붙었다.

단지 기관과 암기만으로 천멸도 살수를 다섯 명이나 죽음으로 몰아넣었다는 것은 대단한 일이다.

은신술이란 몸을 숨기는 것이다. 방어적인 측면에서는 나를 감추어 발각되지 않으려고, 공격적인 측면에서는 은밀히 다가가 목적을 이루기 위해서 몸을 숨긴다.

방어를 할 때는 지척에 있어도 천 리 간격을 벌여놓은 듯 완벽하게 숨을 줄 알아야 하며, 공격을 할 때는 수십 장 거리를 격해 있어도 검만 뻗으면 닿을 수 있을 만큼 적과 나 사이의 거리를 없애야 한다.

거리를 좁히는 데 예상되는 장애물은 수도 없이 많다.

가장 곤란한 것이 인의 장막에 둘러싸였을 때이며, 당연한 말이지만 고수가 많으면 많을수록 곤란해진다.

두 번째가 기관이나 암기의 보호를 받고 있을 때다.

어렵다고 뚫지 않을 것인가? 기필코 뚫어야 한다.

그렇기에 은신술을 수련한 자들은 각종 기관진식이나 암기에 능통하여야 한다. 많이 알면 알수록, 능통하면 능통할수록 오래 살 수 있으며 뛰어난 살수가 된다.

천멸도 살수들은 단연 최상급이라고 말할 수 있다.

종청호가 이끄는 십팔밀막검, 황전륜을 필두로 한 팔십일 전혼.

천멸도의 절반이다.

그들이 죽어간다. 벌써 다섯 명이나 목숨을 내놓았다.

타악!

나뭇가지가 부러지는 듯 아주 짧고 강렬한 소리가 순식간에 터졌다가 사라졌다.

'여섯!'

'안 돼!' 라는 말을 하고 싶었는데 이미 늦었다는 걸 자각하고 있었는지 마음은 수를 헤아린다.

파앗! 쉐엑! 쉐에엑……!

어디서 어떤 기관이 작동된 것일까? 어떤 암기들이 어느 방향에서 어느 각도로 날아드는 것일까?

횟가루가 먼지처럼 풀썩 피어나더니 뜯겨진 팔다리가 불쑥 솟구쳤다. 물 끼얹듯 확 번지는 핏줄기와 함께.

"이제 거의 다 됐어. 조금만, 조금만 더…….."

여섯 번째 망자가 피를 뿌린 위치에서 대여섯 보만 더 가면 여덟 사내 중 한 명과 맞닥뜨린다.

하늘은 대여섯 보를 허락하는 대가로 피를 원할까?

천멸도의 희생은 이만 그치기를…….

지켜보는 사람들의 마음이 점점 오그라져 갈 때 마차에서 다담선자가 차분하게 말했다.

"도주, 그만! 더 이상 나아가면 안 돼! 일령, 마차를 움직여. 천천히. 십 장 정도만. 절반 정도만 좁혀."

"흥! 어디서 감히 명령조로…….."

"내 말이 아닌 거 알잖아. 마야 뜻이야. 마차를 따르고 싶으면, 아니, 잘못했어. 정정할게. 마야를 지키고 싶으면 마야의 말을 절대 최우선적으로 들어야 해."

"흥!"

천멸도주는 불쾌한 듯 코웃음을 쳤다. 수하들에게 명령도 내리지 않았다. 코웃음을 끝으로 아예 사라져 버린 듯 아무 기척도 흘려내지 않았다.

숨소리도 들릴 듯한 정적이 흐른다.

세상 만물이 움직임을 멈추고 가만히 서서 상황의 추이를 지켜보는 것 같다.

천멸도 살수들은 나아가지 않는다.

물론 느낌일 뿐이다.

천멸도 살수들의 모습은 죽은 다음에야 볼 수 있으니 그들이 움직이고 있는지 멈춰 섰는지 알 턱이 없다. 그러나 절혼마녀와 일령 또한 은신술에 일가견이 있는 만큼 느낌으로 짐작할 수는 있다.

천멸도 살수들은 앞에 있건 뒤에 있건 몸을 붙인 자리에 납작 부복하여 움직이지 않는다.

기가 막히도록 절묘한 명령 체계다. 언제 어떻게 명령을 내렸을까? 아무도 보지 못하고 듣지 못하고 느끼지 못하는 사이에 명령은 하달되었다.

살수들 또한 대단하다.

이제 남은 거리라야 대여섯 보밖에 안 된다. 신법을 펼친다면 일순간에 다다라 검을 쳐낼 수 있는 거리이고, 은신술을 펼쳐서 다가간다고 해도 큰 숨 몇 번 들이쉴 시간이면 충분하다.

동료들이 죽는 모습도 봤다. 비명조차 지르지 못하고 걸레처럼 난도분시되는 모습을 두 눈 뜨고 지켜봤다. 이제 다 왔다. 몇 걸음만 더 다가서면 느물거리며 죽음을 즐기고 있는 놈들의 복구멍에 검을 틀어박을 수 있다.

결정적인 순간에 느닷없는, 그리고 납득할 수 없는 정지 명령을 받아들일 수 있는 사람은 거의 없다.

하나 천멸도 살수들은 어느 한 사람 독단적인 행동을 취하지 않고 멈춰 섰다.

따각! 따각!

일령이 모는 마차는 천천히 절곡을 파고들었다.

겉보기에는 아주 조그만 변화밖에 일어나지 않았다. 사방은 여전히 횟가루 천지였고, 여덟 사내는 태연하게 눕거나 앉거나 서서 마야와는 상관없다는 듯 여유를 부리고 있다.

따각! 따각……!

십여 장이란 거리는 그리 먼 거리가 아니다.

천멸도 살수들은 반 시진에 걸쳐서 지나친 길이지만 마차는 그야말로 눈 깜짝할 순간에 이동했다.

"그만. 이쯤에서 세워."

소림파가 마차 문을 밀치고 내려섰다.

2

소림파는 걸음을 떼어놓기도 힘들 만큼 쇠약했다. 다담선자에게 몸을 의지하고 힘겹게 걸음을 떼어놓았지만 금방이라도 무너질 듯 위태했다.

다담선자는 소림파를 단단히 부축했다. 하나 그녀의 눈길은 여덟 명의 사내에게 틀어박혀 떨어지지 않았다.

저들은 십여 장의 거리쯤은 눈 깜짝할 순간에 좁혀 버릴 수 있다. 또한 저들은 적이다. 모습을 드러내는 순간부터 노골적으로 살의를 뿜어내고 있으니 두말할 필요가 없다.

저들이 본격적으로 움직인다면 소림파의 목숨은 바람 앞

의 등불처럼 위태로워진다.

물론 이쪽에서도 많은 사람이 움직일 것이다. 일부는 소립파를 보호하기 위해서, 또 일부는 저들의 목숨을 끊어놓기 위해서.

승패는 모른다. 진다는 생각은 눈곱만치도 없지만 저들 역시 같은 생각을 했기에 나타났을 게다.

소립파가 이토록 무모한 행동을 할 필요는 없다.

무방비 상태로 전면에 나서는 것과 무엇이 다른가. 골방 샌님이 천지분간하지 못하고 전쟁터 한복판에 서 있는 것과 다를 바 없는 형국이지 않은가.

소립파가 걸음을 내딛으면 내딛을수록 그의 목숨은 위태로워진다. 한 걸음을 내딛으면 한 걸음만큼, 두 걸음을 내딛으면 두 걸음만큼.

"굳이 나설 필요까지는 없는데. 제가 그렇게 못 미더워요?"

역시 눈길은 여덟 사내에게 고정시킨 채 입만 벙긋거렸다.

소립파는 묵묵히 절곡을 살폈다.

모든 사람들의 시선이 그에게 집중되었다.

이마에서 흘러내리는 식은땀, 입에서 뿜어져 나오는 가쁜 숨.

팽팽한 긴장과 살기가 중첩된 곳에서 제 몸 하나 가누지 못하는 병자는 이질적인 존재였다.

소림파를 쳐다보는 여덟 사내의 눈길이 먹이를 눈앞에 둔 승냥이처럼 살기로 번뜩인다.

소림파는 다담선자에게 몸을 의지한 채 그들 앞으로 한 걸음 한 걸음 다가섰다.

다담선자는 눈꼬리를 파르르 떨었다.

온몸을 경직시킬 만한 긴장을 느꼈을 때, 그녀는 눈꼬리를 떠는 습관이 있다. 또한 그 모습을 숨기기 위해서 손으로 머리를 매만지고는 했다.

지금이 그렇다.

소림파를 부축하고 있어서 머리를 매만지지는 못하지만 눈꼬리만은 의지와 상관없이 떨려 나왔다.

눈앞에 있는 여덟 사내는 물론 신경 쓰인다. 하나 정작 그녀를 긴장시킨 것은 암중에서 벌어지는 일들이다.

주위에서 소리없는 움직임이 일고 있다.

스스스스슷……!

뱀이 수풀을 헤쳐 가는 움직임.

동료들의 죽음을 딛고 앞으로 나아갔던 천멸도 살수들이 썰물 빠지듯 물러서고 있다. 소림파는 혹여 여덟 사내가 눈치챌까 봐 주의를 끌고 있으며, 살수들은 이에 힘입어 물러섬을 재촉한다.

이런 경우는 하나뿐이다. 밟지 말아야 할 땅을 밟았을 때다. 소림파가 찾아가고 있는 죽음의 땅처럼 무공 고하와는 상관없이 죽을 수밖에 없는 땅일 경우다.

마령음, 적멸주, 만공심안…….

천멸도 살수들이 까닭없이 물러서는 데는 기이하기 이를 데 없는 소립파의 능력 중 하나가 작용했을 테지만 어떤 능력 인지는 짐작조차 하기 힘들고…….

'도대체 무슨 일이 벌어지고 있는 거야!'

다담선자의 눈꼬리가 다시 한 번 파르르 떨렸다.

사실 그녀는 천멸도 살수들을 멈추게 한 것부터가 이해되지 않았다. 자신의 입으로 천멸도주에게 말을 전하기는 했지만 소립파의 말에 처음으로 의혹이 들었다고 해도 과언이 아니었다. 혹 잘못 들은 것은 아닐까 하는 생각도 했고. 어쨌든 지금까지도 찰나간의 시간만 더 주었어도 금방 끝나 버릴 싸움이었다고 믿어 의심치 않았다.

그런데 멈추라고 했다. 뿐만이 아니라 쇠약해진 몸을 이끌고 직접 나섰다. 팔순 노인이 병석에 몸져누워 있을 때처럼 숨조차 제대로 쉴 수 없는데 기어이 여덟 사내 앞에 섰다.

소립파의 생각대로 여덟 사내는 소립파에게만 주목할 뿐, 천멸도 살수들이 물러가는 것에는 수수방관했다.

너무도 당연한 현상이다.

여덟 사내가 하늘을 무너뜨리는 무공을 지녔다고 해도 사방에 깔려 있는 천멸도 살수들을 어찌할 능력은 없어 보인다. 더욱이 가장 핵심이라고 할 수 있는 소립파가 모습을 드러냈는데 다른 곳에 눈길을 줄 이유가 없다.

소립파가 모습을 드러내는 순간부터 일은 이렇게 진행되도록 되어 있다.

한데 소립파는 아직도 긴장을 풀지 못하고 있다. 다른 사람들이 보기에는 태연해 보이겠지만, 그를 끌어안고 있는 다담선자는 딱딱하게 굳어 있는 근육들에서 팽팽한 긴장감을 생생하게 느낀다.

무엇이 소립파를 긴장하게 만드는 것인가.

소립파의 말과 행동은 종종 이렇게 난해할 때가 있다.

스스스스슷……!

오감을 동원해도 감지해 낼 수 없는 움직임, 오직 고도로 발달된 육감만이 느낄 수 있는 움직임이 가늘게 잦아들었다.

'천멸도 살수들이 모두 빠졌어.'

나아갈 때도 죽음이 있기 전까지는 숨소리조차 흘리지 않았던 그들이다. 물러설 때도 언제 어디서 무슨 일이 있었나 싶게 무감(無感)의 절정을 보여준다.

"하늘이 참 맑군."

그제야 소립파가 입을 열었다. 동시에 딱딱하게 굳었던 근육도 봄눈 녹듯 사르르 풀렸다.

'어떤 위험이기에…… 위험이 있었던 것 같은데…….'

다담선자는 새삼 주위를 둘러보았다. 하나 위험하다 싶은 것은 찾을 수 없었다. 험한 절곡이니 매복이나 함정은 펼칠 수 있겠지만 그래 봤자 살수 한두 명쯤 죽이는 게 고작이다. 천멸도 살수들을 전부 뒤로 뺄 정도로 위험하지는 않은 것이다.

다담선자의 눈에 비치는 것은 이것이 전부였다.

소림파는 보이지 않는 것을 보았다. 그리고 절대적인 확신을 가지고 천멸도 살수들을 뒤로 물렸다. 만에 하나, 확신이 오판으로 판명나면 전진하면서 죽어간 천멸도 살수들은 억울해서 눈을 감지 못할 것이다.

보이는 것과 보이지 않는 것.

대부분의 사람들은 보이는 것을 확신하나 소림파는, 그와 함께 있으면 보이지 않는 것을 더 믿게 된다.

눈에 보이는 것은 또 있다.

두 눈 시퍼렇게 뜨고 서 있는 여덟 사내는 강적이 틀림없다.

저들 여덟 명은 강하다. 다담선자조차도 살인무공이라는 명칭 앞에서는 오한이 돋는다.

살인무공은 오래전에 잠들어 버렸던 시마의 살심마저 깨워 버릴 만큼 죽음 쪽에 바짝 붙어 있는 무공이다.

여기도 눈에 보이지 않는 것이 있다.

살인무공이 무섭다고는 하나 살인무공뿐이었으면 천멸도로 부딪쳐 볼 만하다.

살인무공은 빙산의 일각이다. 정작 무서운 무공은 따로

있다.

눈에 보이지 않는…….

"바람이 불면 좋겠지?"

개미굴처럼 번잡한 다담선자의 내심을 아는지 모르는지 소립파는 여유있게 말했다.

"더워요?"

"덥기는…….'

"그럼 바람은 왜……? 그렇군요. 이곳은 이상한 땅이군요."

덥지도 않은데 바람을 말한 것은 주의해야 할 지형 혹은 상황을 말하기 위함이다.

그렇다. 무심코 봤을 때는 몰랐는데 새삼 살펴보니 지형이 범상치 않다.

절곡이 호로병처럼 밑은 넓고 위는 좁다. 여덟 사내 등 뒤로는 절곡을 빠져나가는 길이 이어져 있을 테지만, 그마저 굽이져 있어서 완벽한 호리병처럼 막혀 보인다.

바람은 전혀 들지 않는다. 길 따라 흐르는 바람, 하늘에서 내려오는 바람, 절곡을 타고 흐르는 바람이 있으련만 암흑 지옥의 깊은 정적 속에 휘감긴 듯 조용하기만 하다.

소립파가 부연 설명을 했다.

"바람이 들지 않는 곡. 하여 무풍곡(無風谷)이라고 불리는 곳이지."

"무풍곡……."

듣는 것만으로도 불길한 느낌이 드는 지명이다.

"사시사철…… 낮이고 밤이고 어느 한순간도요?"

소립파의 고개가 끄덕여진다.

"그렇게 말씀하시면 믿어야죠."

이상한 곳이지만 마음은 무척 편해졌다. 바짝 곤두섰던 긴장도 느슨하게 풀렸다. 소립파의 숨소리에서 여유가 묻어나기 때문이다. 꼭 말을 들어서 알 수 있는 것은 아니다. 어떤 때는 눈빛만 쳐다보아도 알 수 있다.

'여유가 있다면 큰 위험은 없는 거야. 고되기는 하겠지만.'

다담선자의 마음을 아는지 모르는지 소립파는 옅은 웃음을 지으며 말했다.

"이곳은…… 후후! 병가(兵家)에도 널리 알려진 곳이지. 매복기습을 설명할 때면 반드시 등장하는 곳이니까. 아주 유명한 곳이야."

그런가? 그럴 것 같다. 병법을 잘 모르는 문외한의 눈에도 무풍곡은 왠지 께름칙하다. 무엇인가, 소름이 돋게 하는 무엇인가가 숨겨져 있는 것 같다.

"전쟁이라면 일당백의 요처. 무인들의 싸움에서는 필승지처. 막대한 정성과 돈을 들여 기관을 설치해 놓았고, 목숨을 도외시하는 자들이 여덟이라……. 여기서 끝장낼 심산이군."

그때였다. 천멸도 살수들이 물러설 때도 말 한마디 하지 않던 천멸도주가 비웃는 듯한 어조로 말문을 열었다.

"팔귀당천지관(八鬼撞天之關). 흥! 겨우 이따위 것으로."

"파, 팔! 음……! 팔귀당천지관."

시마가 그제야 알아보겠다는 듯 다시 한 번 주위를 휘둘러보며 더듬더듬 중얼거렸다.

시마답지 않게 몹시 놀란 표정이었다. 표정도 마치 못 들을 것을 들은 사람처럼 마구 구겨졌다.

다담선자는 팔귀당천지관이 무슨 말이냐는 듯 천멸도주와 시마를 번갈아 쳐다보았다.

그녀뿐만이 아니다. 폭 넓은 견문을 자랑하는 절혼마녀도 팔귀당천지관이라는 말은 금시초문이었다. 그래서 절혼마녀는 호기심 가득한 눈빛만 보낼 수밖에 없었다. 하물며 일령은 자하부가 세상 모든 것이었으니 말해 무엇하랴.

천멸도주는 더 이상 입을 열지 않았다.

시마도 말문을 닫았다.

팔귀당천지관에 대해서 알고 있는 두 사람은 묵묵히 여덟 사내만 바라보았다. 세상에서 가장 편한 자세로 앉아 있거나, 누워 있거나, 서 있는 여덟 사내를.

다담선자는 소립파의 옷소매를 살짝 잡아당겼다.

그녀의 눈빛에는 팔귀당천지관에 대한 궁금증이 가득 담겨 있었다.

팔귀당천지관.

강호에 견문이 넓은 다담선자와 절혼마녀에게까지도 생소한 이 여섯 글자는 뜻밖에도 한때는 중원에서 가장 막대한 부를 축적했던 이약도(李躍濤) 상단(商團)에서 탄생했다.

어느 날, 이약도 상단에 사내 열 명이 불쑥 찾아왔다가 이약도만 만나보고는 일각도 안 되어서 돌아갔다.

그들이 누구인지, 이약도 상단과는 무슨 관계인지 알려진 것은 아무것도 없다. 한 가지 확실한 것은 수백 명에 이르는 상단 사람들 중에 그들을 아는 사람은 아무도 없다는 것이다.

궁금증을 해소시켜 줄 수 있는 유일한 사람, 이약도는 그들에 대해서 입도 벙긋하지 않았다.

그러나 그때부터 이약도 상단에는 큰 변화가 일어났다.

알게 모르게 재화(財貨)가 솔솔 빠져나가기 시작했다.

용처(用處)는 불문(不問).

뱀도 아니고 지렁이도 아니고 용도 아니고…… 기이하게 생긴 이무기 문양(紋樣)이 새겨진 어음이 나타나면 상단이 휘청거릴 만큼 큰돈이 빠져나갔다.

그러기를 이십여 년이다.

처음에는 요 정도야 했지만, 끝도 없이 이어지는 지출에는 천하의 이약도 상단도 배겨낼 도리가 없었다.

한때는 중원 절반도 살 수 있다던 이약도 상단이 식솔이라고는 십여 명, 가진 전답이라고는 논 몇 필지가 고작인 작은 부농으로 전락했을 때, 그들이 다시 나타났다.

그들은 여섯 명으로 줄어 있었다.

여섯 사내는 이약도의 식객으로 눌러앉았고, 삼십여 년을 더 살다가 한 명, 두 명 노환으로 죽어갔다.

이것이 겉으로 나타난 열 사내와 이약도 상단의 몰락 이야기다.

속 이야기는 무림인들의 눈과 귀를 번쩍 뜨이게 한다.

사내 열 명은 그들 스스로 이약도를 찾은 것이 아니라 이약도에게 초빙되었다.

이약도는 그들로 하여금 중원에 존재하는 모든 기관과 진법을 섭렵케 했다.

그들은 중원에서 둘째라면 서러워할 만큼 자존심으로 똘똘 뭉친 기관진법의 달인들이다. 혼자라면 몰라도 열 명까지 손발을 맞춘다는 것은 꿈에서조차 생각하지 못했을 게다.

그러나 그들은 이약도가 전 재산을 내놓겠다는 말 한마디에 뜻을 같이했다.

그만한 재산은 두 번 다시 구할 수 없을 게다.

그만한 재산을 뿌려가며 기관진식을 구경한다는 것은 불감청(不敢請)이언정 고소원(固所願)이지 않은가.

이약도가 약속만 지켜준다면…… 그리고 자신과 버금가는

다른 아홉 명이 뜻을 같이해 준다면…….

그들은 세상을 떠돌며 안목을 넓혀갔다.

수천 명이 일사불란하게 움직이는 병진(兵陣)부터 두 사람이 함께 펼치는 검진(劍陣)까지. 산 하나가 기관이라고 해도 과언이 아닌 구성(拘城) 뇌옥(牢獄)부터 대도(大刀)에 소도(小刀)를 끼워 넣은 작은 장치까지.

쉽게 볼 수는 없었다. 이약도가 막대한 금은보화를 지원했지만 기관이나 진법은 비밀을 생명으로 여기기 때문에 어느 것 하나 수월하게 본 것이 없었다. 어떤 때는 목숨을 걸어야 할 때도 있었고, 실제로 네 명의 달인이 목숨을 잃었다.

기관이나 진식이 있는 곳이라면 세상 끝이라도 달려가기를 이십여 년, 그들은 더 이상 볼거리가 없어진 후에야 다시 모였다. 그리고 이약도가 전 재산을 탕진해 가며 원했던 단 하나의 소망, 무공을 전혀 모르는 사람이 천하제일무인을 죽일 수 있는 진법 창안에 매진했다.

성공했을까?

모른다. 결과는 나오지 않았다. 그들은 노쇠하여 죽어갔고, 마지막 일인이 죽을 때까지 손톱만 한 결과조차 내밀지 못했다.

말도 안 되는 미친 생각에 빠져서 중원 제일의 부호는 형편 없이 몰락했고, 십여 명의 달인들은 평생을 허비한 것이다.

이 속 이야기 또한 사실이 아닐지 모른다. 단지 열 명의 사내가 나타났다가 사라진 후로 중원 제일의 부호가 몰락하기 시작했고, 겨우 땅 몇 필지 남았을 때 그들이 다시 나타났다는 이야기는 너무 싱겁기 때문에 만들어낸 말인지도 모른다.

이약도 상단이 지녔던 부(富)가 워낙 대단했기 때문에.

무너질 것이라고는 생각도 하지 못했던 대제국이 너무 간단히 무너졌기 때문에.

'이약도가 전 재산을 투자하여 만들어낸 진법이 팔귀당천지관. 무공을 모르는 사람이 천하제일무인을 죽이기 위해 만든 진……. 이거 믿어야 하는 거야?'

지형이 특이하다는 것은 인정한다.

사실 중원 전역을 돌아다녀도 일 년 열두 달 바람 한 점 들지 않는 무풍곡을 찾기란 쉽지 않다.

절곡을 하얀색으로 바꿔놓은 횟가루도 마음에 걸린다.

아니다. 뭐니 뭐니 해도 가장 마음에 걸리는 것은 천멸도 살수들조차 죽음을 면치 못했던 기관장치다.

천멸도 살수들은 무음(無音), 무형(無形)을 이뤄냈다. 주변 지형지물을 내 몸같이 이용할 수 있으며, 모래알 하나도 허투루 흘리지 않는 섬세함을 갖췄다는 말이다.

이런 사람들은 여간해서는 기관에 걸려들지 않는다. 함정 같은 것은 아예 코웃음거리밖에 되지 않는다.

그런데 한 명도 아니고 몇 명이나 당했다.

비명 소리를 들을 때는 싸움이 벌어지는 곳이니, 그리고 기관이 설치되어 있다는 정도는 눈치 채고 있었으니 그럴 수도 있다고 생각했는데 너무 쉽게 생각한 것 같다. 천멸도 살수들의 능력을, 마도와 수검을 눈 깜짝할 사이에 요리해 버린 살수들의 능력을 한 번만 생각했어도 심상치 않다는 것을 일찍 알았을 텐데.

그때였다.

"크크크! 카카카카!"

느닷없이 터져 나온 기괴한 웃음소리가 무풍곡을 쩌렁 울렸다.

귀청이 떨어져 나갈 정도로 큰 웃음소리, 다담선자가 손으로 귀를 막을 정도로 웅후한 진기가 실린 웃음.

무풍곡이 와르르 무너져 내리는 것 같다. 지축이 뒤흔들린다. 바위는 금방이라도 떨어져 내릴 듯 들썩인다.

환상이다. 진기 실린 웃음이 청각을 자극하고 뇌를 자극하여 만들어낸 공포. 내력을 끌어올려 대항할 수 있는 사람이라도 최소한 가슴이 털컥 내려앉는 충격 정도는 감내해야 한다.

'이 사람…… 살인무공을 익힌 여덟 명보다 더 강해!'

다담선자는 웃음소리만 듣고도 자신감을 잃었다.

추명반은 용서를 모른다. 실패도 모른다. 추명반이 허공을 가르면 적이든 나든 둘 중 한 명은 반드시 죽는다.

지금까지는 적이 죽어왔다. 하나 음성의 주인에게는 다른 느낌이 든다. 만약 추명반을 던진다면 죽는 사람은 자신이 될 것 같다는 불길한 예감이 머릿속을 휘젓는다.

웃음소리의 주인이 실체를 드러냈다.

다담선자는 회색 절곡 저쪽에서 바람에 휘날리는 낙엽처럼 유유히 걸어오는 한 인영을 쳐다보았다.

"낄낄낄! 낄낄! 마야, 네놈이 오귀궁과 무관치 않다더니만 정말이었구나. 낄낄! 낄낄낄! 하지만 이미 늦었다, 이놈아. 이곳에 들어선 이상 오귀가 아니라 지옥에서 뛰쳐나온 악귀나 찰이라고 해도 죽을 수밖에 없어."

쇳소리가 묻어나는 음성을 듣다 보니 솜털이 가시처럼 돋아난다. 하나 나타난 사람의 용모는 카랑카랑한 음성이나 요사한 웃음소리와는 전혀 상반된 단정한 용모의 비구니였다.

나이는 들었지만 피부에 윤택이 흘러서 보기 좋았다. 정기 바른 눈동자는 올곧은 신념으로 불도에 맹진해 온 비구니의 일생이 담겨 있는 듯했으며, 옅게 띤 웃음은 인자한 할머니 같고, 염주를 굴리는 손에는 처녀의 부끄러움이 묻어 있었다.

길에서 만났다면 절로 합장이 우러날 만큼 고아한 풍모다.

'음……! 적안 사태……!'

다담선자는 자신도 모르게 천멸도주를 쳐다봤다.

적안 사태와 가장 가까이 있는 사람은 그녀다. 싸움이 벌어지면 제일 먼저 그녀가 손속을 마주쳐야 하리라.

흑조편복과 적안 사태.

그들이 모시는 부처는 혈불(血佛)이다. 그들은 불경 대신 진혼곡을 읊고, 인자한 마음 대신 냉혹한 살심을 키운다.

천멸도만큼이나 남무림 최고의 살수로 인정받고 있는 사람들이 적이 되어서 눈앞에 섰다.

무림은 도산검림(刀山劍林), 칼을 밟고 사는 인생이니 언제 누가 앞을 가로막아도 이상할 것은 없다. 단지 선자불래(善者不來)요, 내자불선(來者不善)이라. 무엇인가 한 가지라도 필승의 자신을 가졌기에 앞을 가로막았을 것이라는 점은 염두에 두어야 한다.

보통 사람도 그러한데, 하물며 적안 사태는 죽음이 무엇인지 아는 사람이다. 구십구 개를 준비했어도 한 개를 놓친다면 자신이 위태롭다는 사실을 너무도 잘 안다.

적안 사태 같은 사람이 목숨을 거두고자 나타났을 때는 십중 십의 자신감을 갖고 있다고 봐야 한다.

무풍곡은 이런 곳인가! 죽음의 땅인가!

하기는…… 무풍곡에 깔린 기관진법이 이약도의 팔귀당천지관이 맞다면, 그리고 팔귀당천지관이 소문처럼 무공을 모르는 사람이 천하제일무인을 죽일 수 있는 진법이라면 충분히 자신을 가질 만하다.

적안 사태를 너무 얕본 말인가?

적안 사태의 무공과 살인무공을 익힌 여덟 사내만으로도

충분하지 않을까? 천멸도 살수들만 없다면. 천멸도 살수들이 따라붙지 않았을 때 저들과 마주쳤다면…….

적안 사태는 모습을 드러냈다. 그럼 마야조차도 감탄했다는 흑조편복은 어디 있는가.

그마저 나타난다면……

그렇다고 이쪽이 약하다는 말은 아니다. 가장 염려스러웠던 일령마저도 선유비조신법을 극성으로 깨우쳐 버렸으니 이쪽이야말로 가장 상대하기 까다로운 사람들이 모여 있다고 볼 수 있다.

팔귀당천지관의 실체를 보지 못했으니 생각 자체가 추측에 불과하지만, 현 상황만으로도 이쪽이나 저쪽이나 승부를 가늠할 수 없기는 마찬가지인 것 같다.

다담선자가 양쪽의 무공 수위를 저울질하고 있을 때,

"난 마야다. 앞을 막아서는 자는 모두 죽어."

거두절미, 소립파가 대뜸 던진 말이었다.

다담선자는 깜짝 놀랐다.

그녀만큼이나 소립파에 대해서 잘 알고 있는 천멸도주도 퍼뜩 고개를 돌려 소립파를 쳐다봤다. 절혼마녀도, 일령도, 시마도…… 그를 아는 사람들은 모두 그에게 눈길을 집중시켰다.

그가 한 말 때문이 아니다. 말 한마디 한마디에 진득한 피 냄새가 묻어났기 때문이다.

정말로 앞을 막아서는 사람은 모두 죽여 버릴 것 같은 잔혹한 마기(魔氣)라니!

음성으로 인간의 오욕칠정을 자극하여 공포를 안겨주는 죽음의 저주, 적멸주다. 소림파가 적멸주를 마성(魔性)이라고 느껴질 만큼 강하게 뿜어내고 있다. 숱한 밤 동안 그와 살을 맞대고 살아온 다담선자조차도 두려움을 느낄 정도로.

그렇다. 소림파는 음성뿐만이 아니라 표정까지도 변했다.

안색이 쇳덩이처럼 차디찼다.

아니, 안색은 눈에 들어오지 않는다. 코도 입도 보이지 않는다. 소림파의 얼굴은 오직 눈밖에 없는 것 같다.

싸움꾼 같은 투사의 눈이 아니다. 늑대의 잿빛 눈도 아니다. 독사의 차디찬 눈빛도 아니다.

시체의 눈, 눈동자가 퀭하니 안으로 파인 것처럼 보여 어두움만 흘러나온다.

사기(死氣)가 가득한 눈은 말한다.

―죽음은 멀리 있는 게 아니다. 고통스럽지도 않다. 아주 잠깐이면 끝날 거야. 아무 걱정하지 말고 죽음을 맞이하라.

환희마소와는 다르게 적멸주를 심은 눈빛은 공포를 안겨준다. 죽음을 맞이하기 싫어진다. 오직 죽음에서 도망가고픈 느낌만 들게 한다.

순간, 적안 사태의 안색도 새하얗게 변했다. 반면에 검었던 눈동자는 붉은 적색으로 물들었다.

하얀 얼굴에 새빨간 눈.

자애심이 많아 보이던 비구니는 순식간에 혈귀로 변했다.

적안 사태라는 외호가 없더라도 사태의 얼굴을 보다 보면 자연스럽게 '적안 사태'라는 말이 떠오를 정도로 확연한 얼굴 변화다.

"크크크! 팔귀당천지관을 알아보는 계집이 있어서 쉽게 죽여주려고 했더니……. 크크크! 천둥벌거숭이 같은 놈. 감히 내 앞에서 마야 운운하다니. 좋다. 어디 마야의 솜씨가 어떤지 한번 보자꾸나."

적안 사태도 먹이를 앞에 둔 늑대처럼 잔혹하게 웃었다.

지옥 나찰과 포근한 할머니의 인상을 동시에 지닌 특이한 사람이다.

"딱 한 마디만. 물러서겠나, 죽겠나."

소립파의 음성은 무미건조했다. 억양의 고저마저 담겨 있지 않았다.

"크크크크……!"

적안 사태는 말을 섞고 싶지 않다는 듯 괴소를 터뜨렸다. 동시에 하늘을 향해 두 팔을 쭉 뻗어 올렸다. 순간,

쉬이익! 쉐에엑……!

지금까지 한껏 여유를 부리던 여덟 사내가 허공으로 붕 떠

올랐다.

　본인들 의지와는 상관없이, 무형의 밧줄에 묶여 강제로 들려진 듯한 움직임.

　그들은 허공에 떠오른 후에도 억지로 끌려가는 듯한 움직임을 보이며 여덟 방위를 점해갔다.

第三十六章

타상타(打相打)
―싸움을 하다

여덟 사내의 자리가 정해졌다.

팔방(八方)을 점한 것은 확실한데, 높고 낮음의 층차가 있으니 팔괘(八卦) 쪽으로 생각할 수도 없는 상황이다.

공격 준비는 차곡차곡 이루어졌다.

그들은 품속에서 장난감이 아닐까 싶을 만큼 아주 작은 소궁을 꺼내 들었다.

장난감은 아니다. 살을 꺼내 재우는 모습이 사뭇 신중하다. 깨지기 쉬운 그릇을 만지는 듯, 갓난아기를 어루만지는 듯 소궁을 만지는 모습에는 긴장이 잔뜩 배여 있다.

"음······!"

절혼마녀는 귀를 기울여서 자세히 듣지 않으면 들을 수 없을 만큼 나직한 신음을 토해냈다.

여덟 사내가 보여준 광경은 확실히 놀랍다.

견문이 적지 않은 다담선자도 처음 보는 놀라운 광경에 벌어진 입을 다물지 못했다.

사람이 허공에 떠 있을 수 있다니!

날개가 달린 것도 아니고 어떻게 하늘에 떠 있을 수 있단 말인가. 사람이 어떻게 하늘 한가운데에 둥실둥실 떠서 세상을 굽어볼 수 있단 말인가.

이런 모습은 들은 적도 본 적도 없다.

한 가지, 주의 깊게 살펴야 할 점도 보인다.

여덟 사내의 움직임, 비정상적인 움직임을 주목해야 한다.

여덟 사내는 본신의 능력으로 하늘에 떠 있는 것이 아니라 밧줄에 두 손과 두 발, 그리고 몸통이 따로 묶여서 이리저리 잡아끄는 데로 끌려 다닌다고 보는 편이 맞다.

그러면 밧줄이 보여야 하고, 밧줄을 잡아당기는 사람 또한 보여야 한다.

주위에는 아무것도 없다. 횟가루를 뿌려놓은 절벽에는 개미 한 마리 기어다니지 않는다. 땅에도 하늘에도 사람은커녕 새 한 마리 구경할 수 없다.

밧줄도 보이지 않는다.

여덟 사내는 허우적거리고 있는데, 아니, 날개 달린 새처럼 허공에 떠서 내려오질 않고 있는데 그들 주위에는 텅 빈 허공 뿐이다.

제일 먼저 머릿속을 스쳐 지나가는 생각은 은사(隱絲)였다.

정밀하게 제작한 은사라면 인간의 이목 정도는 쉽게 속일 수 있다.

실제로 사천당문(四川唐門)에서 만든 무형은사(無形隱絲)는 투망을 만들어 내던져도 보이지 않는다고 했으니 불가능한 일은 아니다.

멀리서 찾을 것도 없다. 소림파만 하더라도 머리카락처럼 가느다란 은잠사(銀蠶絲)를 가지고 있다.

바로 그것이다! 은사! 은사 외에는 현재 이 상황을 설명해 줄 수 있는 게 없다.

"이게 무슨 기괴한……!"

일령이 놀라서 경악성을 터뜨릴 때, 절혼마녀는 천사검을 뽑아 들고 소림파의 오른쪽으로 다가섰다.

"아!"

일령이 절혼마녀의 움직임을 보고서야 무엇인가를 깨달은 듯 황급히 신형을 날려 소림파의 앞을 막았다.

어자석에 앉아 있던 자세 그대로 몸을 튕겨내어 말 머리를 밟고 몸을 한 바퀴 회전시킨 후 소림파의 앞으로 나서기까지, 일령이 보여준 일련의 움직임은 찬탄을 금치 못할 정도로 뛰어난 것이었다.

빨라서가 아니다. 무림에 그 정도로 빠른 사람은 모래알처럼 많다. 신법이 표홀해서도 아니다. 깔끔한 면에서는 무척 인상적이었지만 일류라 칭하는 고수들이라면 그 정도 움직임은 보여줄 수 있다.

일령이 뛰어난 점은 가벼움에 있다.

바람이 없었으니 망정이지 작은 바람이라도 불었다면 여지없이 휩쓸려 날려갔을 것 같은 가벼움. 너무 힘이 없어서 보는 사람으로 하여금 안타까움과 불안감을 자아내게 만드는 가벼움.

선유비조신법이 궁극을 향해 치닫고 있는 증거다.

선유비조신법을 모르는 사람은, 일령이 무슨 신법을 수련했는지 모르는 사람은, 또 궁극의 무도(武道)를 깨우치지 못한 검자(劍者)들은 찬탄 대신 비웃음을 흘려낼지도 모를 일이다. 저런 것도 신법이냐고 비웃으며. 그렇게 가벼워서야 어디 힘이나 쓰겠냐면서.

적안 사태는 붉은 광채를 더욱 짙게 뿌려냈다.

"크크크! 마야…… 계집 후리는 재주도 일견후즉파인가? 척 보면 어떻게 후릴지 감이 오나 보지? 뛰어난 계집들을 곁에 두었어. 계집들이 어쩌면 저렇게 야무질꼬. 크크크! 하나같이 쓸 만해. 이거야 원…… 웬만한 작자들을 귀싸대기 때릴 계집들이잖아. 크크크! 좋아. 꼬마 계집아, 네년이 방금 펼친 신법이 뭐냐? 얼핏 보면 공령문 늙은이의 선유비조신법 같은데 공령 늙은이가 펼쳐도 그 정도는 아닐 것 같고……."

적안 사태의 음성에는 여유가 넘쳤다.

적안 사태는 마야를 두려워하지 않았다.

그도 그럴 것이 소림파의 몸 상태는 누가 봐도 기름이 다한 등잔불처럼 위태로워 보였다.

두 다리가 풀려서 쓰러지기 직전이라는 정도는 삼척동자도 안다.

두 팔 역시 힘을 잃고 축 늘어져 있으며, 정신도 수습하기 힘든 듯 고개를 떨궜다가 쳐들기를 반복하고 있다.

다담선자가 부축하지 않았다면 벌써 땅바닥에 드러누웠을 게다.

엎친 데 덮쳤다고 해야 하나?

예측하지 못한 게 있다.

오시(午時), 저주의 자오법신!

적안 사태와 팔귀당천지관만도 벅찬데 소림파는 또 하나의 적인 저주의 자오법신과 싸워야 하지 않는가.

지금 시간은 사시(巳時)밖에 되지 않았다. 한데도 소림파가 정신을 놓을 듯 휘청거리는 것은 체내의 음양전도(陰陽傳導)가 무척 빠르게 진행되고 있다는 것을 의미한다.

시간이 지날수록, 음양전도가 횟수를 거듭할수록 고통이 가중되는 시간은 길어지고 그가 누릴 수 있는 편안한 시간은 점점 줄어드는 것이다.

소림파가 보여준 적멸주는 소름 끼쳤다.

앞을 가로막으면 죽는다는 말을 했을 때, 적안 사태는 정말로 자신이 피떡이 되어 쓰러져 있는 환상을 보았다.

흑과 백밖에 존재하지 않는 세상에서 검은 피를 콸콸 쏟아내며 죽어가는 모습이라니. 그러면서 속삭였다. 죽음은 멀리 있는 게 아니라고. 죽음의 순간은 금방이며, 아무런 고통도 없을 것이라고.

극심한 공포를 느꼈다. 금방이라도 신법을 떨쳐 도주하고픈 충동마저 들었다. 마야의 앞을 막아선 이유 따위는 생각도 나지 않았다. 무적의 절진인 팔귀당천지관이 펼쳐져 있다는 사실도 순간적이나마 잊어버렸다.

적안 사태가 급히 정신을 차렸을 때, 그녀는 곧 자신이 겪었던 공포와 환상이 마야의 말 몇 마디에 기인했음을 깨달았다.

적안 사태는 급히 대갈을 내지르며 공격 채비를 갖췄다.

마야와 말을 섞어서는 곤란하다. 그와 말을 나누면 나눌수록 기이한 사술이 몸을 얽어맬 것이다.

그랬다. 그래서 급히 손을 쳐들어 팔귀당천지관을 발동시켰다. 조금이라도 지체했다가는 소문으로만 듣던 마야의 기괴한 능력에 휘말려 당하고 만다는 절박함이 온 정신을 지배했었다.

그런데…… 금방이라도 쓰러질 듯 흐느적거리는 소림파의 모습을 보라. 그를 두려워할 필요가 있을까? 하늘을 무너뜨리는 재주가 있다고 해도 펼치지 못하면 어린아이의 손장난 만도 못한 것, 제 몸 하나 가누지 못하는 처지에 남을 위협할 여력이 있을까?

적안 사태 같은 고수에게 허장성세는 통하지 않는다.

있는 그대로 볼 줄 알고, 판단할 줄 알기에 무림을 공포로 몰아넣는 살수가 될 수 있었다.

적안 사태는 판단했다.

'자시와 오시만 되면 극한의 고통을 겪는 특이한 주화입 마(走火入魔)에 걸렸다더니만, 사시밖에 안 됐는데 이 지경이 면…… 이자는 신경 쓸 것 없겠어. 호호! 싱겁게 끝나기만 했다가는 흑조편복, 이 늙은이를 가만두지 않겠어. 팔귀당천지 관을 겨우 이런 젖비린내 나는 어린것들에게 쓰게 하다니!'

"……."

일령은 적안 사태의 말에 대답하지 않았다. 아니, 대답할 겨를이 없었다. 다른 때 같으면 궁령분의 비기를 높이 생각해 주었으니 뿌듯한 마음에서라도 몇 마디 대꾸해 주었겠지만 지금은 온 정신을 하나로 모아도 모자랄 판이다.

싸움이 벌어진다. 허공에 떠 있는 여덟 사내가 무슨 공격을 펼칠지 모르지만 이제 곧 끔찍한 공격이 시작된다.

맞서 싸워야 하나?

아니다. 첫 번째 임무는 쇠약해질 대로 쇠약해진 소림파를 보호하는 것이다.

이주회첨진.

절혼마녀는 이주회첨진의 묘리에 따라 다담선자를 주축으로 한쪽 날개가 되기 위해 오른쪽에 섰다.

소립파가 마차를 벗어났으니 변형된 이주회첨진이다.

소립파를 보호하고, 여력이 남으면 적을 죽인다.

일령은 자기 자리를 찾은 후, 머릿속으로 움직여야 할 동선을 그리기에 여념없었다.

소립파는 창자루다. 일령은 창끝이다. 다른 병기도 있다. 도(刀)다. 도의 손잡이는 다담선자이며, 도신(刀身)은 절혼마녀다.

소립파와 다담선자는 이신일체(二身一體). 몸은 둘이나 창자루와 도의 손잡이는 하나로 연결될 것이며, 창과 도는 주인의 뜻대로 움직일 것이다.

한데 문제가 있다.

소립파가 움직이지 못한다. 기상천외한 능력을 지니고 있지만 육장을 부딪쳐야 하는 싸움에서는 가장 약한 존재다.

그런 점을 보충하기 위해서 시마가 존재한다. 바로 상주(上柱)다.

마차에서는 지붕 위에서 소립파의 역할을 대신했지만, 땅에서 그는 소립파의 왼쪽에 섰다.

그리고 보니 재미있다.

소립파는 몸, 다담선자와 시마는 왼팔과 오른팔, 그리고 절혼마녀와 일령은 병기가 된다.

배치 형태로만 판단하면 무림 십대검진으로 사납기 이를 데 없다는 삼수양격진(三手兩擊陣)과도 흡사해 보인다.

삼수양격진이냐, 이주회첨진이냐.

이는 병기가 된 사람들이, 좌우 양팔이 어떤 동선으로 움직이느냐에 따라서 달라질 것이다.

—이약도와 살아서 돌아온 여섯 사내는 팔귀당천지관을 완성했다. 이약도가 소원한 대로 무공을 전혀 모르는 사람이 천하제일무인을 죽일 수 있는 천하의 절진을 만들어낸 것이다.

일령의 귓전에 소곤거리는 속삭임이 들려왔다.

일령은 급히 뒤돌아보았으나…… 소립파는 힘없이 무너져 내리고 있었다.

눈꺼풀은 아예 감겼으며, 전신에서는 끊임없이 경련이 일었다.

그러나 주저앉는 소립파를 침착한 모습으로 부축해 주고 있는 다담선자의 눈빛은 맑게 빛났다.

'역시 환청이 아냐. 언니도 들었어.'

소립파의 육신은 최악을 향해 치닫고 있지만, 그의 정신은 아직도 굳건히 곧추선 채 무너지지 않고 있다.

─이약도와 여섯 사내, 육진사(六陣士)는 섬서(陝西) 장순 (長淳) 사함곡(沙陷谷)에 진을 설치했다. 이론으로 그칠 절진 인지 실전에 사용할 수 있는 절진인지 알아보기 위해서지. 진을 설치한 후, 그야말로 당대 제일 무인들이라고 할 수 있는 사람들을 유인해 끌어들였다. 소림(少林) 허양(虛洋) 대사(大師), 청성(靑城) 노석(蘆石) 진인(眞人)……

귓전에 들리는 속삭임은 까마득히 잊었던 비사(秘事)를 떠올리게 만들었다.

일명 '십팔천붕(十八天崩)'이라고 일컬어지는 천하제일 열여덟 고수의 실종 사건.

그들은 각기 한 가지 병기에 능통했다. 공교롭게도 같은 병기를 사용하는 사람은 없었고, 사문도 달랐지만 한 가지 병기에서만큼은 하늘이라고 지칭받았다.

단언컨대 중원에 십팔반 병기가 유래된 이래로 그들만큼 절정에 이른 고수들도 없을 것이다.

그들이 거의 같은 시기에 사라졌다.

소림 장경각주(藏經閣主)보다 파천곤(破天棍)으로 더 널리 알려진 허양 대사, 청성파(靑城派)의 절광검법(絶光劍法)을 검봉(劍峰) 제일좌에 올려놓은 노석 진인 등등……

그들이 모두 팔귀당천지관에 당했단 말인가!

그렇다. 아니다. 그렇기도 하고 아니기도 하다.

─십팔천붕. 열여덟 번에 걸친 실험. 팔귀당천지관은 단한 번도 성공하지 못했다. 아니, 열여덟 번 모두 성공했다. 죽음에 이르도록 치명적인 부상을 입혔으니 성공한 것이요, 이약도가 원하는 대로 절진 안에서 죽이지 못하고 도주하게 만들었으니 실패한 것이다.

귓전에 울리는 속삭임은 달콤했다. 다른 사람도 아니고 그의 음성이기에 더욱 달디달았다.

그러나 돌변한 상황은 마냥 달콤함에 취해 있을 수 없게 만들었다.

적안 사태가 급히 손을 들어올렸다. 보나마나 공격 신호다.

방금 전까지만 해도 여유가 넘쳤는데 왜 이토록 다급해진 것일까?

생각할 필요도 없다.

적안 사태는 뛰어난 살수다. 또 살업(殺業)이 천직인 사람들은 누구보다도 눈치가 빠르다. 여인들의 얼굴에 스친 미미한 변화를 감지해 내지 못할 그녀가 아니다.

누구나 그렇겠지만 손에 쥔 승기를 놓치고 싶은 사람은 없으리라. 설혹 대세와는 아무 상관이 없는 일이라고 할지라도 변화가 일어나는 것을 원치 않는다.

여유를 즐길 것인가, 잡은 승기를 더욱 단단히 조일 것인가.

물어볼 필요가 있는가.

전장을 여덟 사내에게 맡긴 적안 사태는 나타날 때와 마찬가지로 스르륵 미끄러지며 뒤로 물러섰다.

잠시 후, 적안 사태의 모습은 그 어디에서도 찾아볼 수 없었다.

절곡 저 너머에 굽이진 곳에 있는지, 아니면 몸을 숨길 수 있는 큰 바위라도 있는 것인지, 그것도 아니면 땅속으로 꺼져 들어갔는지…… 물러서는 것까지는 보았는데 잠시 눈을 감았다가 떴을 때처럼 홀연히 사라져 버렸다.

─팔귀당천지관은 모두 여덟 관문으로 이루어지며…… 첫 번째 관문은 초열지옥(焦熱地獄), 온 세상을 불길에 휘감아 살아 있는 생명은 모조리 말살시킨다. 이를 펼치기 위해서는 화약 삼백 근, 초탄(草炭) 열두 수레, 송유(松油) 서른 말…….

일령은 급히 여덟 사내를 쳐다보았다.

사내들은 소궁을 한껏 당겨 금방이라도 쏘아낼 태세였다.

절혼마녀는 사람을 베고도 남을 날카로운 눈초리로 절곡 주변을 훑어보았다.

사물은 보기 나름인가. 평범하기만 했던 회색빛 절벽과 땅이 온통 흉험한 살기로 가득 차 있었다.

다담선자는 약간의 움직임을 보였다.

그녀가 손을 들어올린다 싶은 순간,

쒜에엑!

형체는 없는데 소리가 일었다. 땅속에서 불쑥 튀어나온 화살 한 자루가 허공을 향해 치솟는 듯, 아래에서 일어나 위로 이어지는 파공음이다. 한데,

툭! 투툭! 투투툭! 툭!

바위도 으스러뜨리고 고래 가죽도 찢어발기는 천병이 답답한 소리와 어울리더니 힘을 잃고 뚝 떨어져 내렸다.

"음……!"

다담선자는 가는 신음을 토해냈다.

추명반. 눈에 보이지 않으며, 피를 뿜어내고 난 다음에야 파공음을 듣는다는 죽음의 병기.

추명반이 그녀의 손을 벗어난 이래 목표를 가격하지 못하고 떨어진 것은 이번이 처음이다.

어느 정도 예상은 했다.

대체로 살수들이란 목표에 대해서 세세히 파악한 후에야 움직인다. 저들이 전문적인 살수가 아니더라도 그 정도 파악하는 것은 기본에 속한다.

다담선자, 절혼마녀, 일령, 그리고 시마.

천멸도주에 대해서는 모를 수도 있지만 다른 네 사람에 대해서는 손바닥 들여다보듯이 알고 있으리라. 그렇다면 추명반에 대해서도 대비책을 강구해 놓았을 게고, 결과가 이것이다.

추명반을 나아가지 못하게 만든 건 무엇일까? 출렁이는 물체다.

여덟 사내를 허공에 띄워놓은 물체인 것 같은데…… 절곡을 가득 덮은 그물?

실제인지 착시를 이용한 것인지 모르지만 어쨌든 눈에는 보이지 않는다. 또한 뭉쳐 놓은 솜처럼 추명반의 쾌속함을 단숨에 제어하는 효능이 있다.

"크크크……!"

여덟 사내 중에 누군가가 괴이한 웃음을 토해냈다.

그것이 신호다.

그들이 들고 있던 소궁에서 아주 작은 무엇인가가 쏘아져 나왔다.

화살은 아니다. 화살처럼 날카로운 것이 아니라 솜처럼 둔탁한 것이다. 방향도 일행을 직접 겨냥하지 않았다. 여덟 사내가 각기 다른 방향으로, 마치 팔괘(八卦)의 자리에 무엇인가를 박아 넣는 형국……

'초열지옥! 저건 도화선!'

사내들이 무엇을 쏘아냈는지 모른다. 하지만 땅에 닿게 해서는 안 된다는 직감이 든다.

"막앗!"

다담선자는 소리를 지름과 동시에 또 하나의 추명반을 쏘아냈다.

쒜엑! 패에엥! 파앗!

그녀가 단 두 마디를 끝냈을 때, 추명반은 사내들이 쏘아낸 물체 중에 하나를 격중시켰다. 순간,

퍼억! 화아악……!

탁한 소리와 함께 허공 가득히 뿌연 가루가 터져 나왔다.

아니다! 가루를 본 것은 실로 잠깐, 하얀 섬광이 번쩍 피어나면서 온 세상을 까맣게 만들어 버렸다.

꽝! 꽈앙! 꽈아앙……!

연이은 폭음이 아련히 들려왔다.

바로 머리 위에서 터지는 폭음이라는 걸 모를 리 없지만 귀머거리처럼 귀가 먼먼해서 잘 들리지 않았다.

뿐만이 아니다. 눈까지 보이지 않는다.

백색 섬광은 세상에서 가장 밝은 빛이었나? 섬광을 보는 순간 눈이 멀어버리는 저주의 빛이었나?

보이는 것이라고는 까만 어둠뿐이다.

감각도 마비되었다. 여덟 사내가 머리 위에 있다는 것을 알지만 살기를 느끼지 못하겠다. 적안 사태가 지척에 있다는 것도 아는데 존재 여부조차 감지되지 않는다.

'이것이 초열지옥?'

천하제일거상이 온 재산을 쏟아 부어 만들고자 했던 천하제일진.

과연 명불허전(名不虛傳)!

다담선자의 판단이 잘못된 것인가? 저들은 의도적으로 다담선자의 공격을 이끌어낸 것인가? 공격의 시발은 저들이 아니라 다담선자의 손에서 시작된 것인가?

모두가 그런 생각을 할 무렵, 또 다른 변화가 일어났다.

온몸을 단숨에 녹여 버릴 듯 맹렬하게 다가오는 열기다.

'피할 길이 없어!'

마음은 다급한데 몸을 움직일 수가 없다. 움직이고 싶은데 아무런 생각이 나지 않는다. 생각이 나지 않으면 본능으로라도 움직여야 하는데 갈 곳이 없다. 동서남북, 하늘, 땅…… 그 어디로도 빠져나갈 길이 보이지 않는다.

"죽은 거 아니면 아무 말이라도 해봐!"

누군가 억지로 마음을 가라앉히며 말했다.

처음에는 누가 말하는지 몰랐다. 말이 끝날 무렵에야 겨우 천멸도주의 음성이라는 것을 알아챘을 정도로 정신이 없었다.

─땅에서 시작되어 좁혀오는 불길은 피할 길이 없지만 하늘에서 떨어지는 불덩이는 사방이 피할 곳이다. 이주회첨진을 유지한 채 신속히 이동한다. 천멸도주! 급히 뒤쫓지 않으면 몰살당하고 말 것…….

소립파는 말을 하지 않았다. 하지만 그의 심중은 몇몇 사람의 마음에 단단히 틀어박혔다. 입을 열어 말로 하는 것보다

백배는 또렷하게 들린 음성이다.

"빨리 움직이기나 해!"

천멸도주가 다급하게 외쳤다.

아무것도 보이지 않는데 사방에서 옥죄어오는 뜨거운 열기는 시간이 흐를수록 더욱더 뜨거워진다.

―십 보 앞으로!

파앗! 파아앗!

말이 떨어지기 무섭게 세 여인과 두 사내는 한 몸이나 된 듯이 일사불란하게 움직였다.

천멸도주도 거의 동시에 움직였다. 그리고 그녀의 살수들, 보이지는 않지만 무수한 그림자들이 뒤따르고 있다는 점은 확실히 느껴졌다.

―두 호흡만 멈췄다가! 좌로 삼 보! 지금!

어디를 어떻게 가고 있는 것일까? 알 수도 없고 보지도 못하고 들을 수도 없지만 움직이는 사람들은 일말의 의심도 갖지 않았다.

말하는 사람이 누구인가? 마야이지 않은가.

한 가지 염려되는 점은 마야의 몸이 극도로 쇠약해져 있다는 점이다. 다담선자가 단단히 챙기고 있지만 저주의 자오법신이 발동이라도 하는 날에는 속수무책일 수밖에 없다.

─맹렬히 칠 보!

소립파의 심음(心音)이 기우를 불식시키라고 하겠다는 듯 또렷하게 들려왔다.

2

─숨 좀 돌리지.

누구나 가볍게 할 수 있는 말이다. 하지만 이 순간 이처럼 반가운 말이 또 있을 수 있겠는가. 아마도 세상에서 가장 반가운 말일 게다. 그런데,

"천상유성성(天上有星星:하늘에는 별이 총총하고), 합자재천공오상(鴿子在天空敖翔:비둘기가 하늘을 날고 있네)."

느닷없이 소립파가 노래를 부르기 시작했다.

쇠약해질 대로 쇠약해져 금방이라도 숨이 넘어갈 듯 위태로운 음성이었다. 피죽 한 그릇 제대로 얻어먹지 못해 안으로 안으로만 파고들어 가는 음성이니 굳이 노래라고 할 것도 없었다.

'이래서 심음으로 말을 해왔던 것……. 그런데 왜 갑자기 노래를? 혹시 마령음?'

그렇다. 소립파는 마령음을 전개하고 있었다. 목표가 누구인지는 알지 못한다. 기를 북돋는 소리인지, 아니면 저하시키는 소리인지…… 어떤 목적으로 부르는 노래인지 알 수가 없다.

의문은 촌각도 지나지 않아서 풀렸다.

처량하다 못해 청승맞아 보이는 노랫가락이 고막을 뚫고 들어온다.

바로 그때다. 쇠뭉치로 뒤통수를 얻어맞은 듯 눈에서 불이 번쩍 일어나며 세상이 노랗게 변했다.

아주 잠깐, 찰나 동안은 아무것도 의식하지 못했다.

소립파의 노래소리를 듣고 있었다는 것도, 급박한 공세에 휘말려 있다는 점도 까맣게 잊었다.

하지만 의식은 곧바로 돌아왔고, 다시 돌아온 의식은 올바른 눈과 귀를 되찾아주었다.

보인다! 들린다!

절곡 전체가 불길에 휩싸여 활활 타오르고 있다. 절곡에 가득 뿌려졌던 횟가루는 기름 역할을 대신해서 불길을 북돋고 있다.

여덟 사내는 여전히 허공에 떠 있다.

그들은 불길에 아무 영향을 받지 않는 듯 지긋이 아래를 지켜보고 있다.

그러고 보니…… 아! 아직 불길을 완전히 벗어난 것은 아니지 않은가. 화마의 중심에서는 벗어났지만 이미 절곡을 가득 덮고 있는 불길은 금방이라도 달려들듯이 혀를 날름거리고 있다.

"흘흘(吃吃:웃음소리) 소개불정(笑個不停:웃음을 멈추지 못한다)."

소립파는 의미도 알 수 없는 노랫가락을 쥐어짜듯 뱉어냈다.

"됐어요. 이제 모두 볼 수 있고 들을 수 있어요."

다담선자가 아픈 아기를 다독거리듯 다정스레 말하자 그때서야 마령음이 잦아들었다.

마령음을 끝낸 그의 모습은 산송장이나 진배없었다.

서 있을 힘이 없어서 다담선자에게 전신을 의지하고 축 늘어져 있으며, 연신 혀를 내밀어 입술을 훔친다. 몹시 목이 타는 모양이다. 양기가 임맥(任脈)을 장악하고 있을 때는 갈증이 더욱 치솟던데, 지금이 그런 것 같다.

"피해는?"

천멸도주가 허공에 말했다.

대답은 들리지 않았다. 하나 그녀는 알아들었는지 고개를 끄덕였다.

"그 정도만 해도 천만다행이야. 각별히 조심하도록 해. 이 불길의 정체는 뭐야?"

혼자만의 독백은 아니다. 그녀는 누군가에게 분명히 말하고 있고, 대답 소리도 듣는다.

소립파에게 하는 말인가?

아니다. 다른 사람에게는 들리지 않게 하면서 그녀에게만 말을 걸 수 있는 인물이 또 있다. 천멸도 살수들의 밀어(密語)는 천지자연의 독특한 소리를 응용하기에 오직 의미를 아는 사람만이 들을 수 있다.

딱! 톡톡! 뚜욱……!

과연, 귀를 기울이지 않으면 들을 수 없는 아주 작은 소리가 여기저기서 터져 나왔다.

"으음! 녹린섬광산(綠燐閃光散)……!"

천멸도주가 신음을 흘려내고 말았다.

"노, 녹린섬광산!"

시마도 적잖이 놀란 모양이다. 이주회첨진의 중심에서 흔들림없이 서 있던 그가 미미하게 전율했다.

"방금 녹린섬광산이라고 했어?"

다담선자가 샛노랗게 질린 얼굴빛으로 천멸도주를 쳐다보며 물었다.

비로소 소립파가 한 말의 의미를 깨달았다.

땅에서 일어나는 불길을 피할 수 없지만 하늘에서 떨어지는 불길은 사방이 피할 곳이라고 했나?

다담선자의 직감은 옳았다. 그녀는 아주 적시에 추명반을 전개했고, 녹린섬광산을 허공에서 터뜨렸다. 그것만 해도 천만 위험했지만 빠져나올 수는 있었다. 만약 땅에 떨어진 상태에서 터졌다면…… 그때는 소립파가 말한 땅에서 일어나는 불길이 되었을 게다.

그럼 저들은 왜 처음부터 불길을 땅에서 일으키지 않았나?

천하제일거상인 이약도와 진법의 대가들은 땅에서 일어나는 수천 가지의 불길을 연구했다.

사람을 죽일 수 있는 불길은 많았다. 하지만 천하제일고수를 죽일 수 있는 불길은 오직 하나, 작은 불씨 하나라도 몸에 붙으면 살과 뼈를 모두 태울 때까지 꺼지지 않는 녹린산(綠燐散)뿐이었다.

문제는 녹린산을 제조하는 데 엄청난 거금이 필요하다는 것이다.

녹린산은 응축되어 고형화한 기름에 서른한 가지의 독물을 투입하여 만든다.

섬(蟾)만 해도 희귀하기 이를 데 없는 두꺼비가 무려 두 가지나 들어간다. 모두 심마니가 산삼을 구하는 것보다 어렵다는 희귀 독물이다.

흑섬(黑蟾)의 독액은 기름을 한자리에 묶어둔다. 몸에 붙은 불길을 떼어낼 수 없게 만드는 것이다.

이마 한가운데 붉은 뿔이 솟아 있는 적각섬(赤角蟾)은 바로 그 뿔을 내놓아야 한다. 두 시진 동안 탈 기름을 한 시진 만에 소진시키기 위해서. 불길이 붙는 순간 뜨거움보다 뼈가 얼어

붙는 통증을 느끼는 것은 오로지 적각 때문이다.

녹린산에 들어가는 독물 서른하나 중에서 흑섬이나 적각섬보다 못한 것이 없다.

독물들은 구하기도 어려울 뿐만 아니라 설혹 어쩌다 잡힌 것이 있어도 부르는 게 값이다.

그러니 옛날이었으면 모르되 조그만 부농으로 전락해 버린 이약도에게는 일낭(一囊)을 만드는 데 집 한 채 값이 들어간다는 녹린산을 감당하지 못했다.

그렇다고 녹린산을 포기할 수도 없는 일…….

궁여지책으로 탄생한 것이 녹린산으로 팔방을 가로막고 뚫린 공간은 녹린산보다는 화력이 약한 청화탄(淸火炭)을 쓴다는 생각이었다.

단, 상대는 녹린산인지 청화탄인지 구분하지 못해야 하고, 그러자면 눈과 귀를 멀게 해야 한다는 생각에서 녹린산에 섬광의 효능을 가미시켰다.

이렇게 해서 탄생한 것이 녹린섬광산이다.

한데 녹린섬광산의 살상력이 기대를 훌쩍 넘어 가공하다는 말로도 부족할 정도이지 않은가. 순수하게 녹린산을 사용했을 때보다 수십 배는 뛰어나지 않은가.

팔귀당천지관은 노력뿐만이 아니라 천운도 가미된 것이다.

"용…… 케도 빠져나왔네."

절혼마녀가 나지막이 중얼거렸다.

타상타(打相打) 225

절대 용케는 아니다. 소립파는 청화탄이 쓰인 곳을 정확히 짚어냈고, 목동이 되어서 눈과 귀가 막힌 이들을 이끌었다.

공격도 단순하고 해법도 단순했다.

하나 공격에 가미된 노력과 재화는 상상을 초월한 것이고, 해법에 쓰인 능력도 기이한 능력을 타고나지 않았다면 절대 펼칠 수 없는 것이었다.

소립파가 아니었다면 꼼짝없이 녹린산에 당하고 말았으리라.

─불길이 남아 있으나 초열지옥은 끝난 것. 다음은 밀밀겁(密密劫). 암기의 명가는 사천당문(四川唐門)이며, 사천당문에서도 죽음의 절학으로 손꼽히는 것은 만천화우(滿天花雨). 밀밀겁은 만천화우를 발전시켜 땅 밑에서까지 암기가 솟아나오니 피할 곳이 없다.

느닷없이 들려온 심음에 일행은 화들짝 정신을 차렸다.

혹여 자신만 들은 게 아닐까 싶어서 옆을 돌아보니 모두들 들은 표정이다.

소립파는 축 늘어져 다담선자의 등에 업히다시피 했다. 완전히, 완전히는 아니더라도 거의 정신을 잃은 모습이다.

그런데 머릿속을 울리는 음성은 맑기만 하다.

건강했을 때의 음성을 들은 것 같아서 좋기는 한데⋯⋯ 그러나저러나 암기로 온 하늘을 가린다는 만천화우만 생각해도 끔찍한데, 만천화우를 더욱더 발전시킨 밀밀겹이라는 수법은 어떻게 피할 것인가.

─팔귀당천지관은 아직 미완성이지. 열여덟 하늘, 십팔천조차도 팔귀당천지관을 모두 시험해 보지는 못했으니까. 그랬다면 그들 중 적어도 절반은 죽었어야 해. 그들 중에서 아무도 죽지 않았다는 것은 중도에서 빠져나갔다는 거야. 우리도 그러지 않으면 죽어.

십팔천은 모두 죽었다. 팔귀당천지관에서는 빠져나왔을지 모르지만 결국은 죽고 말았다.
"빌어먹을!"
시마가 중얼거렸다.

─그런데 이곳의 팔귀당천지관이 이상해. 아무리 둘러봐도 내가 알고 있는 팔귀당천지관과 다른 점이 많아. 어떻게 다른지는 모르겠는데…… 음! 내가 오래 버틸 수 없으니 할 말부터 해야겠어. 이곳을 빠져나가는 가장 확실한 방법은…… 저들 여덟 명을 죽이는 거야. 칼자루를 쥔 자만 죽이면 싸움은 끝나. 참고로 저들은 전형적인 팔괘진(八卦陣)을 형성하고 있어. 간단한 것인 데도 빨리 파악하지 못한 것은

저들이 허공에 있고, 각기 층차가 있어서 눈에 익숙하지 않기 때문인데…… 저들을 죽일 사람은…… 절혼, 귀수를 보여줘.

소립파가 지목한 사람은 절혼마녀였다.

어떻게? 무슨 방법으로? 다담선자의 추명반으로도 어쩌지 못한 사람들을, 허공에 떠 있는 사람들을 땅에 있는 사람이 어쩌라고?

소립파는 거기까지는 말하지 않았다. 하지만 절혼마녀는 즉시 대답했다.

"해보죠."

절혼마녀와 거의 동시에 말한 사람도 있다. 천멸도주다.

"피는 피로 받는 게 강호의 율법이야. 우린 저놈들에게 받을 빚이 있어. 저놈들을 죽이는 건 내가 해."

하얀 천으로 전신을 친친 동여맨 천멸도주의 눈가에는 푸르스름한 독기가 피어났다.

'저게 무슨……!'

천멸도주를 쳐다보던 절혼마녀는 몸을 흠칫거렸다.

소립파가 자신에게 맡겼으니 자신이 처리하겠다고 말하려 했다. 그러나 아무 소리도 하지 않았다. 천멸도주의 눈가에 떠오른 푸른빛은 인간이 뿜어낼 수 있는 안광이 아니다.

도대체 무슨 현상이기에, 아니면 어떤 무공을 수련했기에 눈 주위가 온통 파랗게 변한단 말인가.

―아니, 절혼이 해. 절혼의 귀수는 완벽해. 귀루의 무학과 사루의 무학이 합쳐지면 염라대왕도 죽일 수 있는 귀수가 탄생한다. 말 그대로야. 지금 절혼은 누구라도 죽일 수 있어. 염추……절혼 자신이 모르고 있을 뿐이지, 절혼이 마음만 먹으면 염추도 죽일 수 있다는 건 염추도 알잖아. 이번엔 절혼에게 맡겨.

천멸도주의 눈가에 떠오른 푸른빛이 더욱 짙어졌다. 푸르다 못해 흑빛으로 보일 정도로. 그러다 점점 옅어져 녹광을 띠더니 종래에는 정상적인 살색으로 돌아왔다.

"쳇! 문둥이라고 봐주기는. 좋아, 이번에는 네 계집에게 양보하지만 다음에는 안 돼. 다음부터는 내 방식대로 할 테니까 그렇게 알아둬. 성질 건드리지 말란 말이야."

절혼마녀는 상황이 정리되었음을 알았다. 또한 자신이 무엇을 해야 할지도 안다.

소립파와 몇 마디 말이라도 나누고 싶나.

어쩌면 이 길이 그와 만나는 마지막 순간일지도 모르니 손이라도 한 번 잡아보고 싶다.

하나 하지 않았다. 말도 하지 않고, 손도 잡지 않았다.

소립파는 만일의 경우를 생각하지 않는 사람이다. 그에게는 완벽한 것만 있으며, 싸움에 임해서는 승리밖에 없다.

그의 여인, 그의 사람이라면 그의 방식에 따라야 한다.

지금도 명확하다. 저들을 죽이라고 했으니 가서 죽이고 오면 된다. 다치거나 되레 당해서는 안 된다. 그것은 소림파의 기대에 어긋나는 행동이다. 갈 때와 마찬가지로 상처 하나 입지 않고 돌아와서 언제 무슨 일이 있었냐는 듯이 웃고 떠들어야 한다.

이것이 소림파의 방식이다.

스스슷……!

절혼마녀의 신형이 희미해진다 싶더니 천멸도 살수들처럼 흔적 없이 사라졌다.

그 순간, 또 한 사람이 사라지고 있었다.

일령, 그녀는 무슨 생각에선지 절혼마녀의 뒤를 바짝 쫓아 사라졌다.

만류하거나 질책하는 사람은 없었다.

이것 역시 소림파의 방식이다. 자신 스스로 판단하여 행동할 줄 알아야 한다. 누가 시키는 것이 아니라 스스로 알아서 하는 행동이다.

—그렇군! 이제 생각났어. 저들을 묶고 있는 것은 밀삭(蜜索)이라고 한다. 남만(南蠻)에 가면 개미만 한 거미가 있는데 다리는 회색이고, 머리는 청색이며, 몸통은 갈색이지. 이름하여 지옥지주(地獄蜘蛛). 대체로 거미들은 뭉쳐 살지 않는 법인데, 이놈들은 적게는 수십 마리에서부터 많게는 수백 마리까

지 군집해서 살아. 놈들이 뽑아낸 거미줄을 천 일 동안 가공하여 만든 것이 밀삭. 잘 들어. 밀삭의 가공 비법은 이약도가 만들어냈지만 대를 잇고 있는 곳은 유계야. 오직 유계에서만 밀삭을 만들어낼 수 있지.

"효능은? 약점은?"

시마가 급히 물었다. 절혼마녀가 너무 멀리 가기 전에, 저들과 부딪치기 전에, 심음을 들을 수 있을 때 듣게 하기 위해서. 특히 소립파의 마지막 말, 유계라는 말을 듣자 모골이 송연해져서.

—지옥지주의 거미줄은 원래 독성이 함유되어 있는데 천 일 동안 가공하면서 거의 대부분 소멸되지. 하지만 인간의 뇌를 자극하여 공포와 고통을 마비시키는 독성만은 남아 있어. 저들은 살인무공까지 수련했으니 아마도 죽음이라는 자체를 망각하고 있을 거야. 약점은 없다. 물에도 녹지 않고, 불에도 타지 않고, 보도명검에도 잘리지 않아. 저들이 아는지 모르는지 모르지만 적안 사태가 풀어주지 않는 한, 저들은 밀삭에서 빠져나올 수 없어. 영원히. 절혼, 해줄 말은 다 해줬어.

대답은 들려오지 않았다.

그녀는 어디에 있는 것일까? 사방에서 화마가 날름거리는 데도 모습조차 비치지 않고 있는 천멸도 살수들처럼 그녀 역시 불이 있는 곳에서는 불이 되고, 바위가 있는 곳에서는 바위가 되어가며 여덟 사내를 향해 나아가고 있을 게다.

"자, 그럼 우리는 밀밀겁을…… 아!"

다담선자는 말을 잇다 말고 망연자실하니 소림파를 쳐다봤다.

이를 악물고, 인상은 찡그러질 대로 찡그러지고, 사지는 부들부들 떨고, 지독한 경련에 머리털까지 곤두서 있는 듯한 느낌이 들고.

저주의 자오법신이다.

이제 소림파의 도움을 기대할 수는 없다.

소림파가 정신을 차리려면 적어도 두세 시진은 지나야 하는데, 그때쯤이면 무풍곡 싸움은 끝나 있을 게다. 그리고 싸움의 결과는 아마도 패해 있을 공산이 높다.

당장 눈앞에 닥친 밀밀겁만 해도 그렇다. 만천화우를 보강했다면 천하제일무인이라도 피할 방도가 없다는 것인데 무슨 수로 버텨내겠는가. 또한 밀밀겁 다음에 닥칠 여섯 개의 귀신은 막는 방도는 고사하고 무엇인지도 모르고 있지 않은가.

다담선자가 해야 할 바를 찾지 못하고 있을 때, 천멸도주가 나직이 외쳤다.

"인벽(人壁)!"

第三十七章

득신귀(得身鬼)
—귀신을 얻다

인벽은 시산혈해(屍山血海)를 떠오르게 한다.

인벽이라…… 한 사람을 살리려면 최소한 네다섯 명은 죽어야 하는 게 인벽이다.

두 명을 살리려면 이십여 명이, 네다섯 명을 살리고자 하면 백여 명이 죽어가야 한다.

인벽이란 육신으로 창칼을 받아내는 처절한 방법이다.

손가락 하나 꼼짝할 수 없는 궁지에 몰렸을 때, 죽음밖에는 달리 다른 방도가 없을 때 한 명이라도 살리고자 하는 마음으로 전개하는 충성 혹은 사랑의 발로다.

천멸도주의 입에서 '인벽'이란 말이 흘러나오자 땅이 불쑥 솟아올랐다. 바위가 벌떡 일어섰고, 절벽 한 귀퉁이가 떨어져 걸어나왔다.

한결같이 하얀 천으로 전신을 둘둘 말아 감은 나환자들.

그들은 검을 지녔다. 도를 지닌 자도 있고, 철추 같은 중병을 든 자도 있다.

덩치가 철탑거추보다 우람할 것 같은 사내도 모습을 드러냈다.

뚜벅! 뚜벅!

그가 발걸음을 떼어놓을 때마다 지축이 뒤흔들렸다. 마치 커다란 바위가 땅을 쿵쿵 찢어대는 듯한 소리라고나 할까?

"인벽이라고 하셨습니까?"

음성 또한 천둥이 치는 듯 우렁찼다.

"밀밀겁이 무엇인지 모르지만…… 귀신이 여덟 마리나 되는데 천멸도가 하나도 당해내지 못한다면 체면 구기잖아."

"크크크! 과연 도주님다운 말씀."

사내는 처음 소립파를 찾아왔을 때처럼 천멸도주를 딱 가로막고 섰다. 그리고 절곡이 쩌렁 울리도록 소리쳤다.

"인벽을 실시한다! 야! 누런 똥개! 넌 네 새끼를 데리고 안쪽으로 들어와! 십팔밀막! 너희가 처음으로 부딪친다. 잘 가라, 새끼들아! 나도 곧 뒤따라갈 테니까 원망일랑 말고!"

"흐흐흐! 무슨 섭섭한 소리를. 인벽이 무공 자랑을 하는 것이던가? 좌우지간 덩치 큰 놈들치고 머리 제대로 돌아가는 놈

못 봤다니까. 어이, 새끼 호랑이. 그만 거들먹거리고 뒤로 물러서 있어. 인벽이라면 당연히 대가리 수 많은 우리가 나서야지. 걱정 마라. 밀밀겁이란 놈, 우리 팔십일전혼에게 떡이 되고 말 거야. 자식들…… 너희 임무는 도주님 보호잖아, 미련퉁이들아."

사내치고는 키가 작고 몸도 가냘픈 자였다.

그의 특징이라면 턱을 한껏 아래로 당겨서 얼굴이 땅을 향해 있다는 점이다. 거기에 눈을 위로 치켜떠 흰자위가 유독 많이 드러났고, 눈빛은 섬광처럼 날카로워 보였다.

검을 소지하는 방법도 특이하다. 보통은 허리춤에 차는데, 그는 양팔로 가슴에 꼭 끌어안고 있었다.

팔십일전혼(八十一戰魂)의 주인인 황전륜(黃全倫)이다.

"너, 이놈의 새끼!"

종청호가 대갈을 내질렀지만 이미 여든 명 가까운 사내들이 외곽을 포위하고 있었다.

그들에 떠밀려 몇몇 사내들이 종청호 가까이로 내몰려 왔다.

"이 새끼! 너, 이 새끼!"

종청호의 욕설은 허공을 쳤다.

팔십일전혼은 무적의 살수 집단이라는 천멸도 살수답게 이미 외곽 포위를 마치고 말았다.

"진형을 유지한 채 이대로 빠져나간다. 밀밀겁이 언제 닥칠지 모르니 정신 바짝 차리고."

천멸도주가 첫발을 떼어놓았다.

"큭큭큭! 큭큭큭큭!"

여덟 사내는 웃는 듯이 보였다. 뱀이 생쥐를 희롱하듯이 가지고 놀다가 죽여주겠다는 여유가 엿보였다.

확실히 여덟 사내에게는 그만한 여유가 있었다.

초열지옥의 엄청난 화력을 지켜본 다음인지라 자신감은 더욱 배가되었다.

건괘(乾卦)에 위치한 자가 초열지옥을 주관했다면, 밀밀겁은 곤괘(坤卦)에 위치한 자가 주관한다. 하지만 그들은 자신들이 어떤 일을 벌이는지 알지 못했다.

귀동냥으로 얻어들은 것이라고는 인간들 중에서 팔귀당천지관을 벗어날 수 있는 사람은 없다는 것이다.

믿지 않았다. 믿을 수 없었다. 날고뛰는 사람들이 얼마나 많은데, 자신들 같은 족속은 단칼에 베어낼 작자들이 수두룩한 곳이 무림인데 장난감 같은 몇몇 물건으로 누구든 죽일 수 있다고?

한데 정녕 장난감 같기만 하던 향낭은 엄청난 폭발력을 보이며 절곡을 불바다로 만들었다.

그 속에서 죽지 않고 도주한 것이 용하다.

쥐새끼들도 아니고, 어쩌면 그렇게 불길이 약한 곳만 골라서 헤집어 달아나는지.

그들은 비로소 자신들이 엄청난 힘을 지녔다는 걸 깨달았다.

지금 같아서는 천하의 그 누구라도 죽일 자신이 있었다. 더군다나 자신들은 어떤 병기에도 위해를 받지 않는 위치에 있으며, 몸뚱이를 허공에 받쳐 주고 있는 밧줄은 강철같이 튼튼하다.

거리낄 것이 없었다.

팔귀당천지관이라는 것이 무풍곡에 한정된 게 아니라면…… 향낭 하나를 버릴 때마다 집이 몇십 채씩, 아니, 몇백 채씩 날아가는 돈 잡아먹는 귀신만 아니라면…….

그랬다면 천하도 오시할 수 있었을 텐데.

아무튼 좋다. 천하는 오시하지 못하더라도 적어도 무풍곡에서만은 천하제일이다.

그들은 천천히 밧줄을 잡아당겨 자신이 위치해야 할 곳을 찾아갔다.

곤괘가 팔괘진을 주도하기 위해서는 위치뿐만이 아니라 층차까지 바꿔야 한다.

이번에 펼칠 두 번째 귀신은 암기폭풍.

첫 번째 화마의 경우에는 팔각의 위치만 정확히 짚어내면 그만이지만, 두 번째의 경우는 한 사람이 무려 이십여 개의 밧줄을 잡아당겨야 한다. 또한 서로가 한 몸에 연결된 손발처럼 일사불란하게 움직여야만 최고의 효과를 볼 수 있다.

설렁설렁하더라도 빠져나갈 길은 없어 보이지만.

"큭큭! 자, 이번에는 고슴도치를 만들어볼까? 이거 재미있구먼. 저놈들 무림고수란 놈들 맞지? 큭큭큭! 너무 싱거워, 너무. 종이호랑이도 이보다는 낫지 않겠나."

"서둘게 무에야. 천천히 즐기자고."

사내 한 명이 손에 쥐고 있던 보이지 않는 밧줄을 힘껏 잡아당겼다.

피류룡……!

나비의 날갯짓 소리인가, 겨울바람이 대숲을 스쳐 지나는 소리인가.

아주 미약하게 바람을 가르는 파공음은 불더미를 뚫고 뛰쳐나왔다.

'막으면 안 돼!'

모두 같은 생각을 했다.

다담선자가 추명반을 던진 결과는 공중 폭발이었다.

결과적으로 삶의 활로를 뚫어주는 행동이 되기는 했지만, 그것만으로도 죽음에 이를 정도로 위험했었다.

이번도 마찬가지가 아닐까? 암기가 동시에 달려들지 않고 하나만 날아오는 것은 어떤 행동을 이끌어내려는 의도된 공격이 아닐까? 저것이 밀밀겁을 일으키는 시발(始發)이지 않을까?

퍼뜩 머릿속을 스쳐 가는 생각들이었다.

이런 생각은 팔십일전혼이라고 다를 리 없었다.

슈욱!

백포인 한 명이 망설임없이 허공으로 솟구쳤다. 그가 떠오른 공간은 암기가 날아오는 길목.

쑤각! 파아앗! 퍼억!

살이 갈라지는 파육음, 그리고 빨갛게 피어나는 피보라.

날아온 암기는 크기가 어른 머리만 한 윤거(輪鋸)였다. 그래서 백포인의 죽음은 더욱 참혹했다.

백포인은 양손을 들어 암기를 잡으려고 했다. 하나 윤거는 날카로운 톱니로 사정없이 두 팔을 절단해 버렸다.

그제야 암기가 윤거임을 알아챈 백포인은 팔뚝마저 디밀어 윤거의 속도를 줄인 다음, 몸통으로 완전히 비행을 중지시켰다.

쿵!

그의 시신은 땅에 떨어져 나뒹굴었다.

숨은 이미 끊어졌다.

팔을 두 번이나 자르고도 복부마저 갈가리 썰어버린 윤거가 붉은 핏물 사이에서 요염한 귀광을 뿜어낼 뿐이다.

윤거에는 아무런 장치도 되어 있지 않은 듯했다.

그렇다면…… 희롱당했다. 이번 공격은 병기로 막았어야

했다. 그랬다면 죽는 이는 없었으리라.

"개잡년!"

황전륜이 이를 부드득 갈며 허공에 떠 있는 여덟 사내를 노려보았다.

"좋아! 해봐, 자식들아!"

황전륜은 눈빛에 독기를 심어 쏘아냈다.

호랑이는 맹수지왕(猛獸之王)이지만 새는 잡지 못한다. 아무리 사나워도 하늘을 나는 재주가 없는 한 참새조차 잡을 수 없다.

그러나 간혹 잡기도 한다.

새라도 날개가 다쳐 떨어지거나, 날개만 믿고 자칫 방심하다가는 여지없이 잡히고 만다.

그때까지는 가슴에 참을 인(忍) 자를 새기며 꾹 눌러 참아야 한다.

'너희 새끼들, 떨어질 날이 있을 거야. 반드시. 그때 보자고.'

피우웅! 파파파파팟⋯⋯!

땅에서 불쑥 솟구쳐 올라 하늘로 올라가던 둥근 물체가 허공 십여 장 높이에서 폭발하듯 터졌다. 그리고 바늘보다도 더 가느다란 우모침(牛毛針)이 소나기가 되어 쏟아져 내렸다.

파락! 파라락⋯⋯!

살수들의 대응은 신속했다.

그들에게 우모침 정도는 위협거리도 되지 못했다.

그들은 눈 깜짝할 사이에 몸에 두른 백포를 풀어냈고, 곧바로 머리 위를 향해 휘휘 휘저었다.

팔십여 명이 일제히 백포를 꺼내 휘두르는 모습은 일대 장관이었다.

백포가 하늘을 완전히 가려서 물샐틈없이 쏟아져 내리던 우모침을 말끔히 걷어냈다. 아니, 걷어내는 중이었다. 그런데,

슈욱! 슈우우욱……!

동서남북, 네 군데서 먼지와 같은 원구 물체가 솟구쳤다. 그러나 이번에는 터지는 높이가 달랐다. 먼저는 십 장 높이였지만 이번에는 겨우 허리 부근까지밖에 솟구치지 않았는데 벼락같이 터져 버렸다.

파앗! 파파파팍……!

둥근 물체에서 쏟아져 나온 것은 역시 우모침이다.

빠르기는 강궁보다도 빠르고, 쇠털 같아서 막기도 힘들다. 또한 파르스름한 윤기가 번쩍이는 것으로 보아서 독까지 발라져 있다.

가장 지독한 것은 무차별 살상을 목적으로 하기 때문에 우모침이 산지사방으로 비산한다는 점이다.

그러나 쓰러진 천멸도 살수는 딱 네 명뿐이었다.

둥근 물체가 폭발을 일으키려는 순간, 가장 가까이에 있던 살수가 몸을 날려 안아버린 것이다.

누가 시킨 것도 아니고, 폭발 위치나 시기를 알고 있었던 것도 아니다. 오로지 죽음의 순간을 직감하는 살수들의 본능에 따라서 움직였고, 예측이 맞은 것뿐이다.

"두 명씩 짝을 지어라! 한 명은 하늘을 도맡고, 한 명은 땅을 주시한다. 맡은 구역은 목숨으로 지켜!"

황전륜이 카랑카랑하게 외쳤다.

"저놈들, 대단한 놈들인데?"

여덟 사내 중 한 명이 감탄을 숨기지 않고 토해냈다.

"철저하게 죽음의 무공을 수련한 놈들이야. 저놈들…… 뛰어난 살수들이라더니 정말 그랬어. 피깨나 흘리고 다녔겠어."

"흐흐흐! 죽음의 무공이라……. 우리와는 질이 다른 무공이군. 깔끔하게 정리된 무공을 수련하셨다, 이거지? 흐흐흐!"

먹이를 노리는 잔혹한 눈빛이 번뜩였다.

너무도 깔끔하고 매끄러운 움직임을 보자 사람을 죽여가며 막무가내로 배운 칼질과 비교해 보고 싶은 충동이 일어난 것이다.

살수들의 움직임을 미루어보건대 병기를 들었다면 당적할 사람이 없을 만큼 빠르고 매서웠을 게다. 살수를 전개하면 여지없이 목숨을 걷어갔을 게고.

저런 자들에게는 인정을 기대할 수 없다.

자신들도 마찬가지다. 실전적인 면에서는 가장 뛰어난 살법을 지녔다고 자부한다. 하지만 빌어먹게도 투박한 칼질이라는 자비감(自卑感) 또한 떨치지 못하고 있다.

그렇다고 여덟 사내 중 자리를 벗어나 살수들 앞에 내려설 사람은 아무도 없었다.

왜? 죽음을 알기 때문이다.

적과 적으로 마주 섰으면 수단 방법을 가리지 말고 죽이는 것이 능사다. 체면이나 자존심 같은 쓸모없는 것들을 챙기다가는 도리어 당하기 십상이라는 점을 누구보다도 잘 안다.

기회를 잡았으면 쳐야 한다.

확실하게 친 다음에 영원히 잠들었음을 확인까지 해야 한다.

적에게 베푼 자비는 반드시 독검이 되어 돌아온다는 사실을 뼈저리게 절감한 사람들이다.

누가 강한지 한 번쯤 겨뤄보고 싶은 살수들, 하지만 감탄은 감탄이고 죽이는 것과는 별개다.

"보아하니 여기서 끝날 것 같지 않아?"

"빨리 끝내자고. 나머지는 아껴둬야지. 적안, 그 늙은 여우를 잡는 데 하나 정도는 더 써야 할 거고……. 크크크! 그러고도 다섯 개는 남네. 한동안은 무적으로 군림하겠는데? 비록 무풍곡을 벗어나진 못하지만 말이야."

그들은 각기 다른 생각을 했다.

적안 사태마저 잡은 후에는…… 후후후! 하늘에 내려준 엄청난 기연을 냄새나는 놈들과 공유할 필요가 있을까?

놀리기라도 하듯 산발적으로 쏟아 붓던 암기 세례가 뚝 멈췄다. 대신 사방에서 굉음이 들리며 땅이 뒤흔들렸다.

지진인가?

몸이 덜덜 떨릴 정도로 흔들리고 있으니 지진이 틀림없다.

'이것이 진정한 밀밀겁.'

절망적인 상황이 코앞에 닥쳐왔다.

그동안 부지런히 움직여서 절곡을 벗어났어야 했지만, 산발적인 암기 세례를 막느라 몇십 보 움직이는 데 그치고 말았다.

그런데도 팔십일전혼들 중 서른 명 가까이가 육신을 눕혔다. 기민한 판단과 신속한 행동으로 희생을 최대한으로 줄였는 데도 죽음은 절반에 육박한다.

천멸도 살수들이 이토록 맥없이 죽어간 적이 있었던가!

마도의 초고수들이라는 마도나 수검조차도 일초지적으로밖에 여기지 않았다. 또 실제로 살법을 사용한 결과, 일초지적에 불과했다.

그들은 검이 몸을 베고 지나가는 데도 병기를 뽑을 생각조차 못했다.

지금은? 무풍곡에 횟가루를 뿌려놓아서 은신술을 펼치며 움직이는 게 용이치 않지만 하고자 하면 얼마든지 절벽을 기어오를 수 있다.

문제는 밀삭이다. 절벽을 기어오른다고 해도 저들을 베기 위해서는 밀삭 위를 걷거나 기어야 한다.

저들도 바보가 아닐진대 눈치 채지 못할까.

저들은 가장 안전한 곳에 있다. 허공이지만 추명반 같은 신병도 어쩌지 못하는 곳에 있다.

그야말로 천멸도 살수들에게는 가장 얄미운 곳에 있는 것이다.

황전륜은 마음을 차분하게 가라앉혔다.

마음 같아서는 천 갈래 만 갈래 찢어 죽여도 시원치 않을 놈들이지만 냉정하게 현실을 살폈을 때 저들은 자신의 몫이 아니다.

아쉽지만 저들에게서 시선을 거두고 소용히 죽음을 준비해야 한다.

황전륜은 고개를 돌려 천멸도주를 쳐다봤다.

천멸도주의 시선은 그를 향하지 않았다. 다담선자와 무슨 이야기를 주고받느라 여념이 없었다.

'도주, 안녕히. 청령단과 황정초로 꼭…… 이놈의 나병을…… 이놈의 저주만은 꼭 풀어주시기를.'

무풍곡 전체가 살아 있는 괴물이 되었다. 얼마 전까지는 붉은 혓바닥을 날름거리며 태워먹더니, 이제는 쇠꼬챙이로 찔러 죽이려고 한다.

절곡 전체가 뒤흔들릴 정도로 어마어마한 괴물.

이러한 공격에는 어떤 방어도 무용지물이다. 부딪칠 수도 없고, 옥쇄도 어린아이 장난에 지나지 않는다.

천멸도주의 판단이 옳았다. 저쪽이 진정한 밀밀겁을 펼친다면, 이쪽도 제대로 된 인벽을 쌓아야 한다.

"회신(回身)!"

짤막한 음성, 하나 팔십일전혼은 모두 들었다.

경계심으로 똘똘 뭉쳐 건드리기만 해도 터질 것 같던 그들의 표정에 비로소 웃음이 담겼다.

그들은 긴장을 풀고 돌아섰다. 웃는 사람도 생겼고, 옆 동료에게 말을 거는 사람도 있었다. 옆에서 찔러오는 창이 있다면 그대로 관통당할 만큼 무방비 상태였다.

우루루루룽……!

절곡이 붕괴되는 것은 시간문제처럼 여겨졌다. 아니다. 이소리는 절곡이 붕괴되는 것이 아니라 엄청난 암기 세례를 쏟아 붓기 위해 기관이 돌아가는 소리다.

그래도 팔십일전혼은 웃었다.

"철옹(鐵甕)!"

두 번째 명령, 팔십일전혼은 몸을 바짝 밀착시키며 팔과 팔을 엮었다.

이제 천멸도주의 마지막 행동만 남았다.

살 사람들…… 그들은 바짝 모여 최소한의 형태로 몸을 숙여야 한다. 그 위로 팔십일전혼이 육신을 덮으면 그럭저럭 인벽이 완성된다.

만약, 만약…… 암기 중에 궁왕 강창도가 쏘아낸 것 같은 강궁이 있다면…… 그래서 몸을 관통해 버린다면…… 어쩔 수 있겠는가. 죽어야 할 운명이라면 죽어야겠지.

천멸도주 대신 다담선자가 말했다.

"밀밀겁에 구멍이 뚫렸어요."

팔귀당천지관은 천하제일무인을 목표로 한다.

한 치의 여유도 없이 잘 짜인 수레바퀴처럼 아귀가 맞아 돌아가는 진식이다.

천하제일무인을 상대로 여유를 갖는다? 어불성설이다. 말도 안 된다. 복적을 이루는 마지막 순간까지 최선을 다해도 부족함이 있는데 어찌 여유를 가지겠나.

폭발적으로 몰아치고 또 몰아쳐서 최후의 여덟 번째 귀신에서야 목숨을 빼앗을 수 있을 것이라고 설정된 것이 팔귀당천지관이다.

첫 번째 혹은 두 번째에서 목숨을 앗을 수 있다면 막대한 은자를 소비해 가며 여덟 가지나 되는 관문을 만들 필요가 있을까. 만일에 만일을 대비한다고 해도 두세 개만 추가하면 충분할 게다.

평생을 기관진식 연구에 바친 사람들은 최소한 여덟 개의 관문은 있어야 천하제일무인을 잡을 수 있다고 봤다. 그러고도 절반의 성공밖에 거두지 못했다.

위력이 너무 엄청나서 도저히 뚫고 나갈 길이 없어 보이는데 무슨 수가 있단 말인가?

있다. 있으니까 과거 십팔천이 죽지 않고 빠져나간 것이다.

초열지옥만 해도 그렇다. 여지없이 불에 타 죽을 것 같았는데 너무 간단히 빠져나왔다.

간단히…….

그렇다. 모든 일이 그렇다. 아는 사람은 쉽고 간단한데, 모르는 사람은 어렵고 힘들다.

지금은 알고 모르는 것이 삶과 죽음을 가른다는 차이가 있을 뿐, 이곳에도 세상 이치는 통용되고 있다.

모르는 것을 아는 것으로 바꿔야 한다. 어려운 것을 간단한 것으로 바꿀 때 살 길이 생긴다.

가장 간단한 것 하나는 찾았다.

전력을 기울여도 모자랄 기관진식을 저들 여덟 명은 여유를 가지고 유유자적 즐겼다.

저들이 산발적으로 사용한 암기들.

밀밀겁은 그만큼 허점이 생겼다.

일시에 몰아쳐야 할 암기를 미리 사용했으니, 일시에 몰아칠 경우 반드시 빈 공간이 생기리라.

"찾아. 무슨 일이 있어도 찾아! 말도 안 되는 일이지만 찾아! 한두 명도 아니고 열여덟 명이나 찾아낸 구멍이야. 그들은 이렇게 어설픈 작자들이 펼친 기관이 아니라 달인들이 펼친 기관에서 구멍을 찾아냈어. 빨리 찾아!"

천멸도주가 버럭 일갈을 내질렀다.

2

거미는 장님이다. 눈이 퇴화해 버려 보지 못한다. 대신에 다리의 감각은 고도로 발달되어 있다.

감각이 발달된 다리, 이것이면 거미가 살아가는 데 아무 지장이 없다.

먹이가 거미줄에 걸리면 거미줄은 진동을 일으키고, 진동은 줄을 타고 거미에게 전달된다.

먹이가 걸렸다는 것을 안 후에도 거미는 서둘지 않는다.

도주하지 못할 것을 알고 있으니 천천히 다가와 옭아매기만 하면 끝이다.

밀삭이 바로 그런 용도로 만들어졌다.

하고 많은 밧줄들 중에서도 지옥지주의 거미줄을 가공하여 만든 것은 다른 밧줄로는 밀삭의 탄력성을 대신할 수 없기 때문이다.

파리가 거미줄을 살짝만 건드려도 거미줄 전체가 출렁이듯, 밀삭 역시 조금의 변화만 있어도 뚜렷한 진동을 일으킬 것이다.

'총 열세 겹.'

기가 막힐 노릇이다.

여덟 사내는 발밑에 밀삭으로 짠 그물을 열세 개나 깔아놓았다.

그물 간의 간격은 한 뼘 정도 되고, 아래 그물의 진동을 전해받기 위해서 중간 중간 상하가 연결되어 있다.

그물코는 손가락 마디 정도로 큰 편이지만 그물이 열세 겹이나 되니 활이나 창으로도 뚫을 수 없다. 하물며 추명반으로는 뚫지 못한 게 당연하다.

그물이 눈에 보이지 않았던 이유도 찾아냈다.

그물은 단색으로 짜인 것이 아니라 여러 색깔이 혼합되어 있다.

그런데 색의 배합이 참으로 절묘해서 하늘과 어울리면 푸른빛이 되고, 땅과 어울리면 황색이 된다.

단순히 색의 배합 때문만은 아닐 것이다.

원인은 밀삭에 투입된 많은 약재들과 유계의 특별한 제조 방법에서 찾아야 하지 않을까 싶다.

절혼마녀는 잠시 망설였다.

밀삭은 속으로는 어떨지 모르지만 겉보기에는 물러 보인다. 날카로운 예병(銳兵), 자신이 소지하고 있는 천사검과 같은 병기로 진기를 주입하여 내려치면 힘없이 끊어질 것 같다.

밀삭만 끊어버린다면 여기서 모든 상황은 종료되는데……

물론 소립파의 고언을 잊어버린 것은 아니다.

밀삭은 물로도 녹이지 못하고, 불로 태우지도 못하며, 보검으로도 자를 수 없다고 했지.

소립파의 말을 절대적인 진리로 받아들이고 있으면서도 잠시나마 망설인 것은 밀삭이 너무도 만만하게 보였기 때문이다.

'안 돼, 안 돼! 아! 이거…… 추명반으로도 자르지 못한 것이야.'

다담선자가 추명반으로 시험해 보지 않았던들, 어쩌면 소립파의 고언을 망각하고 어리석은 행동을 서질렀을시도 모른다.

절혼마녀는 손바닥을 밀삭 가까이에 댔다.

살이 닿도록 만지지는 않았다. 아주 가까이…… 밀삭이 만져질 듯하면서도 만져지지 않는 거리까지 접근시킨 후, 밀삭이 전해오는 소리를 들었다.

사물에는 모두 고유의 소리가 있다.

밀삭은 어떤 소리를 내는가?

무척 끈끈하다. 살이 닿으면 붙잡히기 십상이다. 닿은 부분을 떼어내고 움직이려면 그물 전체가 출렁일 만큼 힘을 줘야 한다.

저들은 허공에 뜬 채 거의 움직이지 않았다.

첫 번째 초열지옥을 만들 때 한 번 움직였고, 밀밀겁을 쓰면서 두 번째 움직였다.

움직이고 싶지 않아서가 아니라, 팔괘진을 유지하기 위해서가 아니라 저들 역시 행동에 제약을 받고 있다.

밀삭이 두 번째 소리를 전해왔다.

'질기다. 쇠심줄은 저리 가라야. 이런 걸 자르려고 했으니.'

자르지도 못하고, 닿지도 못한다는 건 확실해졌다.

결론은 단 한 번 도약하여 심장에 검을 틀어박아야 한다는 것이다.

'거리가 이십여 장. 한 번 도약…… 불가능해.'

현 무림에서 가장 빠른 자는 섬전잔영(閃電殘影)이다.

그는 귀적무를 죽였고, 절혼마녀는 귀적무의 전인이 되었으니 일면식도 없는 자이지만 복수의 대상이 되었다.

현 무림에서 가장 빠른 자를 죽일 능력이 있나?

귀적무를 수련했다면 능력 또한 구비했다고 봐야 한다. 그렇다면 자신이 현 무림에서 가장 빠르다고 할 수 있다.

정말 가장 빠를까? 다담선자는 마도 사상 제일 빨랐던 십족신마(十足神魔)의 독문신법인 천와류(天渦流)의 맥을 이었다. 다담선자를 따돌릴 자신이 있나?

절혼마녀는 아무 자신도 없었다.

자신의 신법으로 몇 번이나 도약해야 이십여 장 거리를 나아갈 수 있는지조차 알지 못했다.

땅에서라면 거리를 재고 자시고 할 것도 없지만 밀삭 위에서는 도무지 모르겠다.

그럼 밀삭이 전해온 세 번째 소리는 한 번의 도약으로 저들을 죽일 수 없다는 소리인가?

'희망적인 소리를 들어야 되는데…….'

밀삭은 침묵했다.

우르릉! 우르르릉……!

무풍곡에서 기관 돌아가는 소리가 들릴 적마다 매미처럼 절곡에 매달려 있는 그녀의 신형 역시 마구 흔들렸다.

'시금! 시금 공격이 시작될 거야. 어떻게든…….'

무지한 결단이라도 내려야만 했다.

우르르릉! 우르르르릉……!

사방에서 들리는 굉음 소리는 점점 커져만 갔다.

땅이 뒤흔들려 지진과 흡사할 때도 두려웠지만, 그래도 그때는 나은 편이다. 고막이 터져 나갈 듯이 휘몰아치는 굉음

소리를 듣다 보니 암기가 쏟아지기 전에 귀청부터 찢어져 죽을 지경이다.

사방을 휘젓고 다니던 팔십일전혼은 한 명, 두 명 제자리에 우뚝 멈춰 섰다.

'비정상!'

어느 한 명이 생각한 게 아니다. 처음에는 한 명이 생각했을지 몰라도 시간이 흐를수록 모두가 같은 생각을 하게 되었다.

현재 상황은 갓난아기가 봐도 비정상이었다.

공격이 끝나고도 남았을 시간인데 아직 시작조차 하지 않았다. 앞으로도 얼마나 더 시간이 지나야 만천화우를 능가하는 밀밀겹이 터져 나올지 모른다.

산발적인 암기 공격을 가해올 때와는 너무 다르지 않나.

이럴 것 같으면 차라리 먼젓번의 공격이 유효하다. 그때는 팔십일전혼을 절반 가까이나 죽였는데, 지금은 위협만 줄 뿐이지 아무런 위해를 주지 못한다.

공격이 있기는 한 것일까?

"이런! 바보같이!"

다담선자가 어처구니없다는 듯 손을 들어 이마를 탁 때렸다.

"뭐야?"

"뭐 알아낸 것 있냐?"

천멸도주와 시마가 거의 동시에 물어왔다.

"사천당문의 만천화우는 사람이 펼치는 거예요. 그러니 마음먹는 순간이 공격의 순간이죠. 하지만 밀밀겁은 기관이 펼치는 거예요. 함정처럼 미리 숨겨놓은 곳에서 쏘아내기만 하면 좋을 텐데, 그럴 수가 없는 게…… 웬만한 무인이라면 예기(銳氣) 정도는 쉽게 읽어내요. 우리가 걸어온 길에 암기가 설치되어 있다면 알지 못했을까요? 팔십일전혼은 절곡에 설치된 암기를 알아냈고, 파해하여 가며 저들을 죽이려고 했어요. 바로 이거예요. 천하제일무인을 함정 안으로 끌어들이려면 적어도 두 군데, 들어오는 길과 나가는 길은 비워둬야 해요. 어느 쪽에서 올지 모르니까요."

"그렇군! 이 미련퉁이!"

시마가 뭔가를 깨달은 듯 자신의 머리를 쥐어박았다.

오고 가는 길목이 비어 있으면 절곡에 설치된 암기 따위는 아랑곳하지 않고 들어서게 되어 있다.

실례로 필십일진혼이 증명해 보였지 않나. 그들은 천하제일무인도 아니면서 절곡을 헤쳐 나갔다.

하물며 천하제일무인의 수준에 이른다면 말할 것도 없다.

자산만만하게 들어서도록 유도한 다음에 입구와 출구를 막아야 한다. 그것도 사람이 막아서는 게 아니라 기관으로 막아야 한다.

여기서 공격의 시간 차가 발생한다.

그 점을 상대가 인식하지 못하도록 사전에 수를 써놓은 것이 산발적인 암기 공세다.

여덟 사내가 덜떨어져서 공격을 집중시키지 못했다고 생각했는데 그게 아니었다. 원래부터 예정된 수순이었다. 치밀하게 계산된 방책 중에 하나였다.

투박한 무공을 수련한 저들이기에 그런 생각도 했다. 정심한 무공을 수련한 자가 기관진식을 조종했다면 절대로 여유를 가졌다거니 방심했다거니 하는 생각은 하지 않았다.

정통무공이 아니라 살인무공을 수련한 자들을 앞에 내세운 것부터가 팔귀당천지관의 모계(謀計)다.

지금이라도 움직여야 한다. 출구와 퇴로가 완전히 막히기 전에 빠져나가야 한다.

알아차렸을 때는 이미 늦었을까?

물론 이약도와 진식의 대가들은 이런 점까지 고려했을 게다.

참으로 곤란한 기관진식이다.

믿을 것에서는 믿지 말아야 하고, 믿지 말아야 할 것은 믿어야 한다. 어느 것 하나 실(實) 아닌 것이 없고, 모두 실이라고 믿자니 허(虛)투성이다.

"지금이라도 빠른 속도로 빠져나가야 해요."

다담선자가 확신했지만 그 말 또한 따르기 곤란하다.

빠른 속도로 나아갈 것까지 고려되어 있을 텐데, 차라리 이

자리에서 인벽에 둘러싸이는 것이 한 명이라도 살 수 있는 길이지 않을까?

어쨌든 이번에 내린 선택은 정말로 삶과 죽음을 좌우하리라.

인벽을 풀고 가장 빠른 속도로 빠져나갈 것인가, 인벽에 둘러싸여 있을 것인가.

천멸도주는 지금까지 살아온 중에 가장 자신없는 명을 내렸다.

"십팔밀막이 앞을 뚫고 팔십일전혼이 뒤를 맡아. 그쪽은 여전히 이주회첨진?"

"전혼과 일령이 없으니 일주회첨진이 되겠지. 암기에는 이주회첨진이든 일주회첨진이든 무용지물이니까 상관없어."

망설일 틈이 없었다.

태산같이 커서 좀처럼 움직이기 힘들 것 같던 종청호, 하나 어느새 십여 장 앞을 쏘아져 가는 중이었다.

파앗! 파앗!

절벽에서 떼어낸 작은 돌덩이 두 개가 새총으로 쏘아진 것처럼 빠르게 쏘아졌다. 그와 동시에 절혼마녀의 신형도 둥실 떠올라 돌멩이의 뒤를 쫓았다.

타앗!

첫 번째 돌멩이를 밟고 재도약했다.

진기가 실린 돌멩이는 그녀에게 단단한 받침대가 되어주었고, 소명을 마친 후에는 힘없이 떨어져 내렸다.

'하나, 둘!'

딱 둘을 셀 여유밖에 없다. 그 후에는 돌멩이가 밀삭에 부딪쳐 진동을 일으킨다.

"웬…… 컥!"

고개를 돌리던 사내는 소리없이 미끄러진 검날에 목뼈를 내놨다.

파앗! 푸왁!

살이 베어지는 소리와 핏줄기가 쏟아지는 소리는 죽은 다음에나 흘러나왔다.

'셋, 넷!'

조금 더 강한 진기를 싣고 쏘아낸 돌멩이는 두 번째 도약을 이끌어주었다. 그리고 그녀에게 사루의 무학 일초를 쏟아낼 기회까지 얹어주었다.

슈각!

천사검은 누군지도 모르는 자의 골반을 파고들어 가 창자를 베어내고 심장까지 가른 후, 쑥 빠져나왔다.

여기까지가 한계다.

비교적 쉽게 두 명을 죽였다. 살인무공을 수련한 자들이라 힘들어야 마땅한데 썩은 짚단을 베는 것보다 쉬웠다. 밀삭이 그들의 몸을 붙들어준 덕분이다.

이제는 그녀도 발을 디뎌야 한다.

기습의 효(效), 자유의 득(得)은 사라지고 남은 여섯 사내와 동등한 조건이 된 것이다.

"놀랍군."

"여자? 이거 대단한 여자 아닌가!"

여섯 사내가 게슴츠레한 눈으로 절혼마녀를 쳐다봤다.

눈앞에서 동료 두 명이 피투성이가 되어 죽어갔는 데도 동요하는 빛이 일절 없었다.

'기회!'

생각해 둔 것이 있다. 밀삭이 발을 붙잡는다면 잡혀주자. 밀삭이 발은 붙잡을지언정 몸까지 잡지는 못하잖는가.

발을 밀삭에 맡기고 몸을 뒤로 눕혔다. 드러누워 버리듯 바짝 엎드렸다. 연후, 양 발바닥을 축으로 팽이 돌듯이 핑그르 돌며 천사검을 쓸어냈다.

"이크! 암코양이군!"

"흐흐흐! 사나워야 품어보는 맛이 나지. 여기서 그 짓을 하면 이게 뭐지? 허공에서 하니까…… 흐흐흐! 영락없이 운우지락(雲雨之樂)이군. 야, 이 계집…… 이크!"

사내들은 분분히 피했다. 능숙하게 피했다. 밀삭이 너무 끈끈해서 진흙 수렁에 빠진 것보다 운신하기가 불편한데, 이들은 쉽게쉽게 발을 떼어냈다.

절혼마녀는 그제야 셈하지 않은 게 있다는 사실을 깨달았다. 정말 중요한 것 하나를 셈에 넣지 않았다.

사내들이 사전에 밀삭 위에서 움직이는 법을 연습했다면 상황이 완전히 달라진다. 그때는, 절혼마녀 자신은 영락없이 거미줄에 걸린 나방 신세나 다름없다.

사사삭……!

누군가가 뒤에서 덮쳐들었다. 분명히 뒤에 아무도 없는 걸 확인한 다음에 내려섰는데 어느새 뒤로 돌아간 누군가가 사납게 달려들었다.

얼핏 보니 얼굴이 검상투성이다. 살기 위해서 이승과 저승 사이를 서너 번은 넘나든 사내다.

'침착! 절대 침착! 귀신의 움직임이 귀적무……'

파앗! 쓰으윽!

피한다고 피했는데 등 어림이 인두에 닿은 듯 화끈거렸다.

슈욱!

아래쪽에서 달려드는 검도 있다.

앞으로 꼬꾸라지듯이 밀삭에 바짝 엎드리며 달려드는 자.

이건 또 뭔가! 장난이라도 하자는 건가! 아니면 염체도 모르는가!

사내가 노리는 부위는 하복부, 하복부 중에서도 비소(秘所)였다. 비소를 두 쪽으로 갈라 버리겠다는 듯 다리에서 배 쪽으로 쳐올리는 검초다.

절혼마녀는 뒤로 물러서고자 했다.

하나 그녀가 채 발을 떼어내기도 전에 무릎에서부터 허벅지 안쪽이 쩍 갈라지며 핏물이 흘러나왔다.

이들은 장난이 아니다. 비소건 어디건 사람을 죽일 수 있는 곳이면 무조건 검을 틀어박는 자들이다.

'이대로는 내가 당해!'

밀삭에 대해서 많은 소리를 들었는 데도 역시 밀삭에 익숙해져 있는 사람에게는 상대가 안 된다.

푸욱! 푹!

이번에는 왼쪽, 오른쪽 옆구리가 터졌다.

죽이려면 죽일 수 있었던 검이다. 상반신과 하반신을 분리시킬 수도 있었는데 마지막 순간에 손을 약간 비틀었다.

"흐흐흐! 예쁘다는 계집들 참 많이 봤는데, 너처럼 요염한 계집은 처음이다. 이거야 원, 쳐다보기만 해도 아랫도리가⋯⋯. 허허! 아직도 발광이야?"

사내는 능글맞게 웃으며 힘없이 후려친 천사검을 피해냈다.

사내들 역시 밀삭에서는 자유롭지 못하다. 그들이 아무리 익숙해져 있다지만 끈끈함 자체를 어쩔 수 있는 건 아니다.

땅에서 세 걸음 움직일 수 있다면 밀삭에서는 두 걸음을 움직일 수 있는 정도고, 반면에 절혼마녀는 한 걸음밖에 움직이지 못한다는 차이를 안고 있다.

두 걸음과 한 걸음, 싸움에 임해서는 결정적인 패인이다.

"우선 검부터 떨궈놔야겠군. 부엌칼을 든 계집은 예쁘지만 검이니 뭐니 하는 것을 든 계집은 아주 밥맛이야. 계집아, 고마운 줄이나 알아. 네년이나 되니까 지금까지 놀아주고 있는 거야. 다른 년 같았으면 벌써 배창시를 꺼내놓고 말았지."

말을 잇는 사내의 눈이 욕정으로 달궈졌다.

여섯 사내들, 그들은 절혼마녀에게 살수를 쓰지 않았다. 사로잡아서 성욕의 노리개로 쓰고 말겠다는 욕심이 가득했다.

방금 전에 동료 두 명을 죽인 여인인데, 죽음을 안다는 사람들이, 살인무공을 수련하여 비정함 그 자체라는 사람들이 욕정에 눈이 벌게져 날뛰었다.

'휴우! 됐어.'

절혼마녀는 안도의 한숨을 내쉬었다.

이제 숨 몇 번 들이쉬고 내쉴 정도의 시간은 벌었다.

위기의 순간, 처음 소립파의 품에 안길 때의 일이 떠오른 것은 우연일까 기적일까.

소립파가 뭐라고 했나. 자기는 마상(魔相)이고, 그녀는 귀상(鬼相)이라고 하지 않았나. 그리고 또 그녀의 요염함은 인간의 것을 벗어나 완벽한 요화의 경지에 이르렀다고도 했다. 미색, 걸음걸이…… 섭혼술을 익히지 않았어도 그녀 자체가 섭혼술덩어리리라고 했다.

요조숙녀가 들으면 마음 상할 말이지만 그녀는 즐겁기만 했다.

사내의 검이 비소를 갈라올 때, 그리고 망설임없이 허벅지를 베어낼 때, 이 사내들은 인간의 감정이 말살되었다는 것을 깨달았다. 촌각이라도 지체했다가는 결정적인 일검을 맞을 것이라는 사실도 함께 알았다.

그녀는 살짝 웃었다. 싸움 중이지만 하얀 이를 드러내며 웃었다.

비 맞은 참새가 오돌오돌 떨고 있는 모습으로 비쳐질 수도 있다. 절대적인 무력(武力) 앞에 삶을 포기한 모습일 수도 있다. 낙화향의 창기들이 손님을 부르는 웃음일 수도 있다.

웃음은 사내들이 보기에 따라서, 사내들의 마음이 시키는 바에 따라서 달리 비쳐질 게다.

모두에게 똑같이 비쳐지는 점이 한 가지 있다면, 천금을 주고라도 한 번쯤은 꼭 안아보고 싶은 요화의 모습이 보인다는 거다.

그 후부터 사내들의 검은 빗나가고 있다.

'귀신의 움직임, 귀신의 움직임……'

천멸도 살수들의 도움으로 귀적무를 십이성 깨우쳤다.

무음(無音), 무형(無形), 무취(無臭), 무기(無氣), 무감(無感)의 오무(五無)를 초범의 경지까지 끌어올렸다.

하나 이는 지상에서의 일이다.

허공에서, 양발이 끈끈하게 달라붙어 있는 상태에서는 오무가 산산이 깨져 버린다.

'귀적무는 귀신의 움직임. 있는 듯 없는 듯 소리없이 움직이고…….'

자칫 선유비조신법을 쫓아갈 수도 있다. 천와류가 끼어들 공산도 높다. 둘 다 절정 신법이며, 익히 알고 있는 신법들인지라 언제든지 자리바꿈할 여지는 있다.

그것이 나쁘다는 건 아니다. 귀적무를 더 높은 경지로 이끌 수만 있다면 얼마든지 접목시켜도 좋다.

한데 그러고 싶지 않다.

왠지 모르지만 진정한 귀적무의 오의를 깨닫고 있지 못한 느낌이다.

절벽을 타고 올라올 때만 해도, 이들과 부딪치기 전만 해도 절대적인 자신감을 가졌었다. 그러나 이렇게 두 발이 묶이고 보니 과연 무엇이 귀적무인지 자신에게 묻고 싶다.

"흐흐흐! 계집아, 숨넘어가게 하지 말고 검을 놓지 그래."

절혼마녀는 말한 사내를 힐끔 쳐다본 후, 천사검을 놓아버렸다.

척!

천사검은 밀삭에 달라붙어 출렁거렸다.

사내는 여섯, 여자는 하나.

사내들은 여인을 쉽게 차지하지 못한다. 사내들 사이에 서열이 정해져 있다면 모르겠는데, 그런 것 같지는 않고. 그렇다면 누가 먼저 안을 것인지 내부 조율부터 끝내야 한다.

'귀신의 움직임…… 귀적무…… 귀신…….'

도대체 귀신을 본 적이 있어야 귀신의 움직임을 읽어내지.

맞다! 지금까지 귀신의 움직임이라고 생각했던 것은 모두 머릿속에서 그려낸 상상에 불과하다. 실체인 육신을 가지고 허상의 움직임을 좇고 있었으니 제대로 된 움직임이 나올 수 있겠는가.

귀적무를 펼치려면 귀신을 봐야 한다.

귀신은 육신이 없다. 영혼만 흘러다니기에 유유하고 자유로운 거다.

"호호! 말귀를 알아먹는 계집이군. 거기 편히 앉아서 상처나 치료하고 있어."

사내는 친절하게도 발밑에 금창약까지 던져 주었다.

무인이 검을 던졌다는 것은 싸움을 포기했다는 뜻이다. 또 이는 목숨을 맡긴다는 뜻이다. 사내들이 원하는 대로 되었다.

만지기만 하면 착 달라붙을 것 같은 살결, 또렷한 이목구비, 호수처럼 맑은 눈, 육감적인 몸.

요부와 미부의 조건을 두루 갖춘 미녀가 손아귀에 들어왔다.

사내들의 얼굴에 만족한 미소가 배였다. 그리고 서로에 대한 질투도 슬그머니 고개를 쳐들었다.

절혼마녀는 양손을 들어 양 옆구리를 짚었다.

피가 너무 많이 새어 나와서 어떻게든 지혈을 시켜야 한다.

비록 손목을 비틀어 상처만 입힌 것이라고 해도 애초에는 몸통을 가를 작정으로 베어오던 검이다.

살기가 깃들었던 검에 베이면 의외로 상처가 깊다.

우선 혈을 눌러 혈맥을 막았다.

지혈시킬 곳은 또 있다. 허벅지, 그리고 등.

순간, 절혼마녀의 봉목이 찢어질 듯 부릅떠졌다.

옆구리에서 흘러내린 피가 허벅지에서 솟구친 피와 합쳐서 발밑으로 떨어져 내렸다.

피는 밀삭을 물들였고, 피로 물든 밀삭은 붉게 번들거렸다.

밀삭이 어떤 색으로 변하든 신경 쓸 건 없다. 그녀가 신경 쓰는 것은 신발 밑으로 흘러든 피다. 피가 신발과 밀삭 사이를 가르고 들어가 미끄러움을 만들어낸다. 시간이 조금만 지나면 오히려 더욱 끈끈해질 터이지만 지금 당장은 매끄럽다.

"귀신의 움직임! 기름 위의 움직임! 물 위의 움직임!"

그녀의 음성은 여섯 사내들의 귓전에도 쟁쟁하게 들렸다.

"가만히 앉아 있어! 신경 쓰이게 하지 말…… 커억!"

사내의 목구멍에 검지가 깊게 틀어박혔다.

절혼마녀는 일부러 검을 잡지 않았다.

사내들은 마음껏 병기를 휘둘러야 한다. 살인무공을 배웠다고? 잔임함이 극치를 달린다고? 미안하지만 사내들은 귀적무가 천하제일의 신법임을 증명해 주는 도구에 불과할 뿐이다.

퍼엉!

머리를 쪼개오는 검은 강렬하지만 동작이 너무 크다. 그래서야 귀신의 움직임을 따라잡을 수 있나.

절혼마녀는 상대의 등 뒤로 돌아가 등짝을 가격했다.

얼굴이 상처투성이인 사내, 자신의 등에 일검을 새겨놓은 자.

등의 고통이 어찌나 심한지 사내의 양어깨는 절로 뒤로 당겨졌다.

따악! 따아악!

이어진 수도(手刀)가 사내의 목 뒤를 가격하여 목뼈를 분지르고, 또 한 번의 가격은 척추를 강타했다.

스르륵……!

절대 밟아서는 안 된다. 미끄러지듯 움직여야 한다. 신발과 신발에 닿는 면과의 마찰을 최소화시키는 데 귀적무의 요체가 있다.

몸을 가볍게 하는 것도 한 방편이다. 신발에 기름을 비르는 것도 옳다. 근본적으로는 하허상실(下虛上實)의 화두(話頭)를 부둥켜안고 운공해야 한다.

퍼억!

"끄윽!"

사내가 양물을 끌어안으며 앞으로 꼬꾸라졌다.

비소를 쳐오던 자, 허벅지에 일검을 매긴 자.

그녀는 여섯 사내를 가볍게 눕힌 후에도 잠시 동안 밀삭 위를 거닐었다.

바람처럼 표홀하게, 깃털처럼 가볍게.

잠시 후, 천사검을 챙겨 든 그녀는 죽어 있는 여덟 사내를 보며 중얼거렸다.

"고마워."

第三十八章

의중인(意中人)
─마음속의 연인

1

"저, 저런! 저런!"

적안 사태는 할 말을 잃어버렸다.

본인들은 길들여졌다는 걸 알지 모르지만 공들이고 또 공들여서 키워놓은 살인무공의 달인들. 그런 놈들이 계집 한 명에게 추풍낙엽처럼 쓰러져 버렸으니 무슨 이런 개 같은 경우가 다 있단 말인가.

놈들이 죽은 것은 그렇다고 치자.

죽으려면 팔귀당천지관 중 네다섯 개 정도는 펼친 다음에야 죽을 것이지 뒷감당을 누가 하라고 입질만 해놓고 뒈져 버리냔 말이다.

와중에 밀밀겁이 가동되었으니 그나마 다행이다.

그래도 놈들이 밥값은 게워내느라고 그랬는지 밀밀겁은 가동시킨 다음에 죽어버렸다.

밀삭 위에 서 있는 계집 하나, 그리고 중간에 어디론가 사라져 버린 계집 하나.

계집 둘을 제외하고는 죽음에서 벗어날 수 없다.

'빌어먹을! 이럴 때 쓰려고 팔귀당천지관을 찾아놓은 게 아닌데.'

적안 사태는 아쉬운 눈길로 무풍곡을 쓸어보았다.

세인들은 모르고 있지만 무풍곡은 적안 사태와 흑조편복으로 하여금 무림에 발을 딛게 만든 근원지였다.

어릴 적, 꿈 많던 소년 소녀였을 적에 소년과 소녀는 비적떼를 피해 무풍곡으로 스며들었다. 새로운 금광을 찾아 대이주를 하던 이십여 가구가 떼죽음을 당하고 난 다음이었다.

소년과 소녀는 비적들을 피해 너구리굴로 숨었고, 요행히 목숨은 건질 수 있었다.

한데 그곳은 너구리굴이 아니었다. 숨을 때만 해도 몰랐는데, 나중에 보니 뾰족한 창이 엉덩이를 찔러 바지가 온통 피투성이였다.

창의 무덤.

또 있다. 화살들의 무덤도 있고, 표창들의 무덤도 있었으며, 수리검의 무덤도 찾아냈다.

무풍곡은 땅을 파는 곳마다 온갖 병기들로 가득했다.

소년과 소녀는 병기를 내다 팔기 시작했다. 그러면서 점점 나이가 들어갔고, 병기를 만지다 보니 무공이라는 것도 배우게 되었고, 온갖 병기들을 만지작거리다가 사람까지 죽였다.

무풍곡이 이약도와 관계있지 않을까 하고 생각한 것은 그로부터도 한참 후인 중년을 넘길 때였다.

캐도 캐도 끝없이 쏟아져 나오는 병기들. 아니, 암기들.

무풍곡을 샅샅이 조사하는 것은 당연했다. 전쟁에 사용하고도 남을 분량의 병기를 찾아낸 후에는 차라리 기가 막혔다.

이곳은 천하의 기진인 팔귀당천지관과 연관있는 곳이다.

아쉽다면 여덟 기지 기관이 완전히 작동하는 것이 아니라 겨우 두세 가지 기관만 매설되어 있다는 거다.

이곳이 정말 이약도와 관계있는 곳이라면 팔귀당천지관이 완성된 다음이 아니라 그 이전에 시험 삼아 설치해 본 곳이 아닐까 싶다.

두 사람은 그것조차도 완벽하게 복원하지 못했다.

유계의 도움까지 받아가며 겨우겨우 복원한 것이 초열지옥과 밀밀겁, 그리고 구충수(九衝水)의 일부다.

적안 사태와 흑조편복은 이것만으로도 못 죽일 사람이 없을 것이라고 자부했다.

무풍곡으로 유인하여 죽일 사람은 적어도 무신이라 일컫는 일곱 무신들 정도는 되어야 한다.

그렇게 생각해 왔다.

한데 무신도 아닌 마야를 죽이란다. 마야는 그래도 괜찮다. 그나마 그는 마도의 상징이니 죽일 값어치가 충분하다.

마야는 마도의 하늘.

그는 더 이상 오를 곳이 없는 최고봉에 올라 있는 존재다. 그의 무공이 어떻든 연배가 어떻든 마야라는 호칭을 듣고 있으니 마도 최고의 인물이다.

최고의 인물을 죽인 자는 최고가 된다.

마도 최강의 인물로 지칭받지는 못할지라도 살수계의 지존으로 군림할 수는 있다.

이는 웬만한 문파의 문주나 방주를 죽이는 것보다 더 큰 의미가 있다. 어쩌면 구파일방의 장문인을 죽이는 것과 버금가는 효과를 불러올지도 모른다.

문주나 장문인을 죽이면 바로 이어서 후계자가 장문인이 되겠지만, 마야의 경우에는 마야가 죽고 나면 이후 마야의 호칭을 들을 존재는 전무하다.

마도의 하늘이 사라지는 것이다.

마도의 하늘을 죽인 자, 이 얼마나 짜릿하고 통쾌한 말인가.

모두 다 틀렸다. 여덟 살인귀를 밀삭 위에 얹혀놓으면 저깟 놈들쯤은 쉽게 요리하리라 싶었는데, 되레 죽고 말았으니.

'시기가 안 좋아. 일단은 물러났다가……'

마야 곁에 있는 여인들이 실로 범상치 않다.

적안 사태를 제일 먼저 놀라게 한 여자는 너무 앳돼 보여서 주목도 하지 않던 여자다.

일령이라고 했던가?

그녀가 보여준 신법 한 수는 그야말로 눈이 번쩍 뜨일 만큼 고절한 것이었다.

공령문의 선유비조신법 같은데 공령문주가 직접 펼친다고 해도 그 정도는 아닐 것 같고…….

두 번째로 놀란 건 마야를 부축한 여인.

다담선자라고 했나? 그녀가 던진 병기는 그야말로 속수무책으로 받아들일 수밖에 없지 않던가 말이다.

만약 그게 자신에게 날아왔다면…… 생각만 해도 끔찍하다.

세 번째 여자는 하도 조용히 있어서 있는지 없는지조차 몰랐다.

그런 여자가 언제 절벽을 타고 올라갔으며, 처자식도 잔인하게 죽인다는 살인귀들을 그토록 가볍게 죽여 버렸으니.

천멸도 살수들은 말할 것도 없다.

그들과 부딪치면 죽음뿐이다.

적안 사태는 뒤로 슬금슬금 물러섰다. 그러나 몇 걸음 물러서지도 않은 상태에서 우뚝 멈춰 서고 말았다.

등 뒤…… 돌아볼 수가 없다. 뒤에 누가 있기는 한데 누군지 모르겠다. 이토록 지척까지 다가와 있는 데도 까마득히 몰랐다면 상대의 무공은 어느 정도인가.

누구냐, 너는?

적안 사태는 슬그머니 손을 끌어올려 가슴에 댔다. 만일 급습을 가해온다면 즉각 반응하고자 한 조처다.

"언제 돌아설 거예요? 사람이 있는 걸 알고 있으면서."

등 뒤에서 들린 음성은 뜻밖에도 해맑았다.

적안 사태는 화급히 돌아섰다. 그리고 보았다. 여자라기보다는 앳된 소녀에 가까운 동안의 여자를.

"너, 너는 그……."

"일령이라고 해요."

"이…… 일령!"

"살인무공을 수련한 자들이 죽었어요. 그들이 살인무공을 배우기 위해서 얼마나 많은 사람이 죽었을까. 그 많은 사람들을 가둬놓고 서로 죽이게 만든 게 당신이죠? 그런 짓은 마야의 이름을 욕되게 하는 것이니 용서 못해요."

"허! 네, 네가 감히 나를! 뭐! 용서!"

적안 사태는 기가 막혔다. 이제 갓 젖을 떼었을 것 같은 계집이 무림에서 산전수전 다 겪은 노선배에게 감히 용서라니.

"노신이 살긴 오래 살았나 보네. 이런 소리까지 듣고."

"맞아요. 오래 살았어요."

일령은 당돌했다. 하나 적안 사태는 말만 할 뿐 쉽게 처나

가지 못했다. 허점이 보이면 당장이라도 쳐나갈 텐데, 일령은 긴장을 하지 않아도 될 말을 하면서까지 빈틈이 없었다.

"노신에게는 너만 한 딸이 있다."

"그래요? 절에 몸담고 있는 비구니가 별걸 다 하네요? 살인도 하고 딸도 낳고."

과연 일령은 기가 막힌 표정을 지었다.

적안 사태가 원하던 바다. 이로써 조금은 빈틈이 생겼다. 분노나 경멸은 반드시라고 해도 좋을 만큼 허점을 동반하니까.

"너만 한 애가 큰 애. 그 밑으로 넷이 더 있지."

"하!"

일령이 혀를 찼다. 역시 기가 막혀서. 고개는 자연스럽게 하늘로 쳐들렸다.

죽음을 옆에 끼고 산 사람이 아니면 발견하지 못할 실낱같은 허점이다.

파아아앗!

적안 사태의 두 눈은 어느새 붉은 혈광을 띠었다. 손에 든 불진(拂塵)은 꼿꼿하게 곤두선 채 일령의 머리를 후려쳐 갔고, 왼손으로 던져 낸 수리검 네 자루는 양쪽 가슴을 노리며 날아갔다.

끝이 아니다. 정작 중요한 한 수는 아주 은밀히 날아갔다.

왼발과 오른발에 숨겨졌던 척퇴비침(踢腿飛針) 두 개는 일령의 아랫배를 노리며 소리도 없이 날았다.

일령의 응수는 아주 느렸다.

불진은 머리를 후려쳐 올 때까지 쳐다보지도 않았고, 제일 먼저 다가온 수리검은 간발의 차이로 흘려보냈다. 바로 뒤따라온 척퇴비침 역시 몸을 비틀어 종이 한 장 차이로 스쳐 보냈는데, 곁에서 지켜보는 사람이 있다면 발을 구르며 아쉬워할 정도로 아슬아슬했다.

불진은 그 다음에나 쳐다봤다.

휘잉!

급히 숙인 머리 위로 불진이 지나갔다.

철수진기(鐵手眞氣)가 불진을 강철로 탈바꿈시켰지만 머리카락 몇 가닥 잘라내는 것으로 만족해야 했다.

수리검, 척퇴비침, 불진.

세 가지의 공격은 모두 다 일 푼만 옆으로 틀었으면 하는 아쉬움을 남긴 채 끝났다.

적안 사태는 인상을 잔뜩 찡그렸다.

간발의 차이 세 개를 어떻게 해석해야 하나? 운이 없었다고, 아니면 일령의 운이 좋았다고?

아니다. 간발의 차이가 세 개나 되면 그건 실력이다. 일령은 최소한의 움직임으로 공격을 흘려보냈다. 이는 몸과 몸이 바짝 붙어 있다는 것을 의미한다. 공격이 실패로 돌아간 세 번의 순간은 일령에게는 공격을 가할 세 번의 기회였다.

일령이 공격했다면 적안 사태는 피할 길이 없었다.

'아직 미숙한 건가, 아니면 손속에 사정을……'

미숙한 거라면 살아나갈 방도가 없지만 사정을 남긴 것이라면 살아날 기회가 있다고 생각했다.

그러나 이것 역시 잘못된 판단이었다.

"한 번 더 기회를 줄게요. 마지막 공격이라 생각하고 펼쳐 봐요."

'이게 감히 나를!'

실전에서, 목숨을 건 싸움에서 무공을 시험해 보려고 하다니!

파앗!

적안 사태는 다짜고짜 불진을 쳐냈다.

전과 똑같이 철수진기를 실었다. 수리검이나 척퇴비침은 날리지 않았다. 일령의 경지라면 정말로 무공을 수련시켜 주는 역할밖에 안 된다는 것을 알았으니까.

"이걸로는 안 되잖아요."

"그래?"

순간이다. 일령이 고개를 살짝 틀어 피하려고 할 때였다. 불진이 쑥 뽑혀 나오며 수십 가닥의 화살로 변해 쏘아져 왔다. 바로 눈앞에서.

일령의 머리는 숙이던 방향으로 더욱 깊이 숙여졌다. 상반신도 따라서 기울어졌고, 허리도 두 다리도 덩달아 휘어졌다.

피유웅……!

수십 가닥의 화살로 변한 불진은 일령의 옷자락 한 올 건드리지 못했다.

파앗! 철컥!

파란 검광이 피어났다 사라졌다.

눈 깜짝할 순간에 검광이 피어났다가 의식하지도 못하는 순간에 검집으로 들어갔다.

"이, 이게 무슨 검……."

"수검이라는 사람이 있어요. 그 사람의 성멸절학 사흡검법(死吸劍法)이에요."

"수, 수검. 무, 무적검."

"그래요. 무적검이라고도 불리죠."

"어, 어린 계집이…… 너, 너무 도, 독한 검법을……."

일령은 말을 끝까지 듣지 않고 돌아섰다.

더 들을 필요도 없었다. 적안 사태의 목에 비스듬히 혈선이 그어졌다. 그리고 머리가 혈선을 따라 흘러내리다가 땅에 떨어졌다.

*   *   *

그에게도 인정은 있다.

죽음을 찾아 어둠을 헤집고 다니는 신세일망정 평생을 부인이라 여기고 살아온 사람이 있다.

그녀가 죽었다.

머리가 잘린 채 눈도 감지 못하고 죽었다.

"쿠쿠쿠! 망구! 그렇게 같이하자니까 어쩌자고 먼저 나섰어. 내가 말했잖은가. 승률이 겨우 구 푼밖에 안 된다고. 내가 구 푼이면 망구는 육 푼인 게지."

흑조편복, 그는 적안 사태의 시신을 수습했다.

그녀를 차디찬 땅바닥에 뉘일 수는 없다. 살인을 밥 먹듯이 저지른 비구니지만 불가에 몸을 담았으니 다비식(茶毘式)으로 이 세상의 끝을 마무리 지어줘야 한다.

"내가 잘못했어. 망구를 끌어들이는 게 아닌데. 그놈의 구 푼이라는 말이 신경 쓰여서 끌어들였더니만. 후후! 마야……우린 긴 싸움을 해야겠군. 아주 긴 싸움을 말이네."

흑조편복에게 떨어진 명령에는 분명히 기한이 정해져 있었다.

사월(四月) 한(限).

그러나 지금 흑조편복의 머릿속에는 명령 같은 것은 지워지고 없었다.

마야는 그렇게 죽일 수 있는 사람이 아니다. 자신이 명을 어기면 다른 사람이 나설 터이지만, 마야를 죽일 수 있는 사람은 없다. 오직 자신밖에는. 짧은 싸움이 아니라 긴 싸움이라는 전제하에서.

흑조편복은 긴 싸움을 작정했다.

2

적안 사태는 밀밀겁이 발동된 것으로 마음의 위안을 삼으며 눈을 감았으리라.

밀밀겁은 기어이 발동되었다.

출구와 퇴로가 완전히 막혔다. 좌우로는 절벽이다.

사방이 막힌 절곡으로 화살, 표창, 수리검, 창, 비도, 비황석…… 세상에 존재하는 온갖 병기들이 쏟아져 들어갔다.

아래에서 위로, 위에서 아래로. 좌에서 우로, 우에서 좌로. 앞에서 뒤로, 뒤에서 앞으로.

그야말로 개미 새끼 한 마리 살아남을 수 없는 죽음의 암기 세례다.

"끔찍하군. 이건 인벽이 아니라 인벽 할애비가 와도 몰살하고 말겠어. 밀밀겁이 이 정도인 줄은 정말 몰랐네. 빌어먹을! 세상이 어찌 되려고 점점 잔인해지는지."

시마는 투덜거렸지만 다른 사람들은 투덜거릴 여유조차 없었다.

발밑에서 벌어지는 광경은 평생을 가도 두 번 다시 보지 못할 진풍경이었다.

공세는 세상에 이토록 쇠붙이가 많았나 싶게 근 반 시진에 걸쳐서 퍼부어졌다.

그동안 소립파를 비롯하여 살아남은 사람들은 절벽을 기어올라 밀삭에 엉덩이를 깔고 앉았다. 그리고 편안하게 발밑에서 벌어지는 광경을 구경했다.

절곡에는 죽은 팔십일전혼의 육신도 있다.

그들은 베어지고, 찔리고, 으깨지고, 짓이겨져서 형체도 알아볼 수 없게 되었다.

천멸도 살수들은 시신을 거두지 않는다.

천멸도 사람들은 근본적으로 살아 있을 때 인간이지 죽으면 한 줌 부토와 다름없다는 생각을 가지고 있다.

인간이었을 때, 그들은 정상인과 나병 환자로 분류된다.

이 세상에 인간을 가르는 방법은 많다. 남자와 여자, 강한 자와 약한 자, 키가 큰 자와 작은 자……. 그러나 천멸도 사람들에게는 오직 하나의 분류밖에 없다. 나병이냐, 아니냐.

나환자인 그들은 정상인에 비해서 많은 부분을 양보하고 살았다.

하고 싶은 것도 못하고, 가고 싶은 곳도 못 가고, 사람들이 북적거리는 곳에 발이라도 들여놓는 날에는 돌팔매질당하기 십상이다.

그렇게 살았으니 죽어서는 똑같은 대접을 받고 싶다.

살과 피는 썩어 흙이 된다. 흙이 되지 않는 인간이 있다면 억지로라도 흙을 만들어 버리고 말 게다.

흙은 육신의 고향이다.

아무 곳이나, 흙이 있는 곳이라면 육신을 뉘어도 좋을 곳이다.

시신을 갈가리 찢어발기겠는가? 난도분시(亂刀分屍)를 당해서 죽은 시신과 늙어서 곱게 죽은 시신과 다를 바 없다.

호흡이 멈추는 순간 나환자들은 비로소 평등한 대접을 받게 된다.

죽음은 어려운 게 아니다. 가까이 할 것도 아니지만 일부러 멀리할 필요도 없다. 죽음이란 놈은 누구에게나 그렇듯이 불현듯 닥쳐오기 때문에 마지막 순간에 빙긋 한 번 웃어주면 성공한 삶이다.

반 시진 전만 해도 웃고 떠들었던 동료들, 그들이 갈가리 찢어져 흩어지고 있지만 인상을 찡그리는 실수는 아무도 없었다.

"사자(死者) 마흔둘, 생자(生者) 서른아홉. 후후! 조금 피해가 많았습니다."

황전륜은 아무렇지도 않은 듯이 말했다.

"내려가는 즉시 암행(暗行)을 시작해."

천멸도주도 냉정한 표정으로 말했다.

어찌 보면 감정이 없는 사람들처럼 보인다. 하나 그들의 숨결은 거센 입김을 뿜어내고 있다. 아무리 죽음을 대수롭지 않게 여기더라도 죽은 자들이 안타까운 것은 사실이다.

"당연한 말씀."

황전륜은 조그만 찡그림조차 보이지 않았다.

쒜에엑! 타앙!

쾌속하게 날아온 비표가 먼저 박혀 있던 병기를 거세게 후려치는 것으로 밀밀겁은 끝났다.

무려 반 시진 가까이 지속된 공세였다.

"좀 어때?"

"안 좋아."

"지금이 오시지?"

"사시부터 고통이 시작되었으니까 앞으로 한 시진은 더 있어야겠네. 어떡해? 미시(未時)까지 여기 있을 거야? 아니면 마차를 준비시킬까?"

"어차피 마차는 있어야 할 것 같아."

물어볼 필요도 없었다.

천멸도주는 종청호에게 눈짓을 했고, 종청호는 십이밀막검 중 한 명에게 턱짓을 했다.

지시를 받은 자가 비호처럼 절벽을 타고 내려가 암기 숲 사이로 사라졌다.

"자식…… 되게 아픈가 보네."

소립파를 쳐다보는 천멸도주의 눈가에 촉촉한 이슬이 맺혔다.

다담선자는 애써 못 본 척했다. 아침 다르고 저녁 다른 성격인지라 지금은 좋다가도 언제 흐려질지 모른다.

그녀는 부들부들 떨고 있는 소립파를 꼬옥 껴안았다.

일령은 십이밀막검이 구해온 마차를 타고 나타났다.

아무도 그녀에게 어디 가서 무엇을 했는지 묻지 않았다. 그녀가 빙그레 미소를 지었고, 다른 여인들도 미소로 화답하면서 저간의 사정을 추측했다.

"몇 초?"

"일초요."

"일초? 햐!"

"놀리지 말아요."

"아니, 적안 사태는 상당한 고수야. 살수계에서는 전설적인 살수로 손꼽히고. 그런 사람을 일초에 쓰러뜨렸다면…… 정말 대단하네."

"언니, 놀리지 말라니까요. 그런 언니는 살인무공까지 익힌 살인귀들 여덟 명을 어린아이 손목 꺾듯이 꺾어버렸잖아요. 정말 귀적무는 끝이 없는 것 같애. 이것이다 싶으면 저만큼 가 있고."

"호호호! 아무리 앞서 나가면 뭐 해? 동생 옷자락 하나 못 잡는데."

"그건 그래요."

"뭐? 호호! 호호호!"

오랜만에 한가한 이야기를 주고받았다.

절혼마녀는 이야기가 나온 김에 천멸도주마저 쳐다보았다.

이번에는 확실히 천멸도의 도움이 컸다. 팔십일전혼의 희생이 아니었으면 옷자락 하나 상하지 않고 빠져나오지는 못했을 게다.

앞으로도 많은 도움을 받을 것 같고…….

남만까지는 먼 길이다. 남남 간에도 사흘만 동행하면 벗이 된다고 했는데, 먼 길을 같이하면서 대화 정도는 나눠야 할 듯싶었다.

하나 절혼마녀는 입술만 달싹거렸을 뿐 말을 꺼내지 못했다.

천멸도주는 그녀를 아예 쳐다보지조차 않았다.

천멸도주와 절혼마녀의 부딪침은 의외로 빨리 다가왔다.

무풍곡 싸움이 있은 바로 그날, 저녁 세면을 하고 수건으로 얼굴을 닦던 절혼마녀는 불쑥 장막을 걷고 들어서는 천멸도주를 보고 깜짝 놀라 벌떡 일어섰다.

얼굴조차 마주치지 않던 천멸도주가 무슨 일로?

"부탁이 있는데."

천멸도주의 음성은 여전히 차가웠다.

"말해봐요."

절혼마녀는 방긋 웃었다.

낙화향의 창기로 오장육부를 빼놓고 살아왔다. 술 취한 사람, 역겨운 사람, 뻔뻔한 사람…… 어떤 사람에게도 웃음을 흘려줄 수 있다. 아니, 이제는 몸에 배여 습관이 되어버렸다.

"이 웃음이군. 저 새끼를 홀린 웃음이."

절혼마녀는 또 웃었다.

한때는 소립파의 첫 여인이었다고 했나?

소립파 같은 사람은 만나기도 어렵지만 사랑을 이어가기도 힘들다. 어지간히 무덤덤한 신경을 지니지 않으면 제 성질에 부화가 터져 죽을지도 모른다.

여인을 위해주는 것은 고사하고 무뚝뚝하지나 말았으면 좋겠다. 가끔 가다 따뜻한 말이라도 한마디 해줬으면. 사랑을 의심하는 건 아니지만 사랑한다는 말을 한마디라도 해줬으면.

그의 여인이 되려면 여인의 자잘한 소망은 모두 접어야 한다.

그래도 좋다. 평생 사랑한다는 말을 듣지 않아도 괜찮다. 이제는 그를 떠나서는 살 수 없을 것 같다. 자신이 미치도록 사랑하니까.

천멸도주도 그랬을 게다.

소립파는 자신은 별로 깊이 빠지는 것 같지 않으면서 여인은 깊이 빠지게 만드니까.

만약 소립파와 헤어지라면 어떤 마음이 들까?

가슴이 미어질까, 찢어질까.

사랑하는 사람과 헤어지는 일이라면 낙화향 창기들에게 물어보는 게 빠르다. 그녀들이야말로 한 번쯤은 목숨을 걸고 사랑을 해본 경험이 있으니까. 또한 믿고 믿었던 사내에게 처절한 배신을 당한 경험이 있으니까.

절혼마녀는 천멸도주의 마음을 이해했기에 그녀가 어떤 말을 해도, 어떤 행동을 해도 웃음으로 받아들였다.

"낙화향 출신이라며?"

천멸도주는 기침없이 말했다.

"사내라면 신물 날 정도로 겪어봤죠. 술 한잔할래요?"

"그런 몸으로 용케도 저 새끼를 잡았네?"

"이리 찢기고 저리 찢기고…… 찢기다가 끝날 인생인 줄 알았는데, 남자 만날 복도 있었나 보죠."

"흥! 복은 무슨 복. 저 골지 아픈 새끼가 복이라면 세상에 복 아닌 놈 없겠네."

절혼마녀는 악담을 들으며 술병을 꺼냈다.

옛날에는 술 없이는 살지 못했다. 아침에 눈을 뜨면서 저녁 잠자리에 들 때까지 늘 입에 술병을 물고 살았다.

이제는 즐길 줄은 알아도 미치지는 않는다.

그러나 술병을 꺼내 돌아서던 절혼마녀는 눈을 휘둥그레

뜬 채 얼어붙고 말았다.

천멸도주가 몸에 감은 백포를 한 줄 한 줄 풀어내고 있었다.

백포가 풀려 나올 때마다 여인의 속살이 조금씩, 조금씩 드러났다.

'음!'

절혼마녀는 자신도 모르게 코끝을 찡그렸다.

볼 것 못 볼 것 다 보고 살아왔지만 이토록 지저분하고 처참한 모습은 본 적이 없는 것 같다.

천멸도주의 몸은 보드랍지 못했다. 흑갈색으로 죽어 있는 피부, 수세미보다 거칠어 보이는 살갗, 손가락은 두 개나 떨어져 나갔고, 얼굴도 일그러졌다.

절혼마녀는 구토가 일어나려는 것을 억지로 참았다.

"더러워?"

"미안하지만…… 조금만……."

"조금이면 돼? 나가줄까?"

"미안, 미안해요. 조금만……."

억지로 깊은 숨을 들이키며 구토를 참아보려고 했다. 한데,

"모르는군. 나환자들과 같이 있을 때는 숨을 얕게 쉬어야지. 내가 내뱉는 기침이나 재채기를 마시게 되면…… 알지?"

절혼마녀는 눈을 감고 잠시 마음을 가다듬었다.

'도주가 왜 내게 이런 모습을……? 낙화향 출신! 내가 창기

라서. 난잡했던 과거……'

다시 눈을 뜬 절혼마녀는 어느 때보다도 침착해져 있었다. 입가에 매달린 웃음도 더욱 요염했다.

그녀는 마른 수건을 꺼내 천멸도주의 몸을 닦아주기 시작했다.

"……."

"……."

두 여인 모두 말을 하지 않았다.

한쪽은 묵묵히 고름이며 피딱지를 닦아주었고, 한쪽은 편안한 모습으로 봄을 내맡겼다.

"고름이 닿지 않도록……."

"그런 걱정은 마요."

"흥! 귀상이라고? 움직이는 자체가 섭혼술이라니. 정말 그렇게 살 맛 본 사내들이 환장했어?"

절혼마녀의 손길이 더해질 때마다 천멸도주는 점점 나신이 되어갔다.

"좋아하는 사람도 있고, 싫어하는 사람도 있고. 낙화향에는 절혼마녀가 있잖아요."

천멸도주는 절혼마녀보다 어렸다.

그녀와 다담선자가 평대하는 입장이니 절혼마녀는 동생을 대하고 있는 셈이다. 그런데도 절혼마녀는 말을 올려주었고,

천멸도주는 당연한 듯 하대를 했다.

절혼마녀가 고름을 다 닦아내자 천멸도주는 목갑을 열어 녹색 분말을 몸에 뿌렸다.

분말에서도 역겹기 이를 데 없는 냄새가 난다. 하나 이번 냄새는 싫다는 느낌이 들 틈도 없이 사라져 버렸다.

다른 걸 보았다.

갸름한 허리, 봉긋한 가슴, 쭉 뻗은 다리.

앞에서 봐도, 뒤에서 봐도, 옆에서 봐도 최상의 굴곡.

천멸도주의 몸은 절혼마녀조차 감탄할 만큼 아름다웠다.

피부색만 살색으로 돌아오고 조금만 더 부드럽게 변한다면…… 고름과 피딱지만 앉아 있지 않다면……

소립파의 첫 여인으로서 손색이 없다.

"정말 아름다워요."

절혼마녀는 진정으로 찬탄했다.

"됐어. 이제 감아줘."

천멸도주가 새 백포를 가리켰다.

천멸도주는 금창약을 놓고 갔다.

천멸도 살수들이 사용하는 것으로, 효능은 당금 무림에서 최상으로 손꼽을 수 있는 명약이다.

흔히 하는 말로 나환자촌에서 나온 약은 버릴 게 없다고 하지 않던가.

나환자들은 기적을 고대하며 온갖 약을 시용한다. 개중에는 좋은 약도 있지만 탈이 되는 약도 많다.

상관할 게 무언가. 나병보다 나빠질 게 있겠나.

직접 몸에 발라보고 먹어보고…… 그래서 하나둘 약을 만들어 나갔으니 명약이 아니라면 오히려 우습다.

절혼마녀는 천멸도주의 벗은 몸을 떠올리며 상처에 금창약을 발랐다.

'지독히도 아픈 사랑…… 죽어도 떨어지지 못할 사람들…….'

천멸도주는 절혼마녀를 받아들이기 위해 찾아왔다.

표면적으로 그녀가 어찌할 것은 없지만 마음으로는 소립파를 낭군으로 생각하고 있기 때문에 그가 잠자리를 같이한 여인은 받아들이든가 내치는 과정을 거쳐야 한다. 아무도 모르게, 그녀 혼자 마음속으로.

지금까지는 절혼마녀를 소립파의 여자로 생각하지 않았다. 낮에만 해도 얼굴조차 마주치지 않았으니 받아들일 생각이 없었다.

그런데 왜 갑자기 마음이 변했을까?

'소립파를 지켜주는 사람. 나보고 지키라는 거야. 내가 싸우는 모습을 봤으니 믿을 만하다고 여기고. 다담 혼자만으로는 불안했던 거지. 사랑을 나누더라도 사랑하는 사람은 지키고 싶다는 건가. 가가에게는 아무 내색도 하지 않으니 전부

내준 건지도.'

　　문득 천멸도주가 너무 안쓰럽다는 생각에 눈물이 핑 돌았
다.

第三十九章

맥생인(陌生人)
－낯선 사람

"이게 싸움이야, 전쟁이야? 좌우지간 대단한 여자들이군. 이런 공격을 받고도 살아서 걸어나갔단 말이지."

여인은 즐거운 표정으로 온갖 병기들로 빼곡한 절곡을 둘러보았다.

"이곳은 이미 명소(名所)가 되었습니다. 이토록 많은 병기가 길에 쌓여 있는 일도 드문 일이라서. 몸을 드러내시면 위험합니다."

"네 주둥이가 더 위험해."

여인은 상관하지 하고 이곳저곳을 살폈다.

"화공이 먼저 있었어. 그 다음에 이 암기들이 쏟아진 것인데…… 음! 하늘에서 공격이 시작되었다고 하면 딱 맞겠는데, 이 위에서? 아냐, 뭔가가 있어."

흔적만으로 과거를 찾아가는 일은 즐겁다.

"마야는 빠른 말로 달리면 반나절 거리에서 야영하고 있습니다. 추격자는 아랑곳하지 않고 자유롭게 야영하고 있는데…… 미친놈이 아니고서야."

"마야보고 미친놈이라 부르는 자는 정말 미친 거야."

"죄송!"

"귀찮아, 그 죄송 소리 듣기도."

여인은 병기의 숲을 헤치고 걸음을 떼어놓았다.

병기림(兵器林), 무풍곡의 새로운 이름이다.

팔귀당천지관이 세상에 모습을 드러낸 이후, 무풍곡은 많은 사람들이 찾는 명소가 되었다.

무인은 무인의 호기심으로 찾았다. 범인들은 혹여 돈 될 것이 없을까 싶어서 찾았다.

그러나 병기림을 둘러본 사람들은 엄청난 병기 앞에 너나 할 것 없이 입부터 쩍 벌렸고, 병기림은 있는 그대로 보존해야 한다는 쪽으로 생각을 바꿨다.

물론 무인들의 생각이다. 하나 무인들의 생각에 반기를 들 범인은 없었다.

"이건!"

여인은 화마에 시커멓게 그을린 바위 앞에서 걸음을 멈

쳤다.

"틀림없어. 녹린섬광산. 녹린섬광산이야! 그럼 이건!"

여인의 눈길은 산더미처럼 쌓인 병기로 향했다.

"설마!"

퍼뜩 머릿속에 하나의 기관진식이 스쳐 간다.

여덟 마리의 귀신이 죽음의 진을 하나씩 안고 있다는 팔귀당천지관.

"에이, 설마……."

도저히 믿을 수 없어서 부정적인 말을 내뱉고 말았지만 바위가 녹아들 정도로 화력이 강력한 것은 녹린섬광산밖에 없다. 또 병기를 산너미처럼 토해낼 것도 밀밀겁을 제외하고는 생각할 수 없다.

"설마, 여기에 팔귀당천지관이……."

여인, 육신녀는 설마라는 말을 세 번이나 내뱉고 말았다.

두두두두두……!

육신녀는 연신 말 배를 걷어찼다.

무풍곡을 감싸고 있는 것은 틀림없이 팔귀당천지관이었다.

도대체 마야는 어떤 인간이기에 그토록 엄청난 진법에서 살아남을 수 있단 말인가. 또한 남도문은 어떤 곳이기에 팔귀당천지관을 설치할 수 있단 말인가.

육신녀의 호기심은 그녀로 하여금 편안한 상태에서 상황을 지켜보며 즐기게끔 만들지 않았다.

너무도 궁금한 것이 많아서 직접 뛰어들어 살펴보고 싶었다.

"얼마나 더 가야 돼!"

"얼마 남지 않았…… 앗! 보고드리지 않은 것이."

"빨리 말해봐! 뭐야!"

"사방천마와 천멸도 살수들이 마야의 뒤를 쫓고 있습니다."

"뭐, 뭐야!"

히히힝! 히잉!

육신녀가 하도 급히 말고삐를 잡아당기는 바람에 힘차게 달리던 말이 앞발을 번쩍 치켜들며 소리를 내질렀다.

"지금 뭐라고 그랬어!"

"원래 사방천마와 천멸도 살수들은 마야 졸개들을 치기로 되어 있었으나, 어쩐 일인지 갑자기 방향을 바꿔서 마야를 쫓고 있습니다. 마야가 천천히 움직이고 있으니 오늘내일 사이로 조우하지 않을……."

퍼억!

육신녀는 말에 앉은 채로 발을 들어 사내를 걷어찼다.

허리를 거세게 얻어맞은 사내는 비명도 지르지 못한 채 말 등에 엎드려 컥컥거렸다.

"같이 죽자는 거야? 그걸 이제 말해?"

"컥! 죄, 죄송!"

"마야와 떨어진 자들은 어디로 가고 있어?"

"남으로 가는 건 확실한데 방향이 일정치 않아서…… 죄송합니다."

육신녀는 말을 관도 위에 세운 채 깊은 생각에 잠겼다가 깨어났다.

"지금부터 내가 하는 말, 하나라도 어기면 넌 죽어."

"조, 존명!"

"넌 이 길로 되돌아가서 마야에게서 떨어져 나간 자들을 감시해. 그들의 일거수일투족을 낱낱이 살폈다가 보고해. 그들 주위에 어른거리는 세력도 탐지해 내고."

"존명!"

"다시 한 번 말하지만 보고가 하나라도 빠졌을 때는……."

"주, 죽겠습니다!"

육신녀는 비로소 피식 웃었다.

사내가 재빨리 말 머리를 돌려 왔던 길로 되돌아갔다.

참으로 덜렁대는 자다. 뭐가 급한지 칠칠맞게 하나씩은 빼놓고 다녀서 매일 한두 번씩은 꼭 화를 내게 만든다.

그런데도 육신녀는 덜렁대는 자를 옆에 두었다.

그의 정보 탐지력은 북무림 제일이라고 해도 과언이 아니다.

북무림 정보를 총괄하는 천비대도 그자의 정보력에는 미

치지 못한다. 목서들이 총동원되어 알아낸 정보도 늘 그보다 한발 뒤진다.

덕분에 육신녀는 제일 먼저 발 빠른 정보를 얻어듣는 것이고.

물론 그자의 정체는 아무도 모른다. 그런 희귀종을 함부로 공개할 육신녀가 아니다.

만약 그의 능력이 조금이라도 새어 나갔다면 당장 천비대에 중용되어 다른 사람을 위해 일하고 있으리라.

손에 쥔 보물은 최대한 활용할 줄 알아야 한다. 그리고 육신녀는 보물을 제대로 활용할 줄 아는 몇 안 되는 사람 중에 한 명이다.

그녀는 그가 사라진 방향을 쳐다보다가 힘차게 말 배를 걸어찼다.

"끼랴!"

*   *   *

"후후! 내 생각이 맞았군. 적안 사태가 과욕을 부렸어. 애꿎게 밀삭만 낭비했군."

음성에 일말의 감정도 담겨 있지 않은 사내, 북방천마였다.

사방천마, 그들은 무풍곡을 감상하듯 스치며 지났다. 그것으로 볼 것은 모두 보고 있으니 충분했다.

"적안 사태가 초열지옥과 밀밀겁을 재현해 냈다고 하더니 정말이었나 봐. 이건 틀림없이 밀밀겁이야."

동방천마가 병기의 숲을 살피며 말했다.

"제길! 이게 뭐 하는 거야! 죽었던 이약도가 무덤 속에서 기어나오기라도 했다는 거야! 적안 사태 같은 게 무슨 수로 팔귀당천지관을 재현해. 말도 말 같아야 믿어주지."

걸걸한 음성의 남방천마는 말은 그렇게 하고 있지만 팔귀당천지관이 펼쳐졌다는 것에 대해서는 토를 달지 않았다.

"후후! 적안 사태와 흑조편복은 떨어질래야 떨어질 수 없는 사이. 아마 이 청부는 흑조편복에게 떨어졌을 거야. 성미 급한 적안 사태가 한발 앞서 나섰다가 당한 것일 테고. 후후후!"

북방천마는 연신 음침한 괴소를 터뜨렸다.

"어이, 빨리 가자. 술 생각나서 죽겠어. 빨리 가서 마야, 그놈을 잡아버리고 시원하게 한잔하자고."

"아니, 이건 생각해 볼 문제야."

북방천마는 남방천마의 말에 고개를 흔들며 밀했다.

"남도문은 마야를 이용하려고 했어, 지금까지는. 한데 이제는 정말 죽일 생각이야. 남도문에 내분이 일어나고 있다는 정도는 알지만 누가 어느 정도 실권을 장악했는지 파악부터 해야 돼."

"그럼 마야를 치지 말자는 거야?"

"그래, 우선은 지켜보자. 주공의 명을 받은 다음에 움직이

는 게 좋겠어. 솔직히 마야, 그놈…… 우리에게는 벅찬 놈이
잖아. 그놈 입만 막아놓으면 어떻게든 해보겠는데. 서둘지 말
자고."

　　사방천마는 유람이라도 하듯 천천히 나아갔다.

　　　　　　　　　*　　　　　*　　　　　*

　　사방천마가 무풍곡을 떠나간 후 한 시진쯤 경과했을 때, 일
단의 무리가 절곡으로 들어섰다.

　　그들은 지금까지 절곡을 구경한 사람들과는 달리 병기들
을 낱낱이 헤집으며 무엇인가를 찾았다.

　　"찾았습니다!"

　　원하는 것을 찾는 데는 그리 오랜 시간이 소요치 않았다.

　　쉭! 쉬익! 쉬이익!

　　여기저기 흩어져 있던 무리들이 재빨리 모여들었다.

　　그들은 소리친 자가 헤집어놓은 곳을 쳐다보았다.

　　그곳에는 구더기가 바글바글 끓고 있는 시신 한 구가 눕혀
져 있었다. 아니, 정확히 말하면 상반신은 어디 갔는지 사라
지고 없고 하반신만 남아 있는 시신이었다.

　　무리 중 한 명이 손을 뻗어 구더기를 쓸어냈다.

　　"팔십일전혼입니다."

　　"황전륜!"

"팔십일전혼은 도주님과 함께 움직입니다. 아마도 도주님이 마야와 합류해 있을 가능성이 높습니다."

"……."

모두 침묵했다.

용병들에게는 친구도 적도 없다. 오늘은 적으로 싸웠다가 내일은 벗이 되기도 하며, 오늘의 벗을 내일은 죽여야 할 경우도 생긴다.

타 문파에 팔린 살수들의 경우는 용병보다도 더한 경우를 겪는다.

어떤 때는 자신의 문파를 공격해야 할 경우도 생기고, 팔린 문파의 명을 받아 스승을, 사형제를 주여야 할 경우도 다반사다.

지금이 꼭 그렇다.

어제까지만 해도 도주로 받들어 모셨건만, 오늘부터는 적이 되어 싸워야 한다.

"어떻게 할까요? 마야를 치자년 빨리 움직여야 합니다."

"개새끼, 좀 잠자코 있어!"

백인수(百忍手)의 수장인 주림(周琳)이 버럭 고함을 내질렀다.

참으로 얄궂은 운명이다.

마야는 도주의 연인이었다. 나병이 발병하여 갈라서기는 했지만 마음만은 서로를 그리워하고 있다는 걸 안다.

백인수가 남도문에 팔린 후, 제일 먼저 한 일이 마야를 치는 일이었다. 그와 그를 따르는 마인들을 죽이라는 명령이다.

마야를 따르는 사람들, 그들이라고 모를까.

어찌어찌 그들과 부딪친 후 두 번째로 받은 명은 더욱 얄궂다.

상대는 단 열한 명, 역시 천멸도에서 동고동락했던 안량빈과 십겁룡이다.

지랄 맞게도 그들 손에 많은 형제들이 명을 달리했다.

확실히 백인수는 십겁룡에 비하면 한 수 뒤졌던 것을…….

이제 간신히 살아남은 자는 아홉 명밖에 안 되는데 또다시 마야와 도주를 치란다.

마야만 상대하기도 벅차다. 도주를 따르는 황전륜과 팔십일전혼도 강하다. 아니, 뭐니 뭐니 해도 천멸도에서 제일 강한 자인 종청호와 십팔밀막검이 버티고 있는 한 승산은 없다.

무엇보다 어떻게 도주에게 검을 들이민단 말인가.

그렇다고 물러설 곳도 없다. 팔린 문파의 명을 거역한다면 차후 어느 문파가 살수들을 사 갈 것인가.

후퇴는 천멸도를 나락으로 떨어뜨리는 결과를 낳는다.

"결국은 죽을 자리를 찾으라는 거군."

"……."

살아남은 백인수는 침묵했다.

그 정도는 이미 예상하고 있다. 죽음도 각오했다.

"서둘지 말자. 의미없는 죽음을 맞기보다는 조금이라도 의미있는 자리를 찾자."

"그게 되겠습니까?"

"난들 아나. 뒤따르면서 기회를 찾아봐야지."

"그럼 급습은?"

"서둘지 말라니까. 후후후! 이놈들아, 솔직히 말해봐. 팔십일전혼은 고사하고 십팔밀막검이 있어. 너희 두어 명쯤은 상대할 수 있는 밀막검 숫자가 두 배가 넘어. 자신있어?"

"……."

"가자."

주림은 힘없이 말했다.

2

무풍곡 싸움 이후로 마야는 침묵을 시키는 시간이 많아졌다.

다담선자, 절혼마녀, 일령, 시마.

이제는 어느 한 사람 초절정고수 아닌 사람이 없다.

실제로 절혼마녀나 일령을 아는 사람들이 변모한 그녀들을 본다면 놀라서 입을 다물지 못할 것이다.

절혼마녀는 강했다. 하나 남도문, 북검문을 휘저을 수 있는 고수는 아니었다.

일령은 어떤가. 자부문의 호법, 문주의 호법도 아니고 문주의 딸이 개인적으로 양성한 호법에 불과하지 않았는데, 지금은 어떤가. 누가 그녀의 몸에 검을 댈 수 있을까.

이들의 쳐놓은 방어막은 철벽을 웃돈다.

이들뿐만이 아니다. 천멸도주와 천멸도 살수들이 외곽을 둘러싸고 있는 한 한 개 문파의 존망을 걸지 않고서는 쉽게 달려들지 못할 정도가 되었다.

그때부터 소립파는 말을 잃고 안으로 침잠해 들어갔다.

아플 때는 정신을 차릴 수 없으니 어쩔 수 없다지만, 멀쩡히 눈을 뜨고 있을 때도 멍하니 마차 밖을 쳐다보며 하루를 소일하기가 일상사였다.

"요즘 도주가 매일 언니 방에 들러요. 들러서 백포도 갈고, 말도 나누고 그러는 모양이에요. 참 웃겨요. 도주가 그럴 때가 있다니. 언니가 마음에 들었나 봐요."

"……."

"과일 좀 깎아줘요? 지나오는 길에 사과나무가 있기에 땄는데 아주 맛있어요."

"……."

"휴우!"

대부분의 이야기는 다담선자의 일방적인 말로 시작되었다가 혼자서 끝맺곤 했다.

소림파가 무슨 생각을 하는지는 짐작조차 못한다.

군이 알려고 하지도 않았다. 고통받는 시간이 점점 길어져서 이제는 거의 하루에 네 시진씩 앓아대는 모습이 안타깝기만 하다.

마차를 빨리 몰 수 있다면…… 남만에 빨리 도착해야 하는데…….

상황은 그마저 여의치 못하게 한다.

누가 소문을 퍼뜨렸는지 모르지만 마야가 남만으로 가고 있다는 소문은 남무림 전역에 퍼지고 말았다.

마야가 누구인가. 마도의 하늘이지 않은가. 마도인이 감히 공공연하게 남무림 땅을 활보한단 말인가. 그걸 용납하는 사람들은 또 무엔가.

군이 그런 이유가 아니더라도 마야는 이미 남무림 무인들의 공적이었다.

장강을 건너면서 벌인 혈전, 그리고 남도문과의 싸움.

남무림에서 제일 먼저 죽여야 할 공적을 꼽으라면 단연 첫손가락에 꼽힐 사람이 마야였다.

사람들은 손에 손에 병기를 들고 모여들었다.

어제 십여 명이 모였다면, 오늘은 백여 명으로 불어났다.

그들은 가까이 다가오지는 못했다. 그들도 무인인 이상 마차 주위에 흐르는 살기를 감지하지 못할 턱이 없다. 혹여 그 정도도 감지하지 못하고 날뛰는 자들은 벌써부터 감지하고 있는 자가 넌지시 알려주어 망동을 삼가게 했다.

마야가 가는 길은 언제 혈로(血路)로 변할지 모른다.

일다경 후가 될지, 반 시진 후일지, 오늘 밤일지……

사람들이 일제히 달려들기 시작하면, 그리하여 피를 흘리고 사람이 죽어나가 군중심리를 자극하게 되면, 참으로 고단한 싸움을 치러야 할 게다.

그런 상황임에도 마차를 에워싼 여인들은 태연했다.

시마는 오래전부터 마차 위에 누워 잠을 청했다.

낮이고 밤이고…… 마치 조상 중에 잠 못 자고 죽은 귀신이라도 있는 양 밥 먹을 때를 제외하고는 자고 또 잤다.

"정신 좀 차려요. 차라리 술을 마시던가. 너무 잠만 자니까 보기 이상하잖아요."

"흐흐흐! 계집아, 아낄 건 아낄 수 있을 때 아끼는 거야. 너같이 살이 피둥피둥 올랐을 때는 모르지만, 나처럼 살가죽이 등에 달라붙은 후에는 많이 쉬는 게 남는 거야."

여인들은 시마의 말뜻은 단번에 알아챘다.

시마는 진기와 체력을 비축하고 있다. 한 올의 진기도, 한 가닥의 체력도 헛되이 빠져나가지 않도록 단단히 자물쇠를 채우고 있다.

그렇게 아껴둔 진기와 체력은 싸움이 벌어졌을 때 톡톡히 한몫하리라.

그 일이 있은 후부터는 시마가 아무리 오래 잠을 자더라도 깨우지 않았다.

따스한 햇볕이 사지를 노곤하게 만드는 오후, 마야를 태운 마차는 폭풍의 핵이 되어 천천히 남으로 이동했다.

그가 다가온 것은 마침 식량이 떨어져 미방(米坊:쌀집)과 육포(肉鋪:푸줏간)를 찾을 때였다.

허름한 몰골에 등짐을 진 그는 거리낌없이 천멸도 살수들의 숲으로 걸어 들어왔다.

슛!

짧은 쇳소리와 함께 땅에서 솟구친 검날이 정확히 그의 배에 대어졌다.

"아아, 이러지 마시오. 난 장사치요. 도움이 됐으면 됐지 해는 끼치지 않을 테니 검일랑 치우시오."

일견하기에 그는 무인이었다. 그것도 무공이 상당한 경지에 이른 고수였다.

팔십일전혼이 그를 통과시키겠는가.

슛!

쇳소리가 한 번 더 울리며, 나무속에서 튀어나온 검이 그의 관자놀이를 겨냥했다.

말은 필요없었다. 여러 말 들을 필요 없으니 그만 물러나라는 위협이다. 허락없이 한 발짝이라도 떼어놓으면 죽음을 각오하라는 경고다.

"허! 이러지 말래도. 어이! 이보쇼! 우리 거래 좀 합시다!"

그는 멀리서 뭇 군웅들이 지켜보는 것도 아랑곳하지 않고 마야가 타고 있는 마차를 향해 소리쳤다.

웬일일까? 말도 잊고, 표정 변화도 잊은 소립파가 그를 보더니 피식 웃었다.

그는 휘적휘적 걸어 소립파 앞으로 걸어왔다.

"아, 나로 말할 것 같으면……."

그의 너스레가 시작될 무렵,

"흑조편복, 내게 팔 건 양식이오?"

순간, 짜릿한 긴장이 머리끝에서 시작하여 발끝까지 관통했다.

흑조편복이라니!

모든 사람이 알고 있듯이 그와 평생을 단짝으로 지내오던 적안 사태는 죽고 없다. 그리고 살수계의 전설로 불리는 자는 눈앞에 서 있다.

그의 목적이 마야의 지근거리까지 접근하는 것이라면 훌륭히 성공했다.

천멸도 살수들이 어처구니없어 하면서도 신속히 다가서려고 할 때, 흑조편복은 차분하며 여유있는 음성으로 말을 꺼냈다.

"사람들 눈총을 맞아가면서 양식을 구하기도 쉽지 않을 것 같고…… 그래서 내가 양식을 구해주기로 했소."

그는 소림파의 승낙도 받지 않고 등에 진 등짐을 내려놨다.

"몇 명이나 있는지 몰라서 눈에 보이는 숫자만 챙겨왔소. 몇 명인지 말해주면……."

"흥! 그 말을 믿으란 말예요? 적안 사태는 내 손에 죽었어요. 복수를 할 생각이면 내게 해요."

일령이 등짐을 낚아채며 흑조편복을 노려보았다.

"아니, 아니. 잘못 알았다니까. 난 지금 복수하려고 온 게 아니라 양식을 팔려고 온 장사치라니까. 거, 사람 똑같은 말 몇 번씩 하게 만드네. 이보게, 마야. 자네도 내 말을 안 믿나?"

"예순다섯 명분."

"응?"

"예순다섯 명이오. 양식은 어떻게 조달할 생각이오?"

"뭔 사람이 그렇게 많아. 지금 여기에 예순다섯 명이나 있단 말이야? 이구, 놀라라. 좋아, 이렇게 하지. 오늘은 저녁만 먹으면 되니까 예순다섯 명분만 챙겨오고…… 내일 이틀치를 가져오지. 모레부터는 매일 하루치씩 가져오고. 여분은 하루치만 있으면 되잖아? 양식이란 게 싱싱한 걸 먹어야 하거든."

"셈은 어떻게 받을 생각이오?"

"날 세 번만 살려주면 돼."

소림파는 웃으면서 흑조편복을 쳐다봤다. 흑조편복은 담

담했다.

"돈을 많이 모은 모양이오? 예순다섯 명분을 매일 조달하려면 꽤 큰 돈이 들 텐데."

"살아오면서 적잖이 죽였으니까, 모일 만큼 모였겠지. 어떻게 하겠나? 거래가 성사된 건가?"

"좋소."

거래는 성사되었다.

흑조편복은 만인이 보는 앞에서 공식적으로 널 죽일 테니 실패하더라도 어쩌지는 말라는 확답을 받은 것이다. 세 번에 한해서.

"세상에! 이렇게 말이 안 되는 일도 있네."

일령이 휘적휘적 돌아가는 흑조편복을 쳐다보며 혀를 찼다.

그녀는 길을 가로막고 앉아 있었다.

관도 한복판에 돗자리를 깔고, 바둑판을 놓은 채 혼자서 바둑을 두어나갔다.

슛! 슈웃! 슈웃!

검들이 짓쳐 와 목에 닿아도 그녀는 움직일 줄을 몰랐다.

"계집, 비켜라!"

백포 속에서 착 가라앉은 살음이 흘러나왔다.

여인은 꿈쩍도 하지 않았다.

그녀는 오른손에 들고 있던 흰 돌을 바둑판에 올려놓은 후, 왼손으로 검은 돌을 만지작거렸다.

"계집!"

"조용히 해. 귀 안 먹었어. 마야가 보고 싶어서 찾아온 사람이야. 나오라고 해."

여인의 표정이 너무 편안해서 천멸도 살수는 살기를 거두고 말았다.

마야와 아는 사이가 아니라면 이토록 태연할 수 있을까.

여인은 차분했다. 눈이 크고 입술이 도톰했으며, 코가 반듯했다. 이마는 시원하고 맑았으며, 피부는 백옥처럼 영롱했다.

빼어난 미인이다.

천멸도 살수가 어찌할 바를 모르고 머뭇거릴 때, 소립파가 마차 문을 열고 내려섰다.

저벅! 저벅……!

소립파가 걸어오고 있어도 성삭_그를 청한 여인은 비둑판에서 눈을 떼지 않았다.

소립파가 돗자리 위로 올라와 바둑판 맞은편에 앉았다. 그래도 여인은 시종일관 바둑판만 쳐다봤다.

"어떤 것 같애?"

"쯧! 너무 편파적이지 않나. 백은 훨훨 나는데 혹은 고립무원(孤立無援). 거의 끝났군."

"그렇게 생각해?"

"아닌가? 수담(手談)은 잘 몰라서."

"호호호! 재미있는 농담이네. 팔귀당천지관을 뚫은 사람이 수담을 모른다면 누가 믿어."

그들의 대화는 너무 자연스러웠다.

오랜 세월 동안 얼굴을 맞댄 사이에서나 나눌 수 있는 친근함이 물씬 풍겨 나왔다.

"난 어쩐 일로?"

"보고 싶어서. 어떤 사람인지."

"보고 난 느낌은?"

"도와줄까?"

"후후후! 사양하지. 난 맘 편한 게 좋아. 예쁘다고 가시 있는 장미를 함부로 꺾었다간 한 번은 꼭 찔리거든."

"호호호! 의외로 겁쟁이네?"

"북검문에도 인재가 있었군. 그것도 여인. 칠성군(七星君)에 삼뇌를 조롱하는 여인이 있으니, 육신녀 서군봉(徐軍峰)이라. 그만한 위치에 있는 사람이 남도문 깊숙이 들어와 남도문의 주적과 마주 앉아 있는 것은 자신감의 발로인가, 철이 없는 건가."

"쉿! 소리가 너무 크잖아."

"하하하! 의외로 겁쟁이군."

적지 한가운데 대담하게 앉아 있는 여인 육신녀 서군봉, 그녀와 마야의 첫 만남이었다.

육신녀는 시선을 바둑판으로 옮기며 낭랑한 음성으로 조곤조곤 말했다.

"오면서 들은 건데…… 내일쯤 상조문(喪弔門)이 가세할 것 같아. 사람들이 그러더라고. 상조문이 도착하면 마야, 저놈을 때려죽이자고. 상조문은 혈귀대와 악명을 나란히 하는 문파야. 이런 말이 있었지 혈귀대가 지나간 자리에는 풀 한 포기 남지 않고, 상조문이 지나간 자리는 시신 썩는 냄새만 풍긴다."

"상조문."

"싸울 거야?"

"……."

"내 생각인데 피하는 게 좋아. 천멸도가 있으니 상조문도 어렵지 않겠지만, 그들을 치면 남무림 전체가 개미굴처럼 들끓어. 보아하니 몸도 좋지 않을 것 같은데, 우선 남만으로 가는 데 온 힘을 집중해야지."

"그만 가보는 게 좋을 것 같군. 시선을 충분히 끌었어."

"나도 그럴 생각이야. 반가웠지?"

"……."

"어멋! 내가 너무 뻔뻔했나? 반갑지 않았다면 섭섭하고. 나는 반가웠거든. 이만 갈게. 나중에 또 보자고."

육신녀는 조신하게 일어나 관도 옆에 매여 있던 말에 올라

탔다.

　"내 말 허투루 듣지 말고. 상조문은 피하고 봐. 끼럇!"

　육신녀…… 정말 엉뚱한 손님이었다.

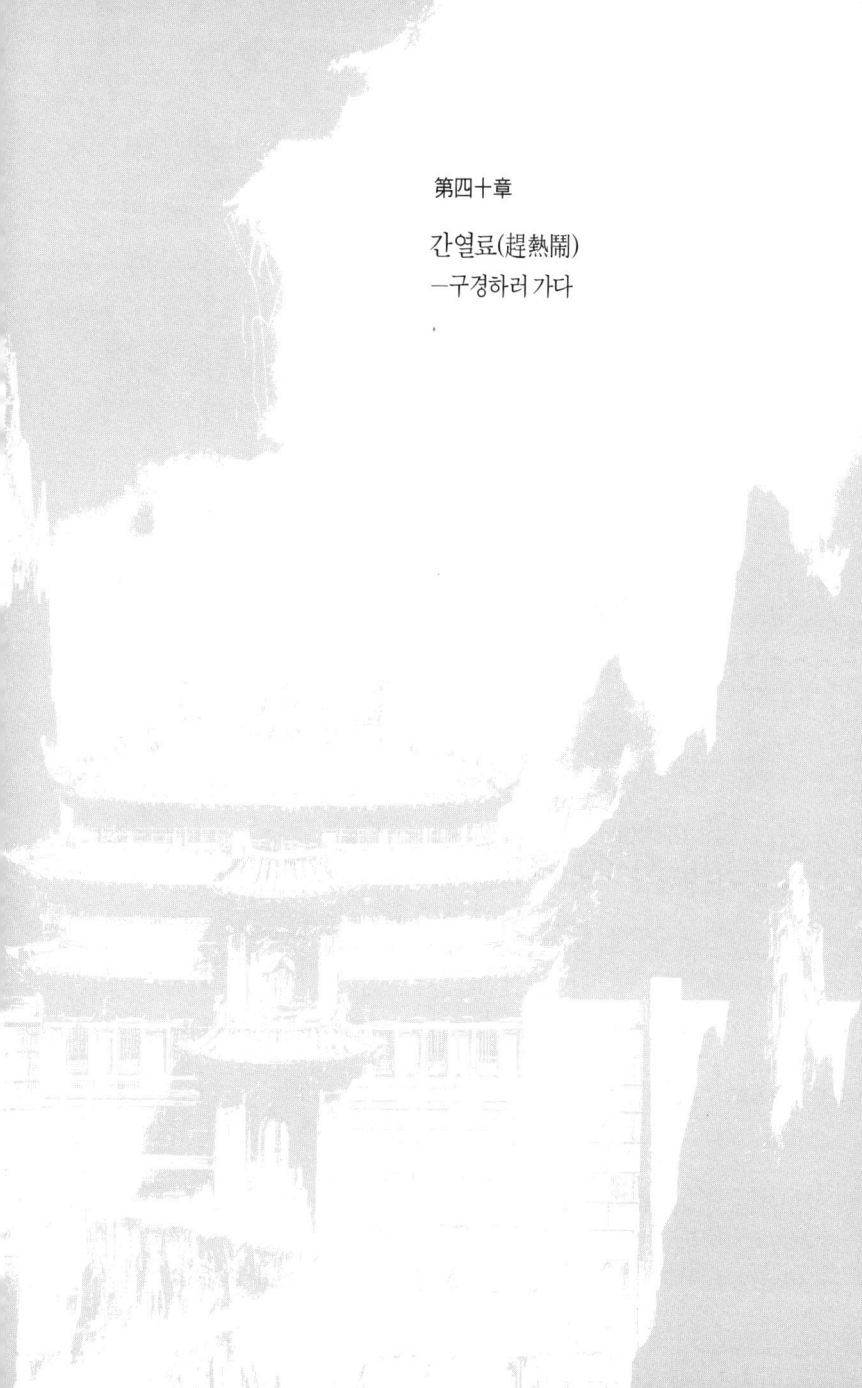

第四十章

간열료(趕熱鬧)
—구경하러 가다

1

상조문(喪弔門)은 인간의 죽음이 있는 곳이면 어디든 나타 난다.

무공을 배웠든 배우지 않았든 장의(葬儀)에 관계된 일로 밥 을 먹고사는 사람들은 모두 상조문에 입문을 해놓은 터다.

상조문은 절대적인 영향력으로 그들을 통제하고 관리한 다.

장의업을 하는 사람들은 상조문의 요구를 거절할 수 없고, 작금에 이르러서는 생살여탈권까지 맡겨놓은 상태가 되어버 렸다.

장의사들은 상가에서 일어난 일을 상조문에 보고한다.

무림의 일이든 아니든 취사선택(取捨選擇)은 상조문이 할 일, 그들은 자신이 보고 들은 것을 하나 빠짐없이 전달한다.

상조문은 전달되어 온 정보를 바탕으로 편안하고 강성해지는 것은 모두 취했다.

재물도, 인재도, 괜찮은 무공이 창안되었다는 소리가 들리면 그것까지도.

상조문은 점점 강해져 갔다.

또 하나, 사람들의 뇌리에 단단히 박혀 있는 건 상조문의 눈 밖에 나면 살도 뼈도 가루가 되어 구더기 밥이 된다는 사실이다.

상조문은 상조문에 위해를 끼치는 자들, 허락없이 장의업에 뛰어든 자들, 상조문을 무시하거나 얕보는 자들은 철저하게 응징했다.

응징이 아니라 도륙이라고 해도 좋다.

그들의 방법은 잔인하기 이를 데 없었고, 살육이 시작되면 풀 한 포기 남겨놓지 않았다.

아녀자, 노인, 갓난아기…… 힘을 쓰지 못하는 사람들까지 최소한 열 토막 이상 토막 내 죽였다.

사람들에게 본보기를 보이려고 시작했던 잔인함이었으나…… 한 번, 두 번 횟수가 반복됨에 따라 이제는 본보기가 아니라 상조문의 상징이 되어버렸다.

상조문에 입문한 무인들은 잔인한 심성부터 키운다. 울고 불고 애원해도 눈 하나 깜짝하지 않고 도륙할 수 있는 매정함을 배운다. 손가락 하나를 잘리면 두 다리를 잘라내야 직성이 풀리는 응징을 배운다.

상조문은 잔인함, 그 자체다.

한데 그들에게도 단 한 번의 예외는 있었다.

북검문 혈귀대를 몰살시킬 때, 그들은 잔인함을 떨치지 못하고 멀리서 활을 쏘아야만 했다.

상조문이 겨우 죽이는 데 급급하다니 말이 되는가.

단문협 혈귀대 몰살 사건 이후, 상조문은 더욱 잔인해졌다. 마치 혈귀대원들을 난도분시하지 못한 분풀이라도 하는 듯이.

그들이 온다.

남무림을 활보하고 있는 마인을 잡아 죽이기 위해서.

상조문도는 여름이고 겨울이고 두 팔을 내놓고 산다. 상의에 아예 두 팔이 없다.

머리에는 검은 띠를 두른다.

검은 머리 띠에 양팔이 없는 상의를 입은 자와 마주치게 되면 이유 여하를 불문하고 자리를 피하는 것이 좋다. 괜히 시비라도 붙게 되면 큰 사단이 날 테니까.

시비 건 자는 어쩔 수 있을지 몰라도 그 뒤에 있는 상조문까지 상대하려면 벅차지 않겠나. 상조문이 시시비비를 가려 가며 검을 뽑는 문파도 아니고.

"오리 아직 안 됐어!"

대낮부터 술을 두 단지나 들이켜 일견하기에도 만취한 자가 고래고래 고함을 내질렀다.

그래도 주루(酒樓)에 있는 사람들은 아무 소리 못하고 숨죽였다.

검은 띠를 두르고 양팔이 없는 상의를 입은 자.

손님들은 대부분 자리를 떴고, 남아 있는 사람들이라고야 주인과 점소이가 전부지만 그들도 숨죽이고 지켜보기만 할 뿐 제지는 꿈도 꾸지 못했다.

"새끼들이 귀가 먹었나! 야!"

"예, 예! 다, 다 됐습니다! 잠시만 기다리십시오!"

점소이가 화급히 대답하며 급히 주방 안으로 뛰어 들어갔다.

"술도 더 가져오고!"

"예, 예!"

이번에는 주인이 황급히 술 단지를 집어 들고 달려가 얌전히 내려놓았다.

"짜…… 식, 너 몇 살이야?"

"쉰하나입니다요."

"쉰하나? 새끼, 많이도 처먹었네. 난 스물넷인데. 야! 형님

해봐.”

“예?”

“이 씨팔!”

“혀, 형님!”

“쌔끼! 하란다고 정말 하냐? 이거 순 배알도 없는 놈 아
냐.”

사내는 고의적으로 시비를 걸었다. 아니다. 시비라니. 그
저 술에 취해서 하는 말이고, 취하기만 하면 습관처럼 사람을
가지고 노는 버릇이 몸에 붙어 있을 뿐이다.

주인은 연신 몸을 움츠리며 손을 비볐다.

“가라, 가. 오리나 빨리 가져와. 끄윽!”

사내는 주인을 보냈다.

주인으로서는 운이 좋은 셈이다. 사내의 눈에 새로운 먹이
가 보이지 않았다면 이토록 쉽게 풀려나지는 못했으리라.

사내는 술 단지를 들어 숨도 쉬지 않고 마셨다.

꿀꺽! 꿀꺽……!

거의 반 단지나 되는 술이 한숨에 들이부어졌다.

사내는 술 단지를 탁자에 거칠게 내려놓고 새로운 먹이를
향해 휘적휘적 걸어갔다.

“후움!”

새로운 먹이를 대여섯 보 앞에 두었을 때, 사내는 숨을 거
칠게 몰아쉬며 잠시 멈칫거렸다.

여인, 다소곳이 피어난 아름다움.

그녀를 본 첫 느낌은 깨끗하다는 것이다.

어쩌면 사람이 이토록 깨끗할 수 있을까. 살결에는 티 한 점 없고, 눈을 맑고 깊으며, 따스한 성격인 듯하나 정열적이지는 않을 것 같고…… 아! 만지고 싶다.

사내는 자석에 이끌리기라도 하듯 여인에게 딸려갔다.

"저, 저기……."

세상을 거침없이 살라고 배운 그였지만 여인 앞에서는 말까지 더듬거렸다.

"가죠."

"으응? 응? 방금 뭐라고……?"

"가줘. 오랜만에 먹는 소면이야."

여인은 소면 그릇을 들어 국물을 들이켰다.

"아!"

사내는 자신도 모르게 탄성을 토해냈다.

앵두 같은 입술, 달콤함이 가득히 묻어 있을 것 같은 입술.

"갈 리가 없지. 가란다고 가면 상조문도가 아니겠지. 휴우! 살심(殺心)을 꾹 눌러 참고 있는데 기어이 터뜨리네."

"지금 뭐…… 컥!"

사내는 말하다 말고 두 손을 번쩍 들어 자신의 목을 움켜잡았다.

"컥! 커억! 컥!"

사내는 무슨 말인가를 하려고 했다. 하지만 그의 말은 목구멍에서 쏟아지는 핏줄기에 묻혀 아래로 흘러내렸다.

"컥컥! 커억! 컥!"

사내는 무릎을 꿇고 엎어졌다. 그러고도 목을 움켜잡고 한참 동안이나 컥컥거리며 발버둥 쳤다.

사람이 죽어가는 모습은 어떤 모습이든 보기 좋지 않다.

여인은 태연했다. 그녀는 먹던 소면을 마저 먹었고, 그녀의 발밑에서는 사내가 마지막 몸부림을 푸덕거렸다.

"아이고! 이를 어째! 아이고!"

죽어나는 사람은 주인이다. 그는 가까이 오지도 못하고 멀리서 발만 동동 굴렀다.

상조문도가 죽었으니 이제 장사는 끝나지 않았겠는가. 장사만 끝나면 다행이지, 무슨 트집이라도 잡히는 날에는 여지없이 목이 달아날 텐데.

소면을 다 먹은 여인이 주인 앞을 지나며 말했다.

"누가 죽였냐고 물으면 말해요. 금연화가 죽였다고. 왜 죽였냐고 물으면…… 그런 건 묻지 않겠죠? 그래도 말해줘요. 혈귀대의 복수가 시작되었다고. 휴우!"

여인은 힘없는 걸음걸이로 저벅저벅 걸어나갔다.

"빌어먹을! 진짜 시작한 것 같은데."

그녀가 떠난 주루, 대들보 위에서 장난스런 음성이 들렸다.

"가자."

쌀쌀맞은 음성이다.

"제길! 네가 네 졸개야? 어딜 가자는 거야?"

"……."

쌀쌀맞은 음성이 대답하지 않았다.

빼어난 미모에 보검 두 자루를 허리에 차고 있는 모습은 사람들의 주목을 끌었다.

금연화는 쳐다보는 눈길을 의식하지 않고 천천히 걸었다.

요즘 남무림 사람들은 둘만 모이면 마야 이야기를 한다. 오늘은 마야가 어디 있다. 누가 어떻게 했다. 누구와 만났다. 뭘 먹었다. 하다못해 변 색깔이 어떻다는 말까지 나돌았다.

거리를 걷기만 하면 마야 소식을 전해 들을 수 있다.

'그들은…… 잘 있겠지.'

푸른 하늘에 몇몇 얼굴들이 그려졌다.

마도, 수검, 혈유, 고루쌍마, 철탑거추, 언장은마.

추혼단과 제삼무신가 무인들에게 쫓기고 있는 것까지는 아는데, 그들에 대한 소문은 어디에서도 들을 수 없었다.

추격은 끝났을까? 아니면 지금도 혈투를 벌이고 있나?

'잘 있을 거야.'

금연화는 피식 실소를 머금었다.

그들과 함께 추격대를 유인하려고 했다. 하나 마야가 떠나자 그들은 금연화를 내쳤다.

"북무림으로 돌아가. 남무림에 있다가는 개죽음당해."

"지금 무슨 말을······?"

"우리에게 하늘은 마야 한 놈뿐이야. 한데 그 하늘이란 놈이 벗을 뒀다, 이거야. 후후! 오래 살지도 못하고 일찍 죽을 놈. 혈귀대주는 죽었어도 언제나 마야 벗이야. 그럼 넌? 혈귀대주의 연인 아냐? 그럼 우리에게 넌 어떤 존재가 되느냐 하면······ 죽어서도 보호해야 할 존재란 말이지. 그런 사람이 옆에 있다고 해봐. 거치적거려서 뭘 하겠어? 돌아가, 북무림으로. 자하부에 가만히 틀어박혀서 소식이나 전해 들어. 그게 우릴 도와주는 거야."

그래도 금연화는 동행하려고 했으나 그들의 생각은 단호했다.

소림파가 있으면 어떤 식으로든 보호해 줄 수 있지만 자신들은 한 치 앞도 예측하지 못한다는 게 이유였다.

"상조문이 통구(通衢)에 도착했대."

"통구라면, 보자······ 그럼 내일이면 마야란 놈과 붙는 거야? 거창하게 마야는 뭐야, 마야가. 대가리가 새파란 애송이라며?"

"이건 들었어? 그놈 최대 무기가 뭔지 알아? 주둥이래요,

주둥이. 주둥이로 소리를 빽빽 지르면 손발이 저린다나 어쩐
다나."

"크크크! 그런 게 무공이라면 우리 여편네는 천하무적이겠
네."

지나가던 사람들이 또 마야에 대한 소식을 전해주었다.

'통구……'

금연화는 눈을 번쩍 떴다.

"저, 저것…… 햐! 정말 큰일 치르겠는데."

"혈유, 지금 최대한 빨리 달려가서 모두 데리고 통구로
와."

"통구로?"

"보아하니 통구로 길을 잡은 것 같은데, 혼자서 통구로 갈
일이 뭐가 있겠어."

"좌우지간 배포 하나는 알아줘야 한단 말이야. 무슨 여자
가…… 히유! 난 그저 주는 대로 먹기만 하는 여편네를 골라
야지 원."

"뜯어말리든 어쩌든 혼자 가면 개죽음이야. 내가 붙어볼
테니까 넌 만일을 대비해서 모두 데리고 통구로 와."

"알았어!"

혈유는 대답 즉시 신형을 띄웠다.

하늘에 혈귀대주의 얼굴을 그려보았다.

이상하다. 얼굴이 생각나지 않는다. 그가 한 말, 그의 숨소리는 기억나는데 얼굴이 떠오르지 않는다.

혈귀대주가 어떻게 생겼더라?

어쩌면 그의 얼굴을 잊어버릴 수가 있을까? 귓불을 간질이던 그의 입술, 숨소리는 생생하게 떠오르는데 그의 얼굴은 윤곽밖에 생각나지 않는다.

'이것이 세월…… 산 사람은 어떻게든 산다더니.'

죽은 사람이 잊혀지는 데는 얼마나 걸릴까?

한 달? 두 달? 일 년?

의외로 빨리 잊힌다. 자리를 털고 일어나 생업에 종사하게 되는 순간부터 죽은 자는 잊힌다.

날이 따뜻해지면서 관도를 오가는 사람들이 부쩍 많아졌다.

엄마의 손을 꼭 잡고 가는 아이, 세월의 인고를 잔뜩 뒤집어쓴 노인, 허리가 휘어져라 밭일을 하는 아낙도 보이고.

금연화는 아미를 찡그렸다.

무공이 높아진다고 다 좋은 건 아니다. 때로는 귀찮을 때도 있다. 지금처럼 뒤따르는 파리 떼를 찾아냈을 때가 그렇다. 조금 더 있다가 찾아내도 되는 것을.

관도를 버리고 산으로 들어섰다.

길도 없는 산…… 무섭지는 않다. 어떤 산이든 길은 있다고 했다. 누가 그랬더라? 소립파구나.

나무에 등을 대고 먼 하늘을 바라보았다.

어쩌면 마지막으로 보는 푸른 하늘일지도.

아쉽거나, 안타깝거나, 서럽거나…… 남겨둔 것이 대한 미련 같은 건 없다.

길을 가다 땅을 파고들어 가 드러누우면 죽는 거란다.

죽음이 그렇게 간단한 거란다. 그러니 길을 가는 동안, 살아 있는 동안 최선을 다해서 참되게 살란다.

이건 누가…… 소립파네. 왜 혈귀대주는 생각나지 않고 소립파만 생각나는 걸까.

생사의 고비 때문이다.

혈귀대주와는 일상사의 애증만 쌓았을 뿐, 죽음을 넘나드는 일까지 함께 겪지는 않았다. 소립파와는 죽음을 넘나들었다. 어떤 때는 숨이 막힐 정도로 답답했고, 어떤 때는 시원 통쾌했다.

혈귀대주와 자잘한 감정들을 쌓았다면, 소립파와는 큰 기복을 넘나든 게다.

그래도 그렇지. 사랑했는데. 진실로.

금연화는 생각을 접었다. 그리고 또다시 아미를 찡그렸다.

상조문도가 몇 명이나 되는지는 상도문에서도 모른다. 무계(武戒)를 받은 상조문도조차도 정확히 헤아리지 못한다.

숫자에 잡힐 정도가 되려면 사람을 죽인 경험이 적어도 십여 번은 넘어야 한다.

상조문에서는 그들을 일컬어 천절수(天切手)라고 부른다. 하늘이 준 인성(仁性)을 버린 사람들이라는 뜻에서.

그 수가 칠백이란다.

저들은 숫자에 잡히는 자들일까, 아닐까.

금연화는 뒤따르는 파리 떼를 기다렸다. 한데 그들이 푹푹 꼬꾸라지고 있다.

쉭! 철컥! 피웃! 철컥! 쒜엑! 철컥!

봉사라도 소리만 들을 수 있다면 누군지 알 수 있다.

'수검……?'

수검이 어쩐 일로 이곳까지 온 것일까?

쉬익! 철컥!

뒤따르던 파리는 여섯 마리, 수검의 검이 검집으로 들어가는 소리도 여섯 번.

일검일살(一劍一殺)의 진형이다.

금연화의 눈에 키가 껑충하니 크고 몸매가 마른 검객이 비쳤다.

그가 산을 올라왔다.

"북무림으로 가라고 했는데."

"그럴 수 없다는 것, 아시잖아요."

"고집 하나는 알아줘야겠어."

"여긴 어쩐 일이에요? 추격대는?"

"후후후!"

수검이 눈은 차갑게 빛나면서 입술만 비틀어 웃었다.

이런 웃음…… 처음에는 보기 징그러웠다. 하나 점점 괜찮았고, 이제는 문득문득 그리운 웃음이 되었다.

'그렇구나. 수검도 그리운 사람 중에 한 사람이 되었어. 그럼 나도 마인이 된 거네.'

"그게 우습더라고. 이놈의 남무림은 알다가도 모르겠어. 치면 치는 거고 받으면 받는 거지, 칠 듯하다가 받고 받을 듯하다가 치고. 그놈들 추격하는 척만 하다가 돌아갔어."

"예?"

"아니지, 돌아간 건 아니지. 지금도 뒤따르고는 있는데 일정한 거리를 두고 뒤따르는 거야. 뭐 하자는 건지."

'내분이야!'

금연화는 직감했다.

절대적으로 싸워야 할 때에 싸우지 않거나 미루는 것은 정치적인 술수가 개입되었을 때뿐이다.

"호호호! 다행이네요."

"다행인지 아닌지, 덕분에 모든 이목이 마야에게 집중되었잖아. 우리가 분산시켜야 되는 건데. 철탑거추가 그러더라고, 이것저것 생각하지 말고 분탕질이나 치자고. 이놈 저놈 닥치는 대로 두들겨 부수면 지들도 싸워야지 별수있냐고."

"그러지 그랬어요."

"마도가 한마디 하는 거야. 죽을 일 있냐고."

"호호호!"

금연화는 마음 놓고 웃었다.

요 근래 웃을 일이 없었는데 정말 실컷 웃어본다.

마도, 철탑거추…… 수검의 입에서 나온 명호들. 헤어진 지 얼마 되지 않았는데 명호를 듣다 보니 그립다.

"나도 똑같은 말을 해야겠군. 죽고 싶어?"

"……?"

"상조문도를 죽이더군. 지금은 통구로 가고 있고."

"언제부터……?"

"며칠 됐어."

"놀…… 랍군요. 제 이목을 이토록 감쪽같이 속일 수 있는 줄은 몰랐어요."

옛날의 금연화 같으면 할 수 없는 말이다. 하나 지금의 금연화는 이런 말을 할 자격이 있다.

"혈유 덕분이지. 그 자식, 신법으로는 따를 자가 없잖아. 절혼, 일령, 다담…… 빠른 사람은 많아도 따라붙는 재간은 혈유를 따를 수 없을 거야."

"그렇군요. 혈유도 오셨군요."

"대답 안 했어. 죽고 싶어?"

"죽고 싶지는 않아요. 하지만 죽이지 않고는 견딜 수 없어요."

"죽고 싶지는 않다. 죽이지 않고는 견딜 수 없다."

"네."

"좋아. 그럼 가지."

수검이 벌떡 일어섰다.

"네?"

"죽지 않고 죽이면 되잖아. 난 쉬면서 갈 테니까, 죽지 않을 머리나 짜보라고."

수검은 대답도 듣지 않고 먼저 산을 내려가기 시작했다.

2

"헤헤! 오랜만이야?"

혈유가 장난스럽게 손가락으로 옆구리를 꾹 찌른 후 사라졌다.

'오랜만이에요.'

금연화는 속으로 말했다.

멀리 산 위에서 동경이 햇볕에 반사되는 것 같은 빛이 발산되었다.

'두 개. 고루쌍마의 겸도.'

벌써 자신까지 다섯 명이 되었다.

금연화는 헤어졌던 사람들이 모두 왔다는 사실을 깨달았다.

원래 이들은 복수를 원하지 않았다. 소립파와 함께라면 무슨 일이든 하지만 따로 떨어져 있는 지금은 조용히 있기를 원했다.

지금까지 이들은 자신들의 생각을 잘 고수해 왔다.

한데 목숨을 바쳐서라도 보호해야 할 사람이 움직이고 있으니 어쩌겠는가.

그렇다고 싫은 표정은 짓지 않는다.

기쁜 마음으로 동참하는 듯 마음을 가볍게 해준다.

이들이 어떻게 마인인가.

"기가 막히지, 글쎄. 아직까지 마인들이 숨을 쉬고 있다니 말이 돼? 그런 놈들은 닭 모가지 비틀듯이 모가지를 비틀어서 죽여야 돼."

사람들 입에서 들은 소리다.

마도, 수검, 혈유…… 이들이 그렇게 죽을 만한 일을 저질렀나?

"비켜요! 비켜! 안 비키는 사람 다쳐도 몰라요! 비켜!"

뒤에서 태산이 떠나갈 것 같은 고함 소리가 들려왔다.

'철탑거추?'

그 또한 음성만 들어도 알 사람이다.

뒤를 돌아보자 과연 황소처럼 큰 철탑거추가 작은 마차를 부지런히 몰며 다가왔다.

건장한 말 두 마리가 끄는 이두마차다.

그런데 말들이 불쌍해 보이는 이유는 뭘까?

"타."

수검이 낮게 말했다.

금연화는 말뜻을 안다. 이제는 눈빛만 봐도 뜻을 알 수 있다.

철탑거추는 두 사람을 모르는 듯 비키라는 소리만 빽빽 내지르며 마차를 몰았다.

쉬익! 쉬익!

수검은 오른쪽 문으로, 금연화는 왼쪽 문으로, 마차가 스쳐 지나갈 때 지극히 은밀히 스며들었다.

"오랜만이군."

"오랜만이에요."

마도는 여전히 팔짱을 끼고, 팔짱 사이에 도 한 자루를 품은 채 앉아 있었다.

마도는 늘 이런 모습이다.

"상조문을 어디까지 칠 생각이지?"

"그런 생각은 한 적 없어요."

"그럼 통구로 국한하면."

"저 혼자 할 생각이었으니까…… 얼마나 할 수 있겠어요?

하는 데까지 하는 거죠."

"전멸로 가닥을 잡지."

"네?"

마도의 말은 금연화조차도 뜻밖이었다.

"마야와 부딪치려고 가는 자들이야. 우리 손에서 끊어주는 것도 괜찮을 것 같아."

"추혼단과 제삼무신가 자식들이 가만있을까?"

수검이 말했다.

"내부 정리가 될 때까지는 움직이지 않을 거예요. 일단은 움직이지 말라는 명을 받았을 테니 안심해도 좋을 거고요."

대답은 금연화가 했다.

"상조문을 친 다음에도 우린 마야와 합류하면 안 돼. 가능한…… 마야가 편안하게 길을 갈 수 있도록."

순간, 금연화는 가슴속에서 뜨거운 무엇이 울컥 치밀어 올랐다.

이들은 절대 닭 모가지 비틀듯이 비틀어 죽일 사람들이 아니다. 뜨거운 우정을 지녔고, 서로의 마음을 보듬어 안을 줄 아는 사람들이다.

'의구(誼口).'

금연화의 눈에 길가에 세워진 도판액(導板軛:안내판)이 보였다.

의구라면…… 십여 리만 가면 통구다.

그때, 마차 문이 살짝 열리며 혈유가 불쑥 들어섰다.

"히유! 숨차다. 안녕! 아까 인사했지?"

"예, 인사 잘 받았어요. 오랜만이에요."

"몇 명?"

마도가 불쑥 물었다.

"천절수(天切手) 사백. 정말 할 거야?"

'천절수 사백.'

금연화는 혈유가 한 말을 다시 되뇌었다.

천절수가 칠백인 문파에서 사백을 내보냈다면, 마야의 제 거를 얼마나 높게 생각하는지 말해준다.

"대두(大頭)는 누구야?"

"상조문 부문주 혈살미검(血殺美劍) 고충오(顧忠敖)."

"혈살미검……."

"그자 손에 죽은 자만 이백이 넘는다는 소문이야."

"약한 놈이야. 간사한 놈이지."

"아는 자야?"

"아니, 명호가 그래. 혈살미검이 뭐야? 혈살이면 혈살이고 미검이면 미검이지. 놈은 혈살도 못 되고, 미검도 못 돼. 혈살 도 되고 싶고 미검도 되고 싶은 놈이니까."

"정말 할 거야? 천절수가 사백인데."

"한다. 사백이니까 더 해야 돼. 우리가 하지 않으면 그 숫자가 마야에게 들이닥쳐."

마도가 시원시원하게 말했다.

상조문은 통구를 점령했다.

그들은 점령군이 적지를 점령했을 때처럼 거침없이 행동했다.

남편과 함께 자는 아낙을 깨워 강간하고, 지나가는 사람을 괜히 시비 걸어 두들겨 패고, 주루에 있는 술과 음식은 모두 공짜였으며, 지나가는 사람들은 모두 노예였다.

무법지대(無法地帶), 통구는 법이 존재치 않는 세상이었다.

눈치 빠른 사람들은 상조문도가 온다는 소식을 듣자마자 짐을 꾸려 빠져나갔다. 무인들은 통구로 들어설 생각을 하지 않았고, 들어서더라도 가급적이면 상조문도 한두 명을 옆에 끼고 다녔다.

"죽여도 좋을 놈들이군. 이런 게 정도 세상이라면, 마도 세상으로 뒤집어 버리련다."

마도는 혈염도를 꺼냈다.

무인, 그것도 도를 꺼내 들고 선 무인. 상조문도에게 이처럼 좋은 시빗거리는 없었다.

"이봐, 넌 뭐 하…… *끄윽!*"

절대감각도, 혈염도. 하루에 한 명씩 죽여서 살과 뼈를 가르고 피가 튀는 느낌을 전달시켜 줘야 생명을 유지하는 악마의 도법. 사람을 죽이지 않기 위해 자신의 피를 먹여서 키운 핏빛 도.

"백칠십삼 명의 피가 묻은 도다. 네놈들의 피는 숫자로 치지도 않으련다."

"사, 살인! 살인이닷! 이봐! 이리로들 와봐!"

마도는 다른 자가 실컷 소리치도록 내버려 두었다. 그리고 목이 쉬어갈 무렵, 일도를 뻗어냈다.

슈각! 파앗!

붉은 피가 어둑어둑해져 가는 저녁노을과 뒤엉켰다.

고루쌍마는 몸을 드러내는 순간부터 단번에 주목을 받았다.

"하하! 피죽 한 그릇 못 먹고 자랐나. 어떻게 하면 저렇게 마를 수 있지? 이거야 원, 해골이 걸어다니는 것 같잖아. 야! 너희들! 보는 것만 해도 재수없으니까 안 보이는 대로 꺼져!"

"새끼들, 귀엽게 노네."

"뭐? 지금 이 자식이 뭐라고…… 으악!"

말을 하던 자는 눈앞에서 뭐가 번쩍이는 순간 극심한 통증을 느끼며 비명을 토해냈다.

언제 잘렸는지 팔 하나가 바닥에 떨어져 펄떡인다.

"이, 이⋯⋯."

상조문도는 말을 잇지 못했다.

비로소 해골 사내들이 심상치 않아 보였다. 그들의 눈빛에서 쏟아지는 살광이 지옥의 불길처럼 여겨졌다. 눈길이 몸에 닿을 때마다 수천 마리의 갈가마귀가 달려들어 쪼아대는 것 같다.

"사, 살려⋯⋯."

상조문도는 자신도 모르게 애원을 했다. 그러나 자신이 그랬듯이, 다른 상조문도들이 그렇듯이 해골 사내의 낫도 용서가 없었다.

쉬익!

공기를 가르는 차가운 바람은 목 밑을 스쳐 지나갔다.

철탑거추 역시 고루쌍마만큼이나 눈길을 잡아끌었다.

다른 점이 있다면 우람한 덩치 덕분에 시비는 받지 않는다는 것이다. 그래서 그는 시비를 걸었다.

"새끼들, 많이 처먹었냐? 네놈들이 다 처먹으니까 내가 먹을 게 없잖아."

"존성대명이⋯⋯?"

"이거 뭐야? 닭이야, 오리야?"

철탑거추는 상 위에 버려진 닭 뼈를 주워 들었다.

그의 덩치만큼이나 손도 커서 닭 뼈가 이쑤시개처럼 작아 보였다.

"다, 닭."

"자식, 먹으려면 싹싹 발라먹어야지. 많이 남겼군. 마저 먹어."

"다 발라 먹었는……."

"먹으라면 먹어!"

"뭐야, 지금 시비 거는…… 으아악!"

그의 비명 소리는 유독 컸다.

닭 뼈가 생으로 이마를 찢고 들어와 뇌리에 박히는 고통은 상상을 초월했다.

"저, 저놈! 저놈 죽엿!"

"하하하! 하하하하!"

철탑거추는 통쾌하게 웃었다. 그리고 그때서야 성명병기인 쇠망치를 꺼내 들었다.

빠악! 빠아악!

그의 팔이 움직일 때마다 둔탁한 소리와 함께 피보다는 뇌수가 더 많이 튀었다.

살육을 저지르는 사람은 단 여섯 명이다.

마도, 수검, 혈유, 철탑거추, 고루쌍마.

사백 대 여섯 명의 싸움이니 한 사람이 예순다섯 명을 맞아 싸워야 한다.

싸움은 순조롭게 진행되는 듯하였지만 통구가 발칵 뒤집히면서부터 양상이 조금씩 변했다.

싸움의 주도권은 여전히 여섯 명이 가졌다. 하나 상조문에도 고수가 있었고, 그들은 처음처럼 쉽게 끝나지는 않았다.

혈유는 서른 명인가 서른다섯 명인가를 죽인 다음에 고수라 불릴 만한 자를 만났다.

"그만 설쳐."

"이걸 어쩌나. 싫은데?"

"가공할 빠름. 시커먼 묵검. 언젠가 들은 적이 있어. 원숭이처럼 생긴 놈이 더럽게 빠르다고. 빠름만 가지고 따진다면 중원에서 다섯 손가락 안에 들어간다던데?"

"원숭이?"

"높여준 말이야. 원래는 쥐새끼였어."

그는 검을 어깨 높이로 들어 수평으로 뉘었다.

"나도 들은 말이 있는데 들어볼래?"

"아니. 난 사람 말만 들어."

"햐! 이거 내가 말에서 밀리네."

"검에서도 밀려."

"그럼 보자고."

혈유는 달려들었다.

상대의 검법을 안다.

상조문에는 수십 가지의 검법이 존재하지만 진정한 검법이라면 딱 하나뿐이다.

염왕검법(閻王劍法).

초대 상조문주가 상조문을 일으킬 수 있었던 기본 바탕이다.

당시의 염왕검법은 무적이었으며, 가장 긴 상처를 만들어내는 것으로 유명했다.

어깨에서 파고들어 간 검이 복부를 지나 허벅지로 나온다. 옆구리로 들어간 검은 복부에서 빙글 돌아 원을 그린 후, 다른 쪽 옆구리로 빠져나온다.

살을 파고든 검이 여유있게 긴 상처를 낼 수 있었던 것은 이미 상대의 병기를 제압해 놨기 때문이다. 상대의 손발을 묶어놓고 죽는다는 생각을 확실하게 되새김시킨 후에 죽이는 것이다.

쒜에엑!

생각했던 대로다. 빠르다! 몸이 빠른 게 아니라 검이 빠르다!

혈유의 검이 호선을 그리려는 순간, 어느새 튀어나온 검이 오른손을 베어왔다.

혈유는 진정으로 검을 부딪쳐 보고 싶었다. 하나 지금은 시간이 없다. 아직도 상조문도는 많이 남아 있고, 언제 또 이런 자가 튀어나올지 모른다.

슈웃!

병기는 묵검뿐만이 아니다. 검은 오른손에 들고 있고, 상대는 오른손을 노리고 달려들지만…… 혈유를 아는 사람은 오른손보다 왼손을 주의한다.

"크윽!"

사내가 화살 맞은 기러기처럼 맥없이 나가떨어졌다. 왼손에서 발출된 독수전(禿手箭)을 인중에 틀어박은 채.

혈살미검 고충오, 상조문 부문주.

그는 한 여인의 방문을 받았다. 그리고 그때부터 한 걸음도 움직이지 못했다.

방바닥에 구멍이 뻥 뚫리면서 두더지처럼 생긴 자가 튀어나올 때는 조금 놀랐지만, 뒤이어 절세의 미녀가 나올 때는 기뻐서 죽는 줄 알았다.

그런데 그게 아니었다.

"혈살인지 미검인지 알아보고 싶네요."

여인은 쌍검을 꺼냈지만 들어올리지는 않고 축 늘어뜨렸다.

그때부터다. 여인은 가만히 서 있는데 한 걸음도 움직일 수가 없었다. 이쪽으로, 저쪽으로…… 움직이려고 시도는 해봤지만 살을 에는 살기 때문에 움직일 수가 없었다.

"아악!"

"아아악!"

밖에는 끊임없이 비명 소리가 울려 퍼졌다.

"이름이 뭐냐?"

혈살미검 고충오는 이를 부드득 갈며 물었다.

이만한 고수라면 이미 명성이 나 있을 터인데, 아무리 머릿속을 뒤져 봐도 여인의 용모에 맞는 적합한 이름이 떠오르지 않았다.

"하나만 물어볼게요. 단문협에 갔었나요?"

"흐흐흐! 혈귀대와는 무슨 관계냐?"

"죽을 사람은 궁금해할 필요가 없어요. 궁금증이란 건 산 사람 몫이거든요. 단문협에 갔었나요?"

혈살미검은 더 이상 참지 못했다.

밖에서 들리는 비명 소리가 점점 잦아든다. 이는 싸움이 끝나가고 있다는 뜻이다. 한데도 자신에게 달려와 보고하는 자가 없다. 수하들이 당했다는 뜻이다.

여인은 강하다. 하지만 지금 치고 나가야 한다. 시간을 지체한다면 싸움을 끝낸 자들까지 가담할 테고, 그때는 정말 죽음밖에 없다.

"타앗!"

혈살미검은 우렁찬 고함을 내지르며 달려들었다.

'일검만 받으면.'

그는 싸울 생각이 없었다. 공격을 한 번만 막아낸 후, 봉창을 뚫고 달려나갈 참이었다. 한데,

슈아악!

검법에도 아름다움이 있다. 빠르다고 아름다운 것이 아니다. 강함과 부드러움이 절제라는 이름으로 섞여서 끊고 맺음을 표현해 줄 때 아름다움이 나타난다.

혈살미검은 진정한 미검 앞에 넋을 놓았다.

"이, 이게 무, 무슨 검…… 법?"

여인이 들고 있던 두 자루의 검 중 한 자루가 가슴 깊이 틀어박혔다.

"대답부터. 단문협에 갔었나요?"

"아, 안…… 갔…… 난…… 너무 약…… 해서……."

혈살미검은 그가 듣고자 하던 대답은 듣지 못하고 숨을 거뒀다.

"휴우! 이상하네요. 이런 사람이 어떻게 부문주가 됐죠?"

"상조문주의 친동생이거든. 크크! 상조문주, 눈깔 튀어나오겠네. 어떻게? 이리 갈 거야?"

언장은마가 방바닥에 뚫린 구멍을 가리켰다.

*　　　　*　　　　*

통구에 있던 상조문도 사백 명이 하룻밤 사이에 몰살했다

는 소식을 접한 다담선자는 가늘게 한숨을 쉬며 말했다.

"휴우! 이제 정말 물러설 수 없는 싸움이 시작되었네. 조용히 가고 싶었는데."

삼월, 봄바람이 살랑살랑 코끝을 간질였다.

『마야』 5권에 계속…

지금 유전자가 말하는 사랑과 성의 관한 솔직 대담한 진실이 펼쳐집니다!

남편의 후광을 등에 업는 것은 까마귀와 인간뿐…

모두에게 바보 취급받던 독신 암컷이 단번에 인생대역전을 해서
서열 1위인 수컷의 아내 자리를 차지하게 될 수도 있다는 말입니다.
모든 여성이 이상형의 남자와 결혼할 수 있는 것은 아닙니다.
적당한 선에서 타협하여 적당한 사람과 결혼하지요.
하지만 솔직히 말해서 당연히 멋진 남자가 더 좋지 않겠습니까?
따라서 여성은 생각합니다.
'그럼 어떻게 하지? 유전자만이라면 가질 수 있어!'
그리하여 장기계획형이나 단기승부형과 같은 여러 가지 방법의
의도가 생겨나는 것입니다.
물론 모든 여성이 이를 실행에 옮기지는 않습니다.

하지만 기회가 있다면 어떨까요?
다른 조건과 이미 타협을 봤다면?
남편이 사소한 일은 눈치 못 채는 둔한 남자라면?
뭔가 유전자의 음모가 느껴지지 않습니까?

실패를 모르는 남자 선택법!
「내 남자친구는 왼손잡이」 법칙

어째서 여성은 왼손잡이 남성에게 마음이 끌리는 걸까요?

여기서 기억해야 할 것은 몸의 좌우와 뇌의 좌우는 원칙적으로 반대 관계라는 점입니다.
따라서 왼손잡이 남성은 우뇌가 발달했습니다.
발달했다는 사실이 왼손잡이를 통해 반영된 것입니다.

그리고 두 번째로 생각해야 할 것은 우뇌는 남성 호르몬의 일종인 테스토스테론에 의해 발달한다는 점입니다.
요약하자면 왼손잡이 남성은 우뇌가 발달했는데, 그것은 테스토스테론 수치가 높기 때문입니다.
그것은 다름 아닌 생식 능력이 높다는 것을 의미하지요.

「내 남자 친구는 왼손잡이」에 감춰진 의미는… 내 남자 친구는 생식 능력이 높아… 인 것입니다.